上帝的左手

丁伯慧 —— 著

山西出版传媒集团 北岳文艺出版社

· 太原 ·

图书在版编目（CIP）数据

上帝的左手 / 丁伯慧著 . — 太原：北岳文艺出版社，2022.9

ISBN 978-7-5378-6563-0

Ⅰ . ①上… Ⅱ . ①丁… Ⅲ . ①中篇小说 – 小说集 – 中国 – 当代 Ⅳ . ① I247.5

中国版本图书馆 CIP 数据核字（2022）第 100220 号

上帝的左手

丁伯慧◎著

//

著 者
丁伯慧

出品人
郭文礼

选题策划
王朝军

责任编辑
赵 婷

封面设计
张永文

印装监制
郭 勇

出版发行：山西出版传媒集团·北岳文艺出版社

地址：山西省太原市并州南路 57 号　邮编：030012

电话：0351-5628696（发行部）　0351-5628688（总编室）

传真：0351-5628680

网址：http://www.bywy.com　E-mail: bywycbs@163.com

印刷装订：山西人民印刷有限责任公司

开本：787mm×1092mm　1/32

字数：200 千字

印张：8

版次：2022 年 9 月第 1 版

印次：2022 年 9 月山西第 1 次印刷

书号：ISBN 978-7-5378-6563-0

定价：49.80 元

自　序

　　1997年，我结束了三年的海员生涯，调到机关当秘书。当时公司刚刚接到一艘新船，这艘船是公司从江上到每上的发展战略的重要部分。这艘名为"楚海轮"的散装货轮载货量3000吨，总造价1942万元，是当时公司最值钱的一艘船，承载着公司的"下海"战略。这是一艘新船，从船体到设备都是全新的。全公司的海员趋之若鹜，很多人找关系想上那艘海轮。但是当时公司的政策是：优先让我们这些科班出身的大学生上这艘船。后来我想，如果我不调到机关的话，我可能也要上这艘船，而这……正是我后来内疚很多年的原因所在。

　　没想到的是，这艘船仅仅航行一个月便出事了。有一天，我在办公室里突然听到传真机的铃声，就去接传真，结果看到上面全是日语，两页纸。我从上面有限的汉字中感觉到，那艘"楚海轮"出事了，就赶紧去找总经理。总经理要我去找人翻译。我回到母校找到日语老师，把传真翻译出来。在找人翻译的过程中，我突然就有一种不祥的预感：那个师弟出事了。

　　我是那个公司首届水上专业毕业的大学生。那个师弟跟我一个系，名叫张万军，和我同年，小我一个多月。不知道为什么，我预感他要出事。我脑子里一直浮现的，是一张圆圆的脸，白白胖胖的，脸上的黑框大眼镜也是圆圆的，两边的脸上还有两个圆圆的酒窝。如果要给他画张漫画，只用几个圆圈就够了——多年以后，我很多次在梦中见到他的时候，眼前就是很多个圆圈。他以前曾经跟我住一个船舱。我头一回到海上，晕船，吐得昏天黑地，连胆汁都吐出来了。而他一副文弱书生的样子，居然不晕船，还跑去给我们煮稀饭，我一直记得他拿着稀饭找我的样子。他说，稀饭里放的是盐，晕船的时候不能吃甜的。每次发完工资，他就拿着钱在那里念叨，要给家里寄多少钱，化肥要多少，农药要多少，还有耕牛和种子，父母年纪大了请人帮忙要多少……

　　传真很快翻译出来，全船就死了一个人，果然就是张万军。接下来，公司派人去日本处理事故，慢慢地更多的消息传来。基本上是我方的责任。因为操作失误，"楚海轮"在日本海和一艘韩国船相撞，撞开了一个长十一米、宽九米的口子，不到十分钟的时间，船就沉没了。不像泰坦尼克号，一个多小时才沉没。船员们拼死放下了救生筏，后来我听说一位船员为了解开筏上的绳子，手指头都掰断了一根，还是大副机敏，拿起太平斧一斧头砍断了绳子，救生筏才放了下来。其他船员都上了救生筏，唯有两个人当时没有上去。这两个人，一个是水手长，他当时穿了一件救生衣，怀里还抱了一件，在11月份的日本海海水里浸泡了两个小时，才被前来搜救的日本人救上来。日本人当时就给他竖起了大拇指。另一个人，就是师弟张万军。后来捞起他的尸体时，他身上没有穿救生衣。关于他的死，后来有很多猜测。其中比较可信的一个猜测是：当时他刚刚在机舱值完班，一个人站在甲板上透气，结果船就从一边被撞了，他当场被撞到了海里。那个时候，他身上没有穿救生衣，在水速十几节的冰冷的海水里，结果可想而知。大概过了十几天，公司去把海员们接了回来。一个师弟怀里抱着张万军的骨灰盒，一眼看到了我，他放声大哭，他一边哭一边说，我没有照顾好他，对不起……

我何尝不内疚呢？那个时候我就在想，如果我不调到机关，可能上那艘船的就是我了，张万军就不会出事了。我才是罪魁祸首。

最终，太平洋保险公司对我所在的公司进行了全额赔偿，1942万元，据说这是这家保险公司当年最大的一笔赔付。公司的损失基本挽回。可是，他们挽回不了张万军的生命，也唤不醒其他海员的梦魇。

大概这件事发生半年后，有一天，我突然收到一封信，信是直接寄到我办公室的，要我转张万军收。我生平第一次私拆了别人的信件。我一边看信一边哭。信是一个女孩儿写的，她在一个港口遇到了师弟，两人留下了联系方式。她在信里写了对师弟的思念，以及在师弟跟前时自卑。我代师弟给这个女孩儿回了信，一边写一边哭。我说他上海了，可能需要很久很久才能回来，你不要等他了……

我一直想写点什么。我的师弟们也要我写点什么，来纪念这场海难。可是很多年里，我竟然什么也写不出来。不仅仅是这场海难。所有海上的事，都像大海一样，沉重地压在我的心里，压得我喘不过气来。我只能在梦里无数次地与它们相见。后来我离开了那家公司，去做了编辑，主编一家刊物，再后来我又离开那座城市，到了现在的大学做老师，主管几个学院。这些年里，无论职业如何变迁，无论到哪个城市，那些事从来都是深埋在心里，它们就像心脏里的伤口，一直不敢去触碰，一碰就疼痛难忍。一直到二十年后，有一天，我们同寝室的同学在一起聚会，他们当中还有一半人在海上，他们又说起海上的事，所有的记忆又复苏了。海上的那些人和事，又纷纷回来了。他们说的很多东西，既陌生又熟悉。我发现，我可以站在旁边，来重新审视那段生活了。我决定要把这些记忆写出来。不仅仅写那场海难，写那段生活，还想写写这些年来，我对生活对生命的思考。于是就有了这五个人物。

写完最后一个字时，我感觉像是完成了一项重大任务，长长地舒了一口气。这口气，就像一个沉在水底的人，一直憋了二十多年！我想起，当年发生这件事的时候，我和师弟还正年轻，都是翩翩少年。尤其是师弟，还没有谈过恋爱。但是等我重新来写这段生活的时候，我已经走过了千山万水，悄悄地人到中年了。我经历了比海上更大的狂风更高的巨浪。我的窗外，世界还是那么纷扰，人们为权为名为利在吵架在流血在流汗，我不知道师弟那边是不是要安宁一些。但是不管怎么样，很幸运的是，师弟不用像我一样脸上写满沧桑，他在我心里永远都是年轻时的样子：圆圆的脸，圆圆的黑框眼镜，圆圆的酒窝，听到别的海员谈女人时，白皙的脸上就会浮上红晕，那上面写满了羞涩——而我现在几乎都不会写这两个字了。

目 录

要有光 |

1. 我是谁

你还好吧？

没什么不好的。

我们聊聊吧。我感觉你有很多话要说。

没什么说的。

那你是谁？你想起来了没有？

我是谁？或许是"跑得快"，或许是傅诚，或许是张晓军，或许是老轨……老轨的可能性更大一些吧。

这几句话他并没说出口，只是在脑子里盘旋着。

他坐在沙发上，眼里有些迷茫。屋子里非常暗，虽然灯光是黄色的，但他并不觉得温暖。因为墙壁是白色的，沙发是白色的，茶几上的一次性纸杯是白色的，就连坐在对面的也是一个白衣人。白色比较符合他现在的状况：一切都是空白的。面对着白衣人的关心、提问和启发，他有些恍惚。自从走进这个屋子，他就保持着这种恍惚。眼睛一直是睁着的，却看不到任何东西，他的目光一直向前，就像一只蜻蜓，越过了眼前一件又一件东西，停不下来，直到碰到白色的墙壁，这才停了下来，落在墙壁上。这下好了，找到可以憩息的地方了，此后，无论是白衣人给他倒茶，量体温，和他说话，他的目光都离不开那块地方了。

屋子里静了下来，他怀疑白衣人是不是睡着了。好半天，白衣人才重新开口说话。

还记得以前发生的事吗？

什么事啊？

海上啊。印度洋啊。你不记得了吗？

海太重了，他的脑子想不动，也不愿意去想。他的目光终于从墙上下来了，转向了白衣人。他说，我想睡觉。

白衣人只好吩咐护士，也是一个白衣人，把他带到房间里去休息。护士给他拿来了药，吩咐他吃下。他假装着吃下了，却压在舌头底下，趁着上厕所的时候扔进了马桶里。他一直努力地睡觉，时而睡着，时而醒着，除了吃饭就是睡觉，没有白天和黑夜。对于他来说这很自然，在海上他就是这样，三班倒。有时半夜开始值班，天亮的时候下班。黎明时分，他时常一个人站在船头，看着一抹亮光从水面飘起来，慢慢铺满天空和海面，海水就在光下面跳动着，欢呼着，像是完成一种仪式，来迎接太阳的升起。随后，太阳一点一点地从海里露出头来，跳出水面。所以他时常毫不谦虚地跟人说，他知道黎明是怎样到来的，知道一天是怎样开始的。在睡得昏天黑地的那些日子里，世界是安静的、和平的。直到有一天中午，他看到一个穿警服的人来过，和医生说了几句话，甚至还走过来看了他几眼，但他一直闭着眼睛装睡，穿警服的人随后就走了。公司一直盯着自己。这一点他还是清楚的，他们怕自己从医院出来，怕自己知道某些事情。到底是些什么事情？他不知道。好在，除此之外，再也没有人来打扰他，也没有人意识到，他正在偷偷地积攒力量。

那天他终于睡够了，自己慢吞吞地爬起来，穿衣下床，越过护士的视线，到院子里去散步。一个护士远远地跟着他。之前医生已经吩咐过了，让他自己好好休息，只要不出这个院子就行了。所以他可以一个人在院子里转悠。院子里是各种奇奇怪怪的人，让他感到很陌生。这也没什么。世界对于他来说一直就是陌生的。每次经过一两个月的航行，从海上归来，来到陆地时，都是这种感觉。当他摇摇晃晃地走在陆地上，感受着大地的晃动时，他感觉自己就是一个天外来客，来到一个陌生的世界。这个世界本来就变得太快。

墙角开着花，三叶梅和紫罗兰，他在花前站了很久。护士以为他是在赏花。其实他是在看墙。他发现墙不太好翻。高且不说，上面还有很多碎玻璃。在这个院子里，他无法找到一架梯子。他只好转向别的地方。转了好几天，他发现只有大门口有机会。院子里的病人也分等级。严重的，和不严重的。不严重的病人可以自由地在院子里活动，严重的病人每天有固定放风的时间。那些病人一放出来，院子里就乱了套，打闹的，唱歌的，在地上打滚的，摆着各种姿势要飞上天的，抱着香樟树亲吻的，吵着要和护士结婚的，把院子里弄得无比热闹。他看着院子里的乱象，有些生气。他觉得把自己放到这样的一个世界里，是荒诞的。但他不会说出来。他发现这个时候恰恰有机可乘。

那天是晴天，适合户外活动，一大半病人都出来了。他摇摇晃晃地走到大门边时，两个病人正在那里说话。一个男病人说，我要是有根绳子，天一样长的绳子，我就可以上天去。他旁边的女病人说，你把绳子系在哪里呢？男病人说，系在月亮上。女病人说，那你只能晚上往上爬了，可是晚上不让出门，你怎么办呢？男病人就问看门的老头，我要是有根绳子，晚上可以出来吗？老头说，那也不行。女人就拍着手，高兴地笑，你笨死了，就不知道搬个梯子吗？男病人就缠着老头说，我给你一百万，给个梯子行吗？我把卡车给你，把天安门广场都给你……旁边围观的人越来越多，把铁门挤得吱呀吱呀直响。老头被缠得不行，就说，行，行，晚上再说。都散了吧！围观的病人不愿意散去，反倒一起起哄。

他一直在旁边看着，像一个远道而来的看客。这会儿见机会来了，他飞快地拔开铁门的铁栓，溜了出去。随后，他沿着墙边，不紧不慢地走着，像是一个普通的行路人。他一边走一边脱掉外面的病服，直到进了一条巷子，这才迈开大步，飞奔起来。

终于出来了。但是去哪儿呢？这个城市肯定不能待下去了。那别的地方？这些年，他去过很多地方。长江沿线，所有的港口都跑遍了。那些港口，无论是大城市还是小镇，都是他熟悉的地方。海边的港口也不少。海边……

突然之间，像是有道光从脑子里闪过，一个小镇出现在脑子里。那个小镇，似乎有一个认识自己的人。一个女人。

2. 好镇

这是哪儿？

他站在路口，朝小镇张望。路口像一张山外伸过来的嘴，把小镇吐了出来。这是他来过多次的地方，如今却只是似曾相识。濠河里的水没有以前清澈了，里面漂了好多垃圾。柳树黄了叶子，佝偻了腰，似乎不堪岁月的重负。沿着河边往里走，河上的小桥也不像以前那么热闹了，稀稀拉拉的几个人，还尽是老人，扶着栏杆，大白天里也似乎想把栏杆拍遍。变化最大的还是人。菜场门口卖卤菜的陈跛子冷着脸，不像以前那样看到个人，不管认不认识，远远地就打招呼，似乎全世界都是他的熟人。

这条小河把小镇分为两半。河名濠河，镇曰好镇。好镇的南面是人间，北面是世外。南面虽靠山，但一条小路通向外面。这就让南面有了生机，一到白天就热闹非凡，卖菜的，吵架的，传播小道消息的，追着打光屁股小孩的，把小镇的生活搞得很热闹。北面靠海，有码头，来来往往的都是海员。白天安安静静，一到晚上就灯火通明，小酒馆里、商店里、洗脚城里、OK厅里，老板和服务员们个个喜笑颜开，忙着数钞票。就连那些专为海员们服务的船舶配件店，晚上也照常开着门。

熟悉好镇的人都知道好镇的一些规矩。比如说，这里的小偷一般不在南面活动。就算是菜市场里已经老得走不动路的老太太也不下手。要知道那些老太太，钱捂得紧紧的，看似难下手，但捂得太紧人就容易疲惫，尤其是挑菜的时候顾东不顾西，兜里的钱就如同敞开门的仓库，想怎么拿就怎么拿。但本地的小偷仍然不拿。用行内的话说，偷家里的钱没出息。他们的目光一般都盯着北面的。北面的那些水手们，没有任何征兆地就来了，就算是脱掉海员服换上笔挺的西裤铁灰的夹克，仍然掩不住大海的风大海的咸味。那些都是外地的有钱人，钱来得容易，拿了也算是捐赠。

走到濠河边时，兜里的手机仍然一直在响。他烦躁地掏出手机，干脆调为震动，又震动了好久。拿出来一看，还是那些电话，来电显示上依次排着：调度室，人事处，船队，然后就是工会党办，总经理办，还有医院，像群鲨鱼一样，冲过来。似乎全世界都在找他。我是谁？我怎么这么重要？他有些迷惑。手机又震动了。这回上面显示着五个字：水上派出所。他索性取下手机卡，抡圆胳膊，朝河里扔去。手机卡从手里飞出去，在空中翻滚着，像片树叶一样，落在河里，水花都没溅起一片，就漂走了。而手机卡落下的地方，那些人，一个个地，又蹦出来了。张晓军、船长、老轨、跑得快、谭笑、傅诚，甚至龚军，都来了。张晓军说，你找到丛静了没有啊？我在粥里多放了几勺糖，你帮我带给她啊。跑得快说，你那张牌就不该打。这张牌一打，你的智商就全暴露了。龚军说，我送你的那把刀呢？你带上了没？谭笑说，你这人一生就是太小心谨慎，去干点平时不敢干的事吧……你一言我一语，说东道西，吵吵闹闹的，比机舱里还吵，吵得他有些发蒙。你们都来吵我，吵我有什么用啊。你们现在都好了，自由自在了，船也不用跑了，架也不用吵了，不用一天到晚孤独寂寞地面对大海了，怎么还来烦我啊。他想找根棍子，打他们，赶他们。可他们就是不走。

还是海上好吧？

四周都是水，没有岸，没有边，看不到其他活的东西。头上脚下，上面是天，下面是海。一帮大老爷们儿被迫相依为命。但是，越是应该亲近的人，却越是仇敌。其实也就是些鸡毛蒜皮的小事。你借了我一百块钱没还。我酒后说你老婆不要你了伤了你自尊。你跟管事说我的闲话被我听到了。我去水手长那里领新手套没领到……就这些。这些小事破事，原本应该把生活弄得多么的有生机啊。但，就这些小事破事，偏偏都浸到了骨髓里，酿成大大小小的仇恨。二十几号人，还拉帮结派的。你看我不顺眼，我看你不舒服。原本应该相互取暖，却像群刺猬，挤在一起相互刺对方，弄得个个遍体鳞伤。老话说，世上三大苦，行船打铁磨豆腐。越是苦越相互计较。人类竟这么让人哭笑不得。

海上的这些东西，一不小心就会跑出来，拦都拦不住，把他弄得很累，累了就容易胡思乱想。当他的目光从濠河的那头收回来，回到现实中，这些让他累的事又跑出来了，逼着他去想：那些鸡毛蒜皮的东西，会把船弄沉掉吗？

3. 配件店

亚东配件店在好镇的北面，是好镇最大的船舶配件店。有一次路过这家店门口时，张晓军随口说，老轨最喜欢这家店。老轨，也就是轮机长，姓常名庚生，是船上地位仅次于船长和管事的人物，这船上所有机器都归他管。跑得快就在一旁说，这家店的老板娘扭屁股的时候很好看，她是专门扭给老轨看的。老轨当场就翻了脸，说回头要让他们好看。这应该是他的风格。在男女问题上，他总是那么害羞。

到了亚东配件店门口时，卷闸门紧闭。太阳都快爬上头顶了，配件店居然还没开门，实在有些反常。这让他心里多了些期待。他索性走到对面的小饭馆，找了个靠窗的地方坐了下来，要了两个菜，几瓶啤酒。这是个天然适合观察的位置，对面的所有店面一览无余。最近是风季，船不多，除了少量过来补充食品物资的，还有躲风的。几个海员勾肩搭背，一路说笑着，朝着前方的美女指指点点。穿着工作服的明显是上来购物的，衣着干净的或许就有所他求了。这些人，他们或许都和自己在海上相遇过，却彼此不知对方的相貌。或许还在甚高频里打过招呼，说过笑话。或许在船擦肩而过时，远远地拉响长长的汽笛打招呼，让悠扬的笛声在海上久久回荡。他看着同行们在眼前进进出出，突然就伤感起来。酒在嘴里是苦的，酒杯在手上摇晃，杯里的一艘船在浪里摇曳，越驶越近，已经逼近眼前，船上突然出现了"楚海"两个字，清晰可见。他呆呆地看着这两个字，看着它们摇曳着慢慢消失，一仰头，把杯里的浪和船都咽了下去，而后迷迷糊糊地，趴在桌上睡着了。

醒来时已是黄昏。他揉了揉眼睛，发现对面的店门已经开了。这家店果然生意好，进出的人明显比别的店多。有几个顾客一直在门口逡巡，等着他们开门。他像其他顾客一样走了进去。老板是个四十多岁的男人，他一只手指着面前的水泵，另一只手不停地在胸前划拉着，这个动作让他有些不舒服，好像他的手都划在自己身上。幸好老板正忙着和人谈生意，顾不上理他。他径直走了进去。电焊机、油水分离器、小型活塞、大大小小的齿轮、水管、传送带……都是些简单的配件，也只能解决一些小问题。最后他走到一个大铁盒子跟前，满盒子都是螺栓和螺帽，大的、小的、圆头的、方头的，在他的跟前晃动着。虽然这些东西他并不陌生，但还是让他有些头晕。他捡起一颗螺栓，按照想象中的尺寸比画着，仔细端详着。

老板走过来的时候，发现他眼里都是泪水。老板有些奇怪地看着这个一言不发的顾客。他赶紧抹掉眼泪，一边问老板，所有的螺栓都在这里吗？

老板点了点头，想要别的也行，要等。

老板说得很坚决。这一点他倒是相信。以前来来往往好镇多次，他已经见识过了。好镇就像《镜花缘》里的那个君子国，与这个世界有些格格不入。一次他拿了件被机油弄脏了的夹克去退，人家居然也痛痛快快地退了。两个人交谈得很愉快，他很快就知道老板姓范。范老板看上去就是个爽快的人，他的心直口快让他有些不好意思起来，他感觉自己就是个阴谋家，他简直都不好意思说出那句最紧要的话来。但他还是找了个机会说出来了。

他说，你们这个庄里，就你一个人吗？

老板说，平常就我们两个人，我老婆有事回娘家去了。过两天才回来。

他点点头，向老板道谢，道别。

4. 老板娘

一个小黑点出现在眼前，随后黑点越来越大，直到清晰地显现在眼前。那是一只海鸥。把一只海鸥，白色的海鸥，放到蓝得看不见底、大得看不到边的天穹上，显得太渺小，有些浪费。幸好天上还有些白云，一团团的，像是被谁揉过，揉成一团，随随便便地扔在了天上。海鸥就是从这些白云中间飞来的。在海上，海鸥的出现预示着前方是晴天，是风平浪静。很快，这只海鸥就变成了两只、三只、四只……飞过来，落在了船上。而他正一个人坐在船尾，目光所到之处都是蓝色的，既看不到边，也看不到底，心里就有些空空的，没有着落。现在看见海鸥飞过来了，他就像看到久别重逢的老朋友一样，赶紧进屋拿来一些玉米，撒在甲板上，算是和它打招呼。海鸥似乎并不领情，领头的海鸥昂着头，黄色的尖尖的喙向前伸过来，突然变大变长，像一把剑，直冲过来。他猝不及防，下意识地伸手去挡，那海鸥却突然在空中停住了，张开嘴，叫了一声。这一声非常响亮，似乎是从遥远的天边扑过来的，一直扑到他跟前。天随后就黑了，没有任何预兆的，似乎是所有的光都被海鸥的那张大嘴吞没，顷刻之间，天地间就只剩下一丝亮光，在海平面上闪烁。借着这丝亮光，他看到几座巨大的山压了过来。那些山一排接着一排，前仆后继，在将船吞没之前，他只来得及惨叫一声。

睁开眼睛后，他发现，眼前的世界如此不同。窗外的太阳已经爬得老高。好镇的太阳与别处其实也没什么不同。只是太阳得从山后爬起来，未免有些耗费气力，显得没什么精神，懒洋洋的，落在山顶，架在绿树上。看样子，想赖在那里不走了。已经是半上午了。他坐在床上发了会儿呆，努力回想着已经过去的这些日子，脑子像是刚刚从冰柜里拿出来，冻住了，现在到了好镇，却仍然没有解冻。但所有的过去都在里面，出不来。时间是个奇怪的东西，时钟都是一样地在走，日历都是一样地在翻，但同样厚的日历，却藏着不一样长不一样重的日子。像岸上的日子，特别短特别轻，还没来得及品味，就哧溜一下，从身边溜走了。而海上的日子特别长特别重，似乎怎么用力推，也推不动。海上的日子不是由人来主宰的，日出日落，潮涨潮落，有自己的章法。现在好了，在岸上了，而且是在好镇，他觉得，自己有能力主宰日子了。管他白天黑夜，管他日上日落。这样一想，他就像打了兴奋剂一样，突然有了精神，一骨碌从床上爬了起来。

同样的小饭馆同样的位置，这次他终于看到了一个女人，正在店里忙碌着，招呼着顾客。他只能看到她的侧面。他果断站起来，朝店门口走去。走到门外时，他突然看到了店老板，犹豫了一下，停了下来。他看了看不远处，一个小孩儿手上拿着个溜溜球，正在那里玩。他从包里掏出一艘小船来。这是楚海轮刚刚接回时，为了庆祝首航，公司给船上的几个干部发的纪念品。船只有拳头那么大，但却做得很精细，比例协调，构造完整。尤其是船尾的锚，非常精致可爱，船上清楚地写着两个小字：楚海。如今这艘船是他的心肝宝贝，他的念想，一直随时携带在身边，有时还能唤醒一些沉睡的事情。他犹豫了一下，还是朝那个孩子走了过去。这是一个小男孩儿，看上去五六岁，一脸的稚气。他很快就弄清楚了，这孩子就是店老板的儿子，叫范好。没费什么气力，他就搞定了小男孩。小男孩儿蹦蹦跳跳地拿着这艘小船和他刚刚写好的一张纸条，找他妈妈去了。

不一会儿，他看到老板娘转过脸来，他终于有机会看到她的样子，虽然隔着玻璃，有些模糊，他仍然看得出来，就是这个女子。他一定见过她。这女子颇有几分姿色，尤其是身材很好，转身的时候腰肢一摆，不动声色地就露出了几分风韵来。这种风韵是自然的，不是修炼出来的。女人看了他一眼，轻轻点了点头。

晚上，他到了这家小茶馆时，发现女人已经坐在一个角落里，低着头，眼睛却不时地四处扫射。这是靠南面的一家小茶馆。好镇很小，小得几乎没有私密的地方。进茶馆的时候，大家都在热烈地聊着天，大声说笑着，心思并不在茶上。他要了个小包房，非常简陋的房间，一张茶几两把藤椅，此外就没有别的东西了。

他们都要了茶，他是绿茶，她是奶茶。对话就开始了。

你还记得我吗？他说。

她点了点头。

他心里一颤。

包房里的灯光比较暗，正好掩饰了岁月在她脸上留下的痕迹，而把她的优点都显示出来了。她看上去三十出头，因为保养得好，只在皱眉的时候，才现出额上及眼角的几条暗纹来。

我什么都不记得了。他说。

她看了他一眼，似乎在揣测他话里的意思。他接着说，船带过来了吗？

她点点头，从包里掏出那艘小船来，放在茶几上。他一把抢了过来，捏在手里，像是怕它突然漂走了。

船没了。他说，就剩这个了，留个念想。

你说什么？她看着他，一脸震惊。

沉掉了。他的声音低了下来，像是在喃喃自语，都没了。

蓦地，他像是从睡梦中醒过来了一样，站了起来，大声嚷道，我想起来了，都没了！就剩我一个了！

女人赶紧朝门口看了一眼，轻咳了一声，眼里都是央求。他坐了下来，喝了一口茶，喝得有些猛，呛得他直咳嗽。等他一脸歉意地抬起头来时，看到她眼里都是泪水。看来之前她还没听说过这件事。很多时候，女人的眼泪是这个世界上最温情的武器，这个武器是专门用来对付男人的。这个他懂。以前，这个女人一定也为男人流过不少的泪。有些是丈夫的，有些是情人的。有些是相思泪，有些是寂寞的泪，有些是仇恨的泪。等这些泪都流完了，故事就结束了。他掏出一包纸巾，递给女人，然后静静地看着她。她啜泣够了，终于停了下来。

你还记得以前的事吗？跟我说说好吗？我什么都不记得了。

时间过得真快……

女人擦掉眼泪，叹了一口气。

那天下午，是一大帮人一起来的。一进门就叽叽喳喳的，一看就是跑船的。跑船的我经常见，可是没见过这一帮人，他们的船应该是第一次停在好镇吧。人家来主要都是看配件，他们像是来旅游的，光顾着开我的玩笑……

他的大脑像是苏醒了一些。他依稀记得那天的事，只是不记得，是自己亲历的，还是别人说的。也许两者都有。现在这些东西和女人的话搅在一起，搅成了一个比较完整的故事。

后来老轨阻止他们，说人家是个女人，不要乱开人家的玩笑。他一边说着，一边使劲地眨右眼，把女人弄得莫名其妙，以为他在暗示什么。其实船上人都知道，老轨朝谁都眨右眼，而且都眨得那么有劲。

他们看了好久，东看看，西看看，看各种各样的配件，尤其是水泵，把店里的都看遍了，一边看一边扯女人的闲话。东扯西拉，可最终一样都没买。女人似乎并不怪他们。好镇的人都是这个样子，赚没赚到钱是次要的，只要开心就好。那时正好是个淡季，船来得少。女人的老公又恰好出门进货去了，要两三天才能回来。大家的话都特别多，像是几年没说过话一样，都抢着说。就老轨的话最少，看上去很稳重。

女人说话的时候，脸上泛着红光，充满着温情，让他相信，他们之间，真的是有感情的。

后来这帮人就走了。就这样走了也就算了。可是，谁能想得到呢，到了晚上，老轨又回来了。这回是一个人。人多的时候，女人还说说话，可就两个人的时候，反倒不知说什么好了。老轨看起来很紧张，右眼眨得格外使劲。其实女人也紧张，却装着什么事都没有一样。后来天很晚了，女人就站了起来。他也站了起来。然后，他们突然就抱在一起了……那天晚上，就在店里的午休床上。老轨把女人放倒了，但他一点也不着急，一点一点地，摆弄着她，就像在摆弄一件机器。

老轨摆弄机器的时候总是很认真，专注而又从容，似乎是在把玩一件工艺品。或许那个时候，老轨就是把她当成一台柴油机，或者油水分离器。

海员们上岸的时候个个都是饿鬼。有些海员，一上岸就往那些休闲店里跑。可是老轨就是不一样。他那么有耐心。从头到脚，把女人全身都弄软了弄化了。那天晚上，两个人说了很多的话，很多都是私话房，藏在心里很久的，都说了出来。

女人又抽泣了一下，似乎是一种惯性。这个时候，他确定，自己就是老轨，否则他怎么会对这些细节知道得这么清楚？

你还记得我们船上的其他人吗？

他抓住时机，说了一句。他希望她说出点什么，又有些害怕。

有个叫龚军的人吧？有些神经。还有一个叫张什么军的，好像在好镇有个女朋友。

还有吗？

好像还有一个叫谭笑的。这个人特别自以为是，还喜欢充大。

龚军、张晓军、谭笑……他努力思索着，想把女人所说的这些人与记忆中残存的那些人连接起来。但是他的大脑像是刚刚从冰箱的冷冻室里拿出来，只有一些散乱的碎片在脑子里晃动。这些碎片不停地游走着，忽远忽近，有时就要抓住点什么了，但很快又飘走了，这让他有些恍惚。他挣扎着，还是说出了那句最要紧的话：

我们在你的店里买过东西吗?

买东西?女人站了起来,眼里有些茫然。

他开始启发她,比如说,齿轮、扳手,或者只是一个螺丝?

我说得太多了。女人突然擦了擦眼泪,摇了摇头,一脸懊悔的样子,不早了,我得走了。

他一个人又在那里呆坐了很久。刚刚有点解冻的脑子又被冻住了。

5. 老轨

小店打烊前,他都守在配件店对面的小饭馆里。他要了一瓶酒,却并不怎么喝。他只想把时间挨过去。有时候酒杯碰到嘴唇,让他感到一丝冰冷,他才想起,手中还有杯子。他透过玻璃窗,观察着女人在店里的一举一动。女人在给水泵擦油,女人在和丈夫说话,女人在倒水,女人在发呆……他把她的一举一动都记到脑子里,就像在海上记日志一样。只不过那时候,他记的是船的一举一动、海的一举一动。

有一天没有太阳,海上风雨欲来。没有阳光的日子,船上格外沉闷。海风带着海水的味道一阵阵地扑过来,让人感到不安。老轨不停地在房间里打着喷嚏。有人在敲门。老轨赶紧把屋子里的东西扒拉了一下,这才打开门。看到是大副,老轨笑了,是你啊,稀客啊,进来坐吧。

谭笑还是第一次进老轨的房间。房间里没有想象中那么整洁,东西摆放得有些混乱。书桌上放着一把扳手,几颗螺栓。床上是一本书,书打开了,谭笑一眼就看到一幅柴油机的内视图,书里还夹着一支圆珠笔。两件衣服散乱地搭在床沿上。他看到一件衣服的下面露出了一条袖子,看上去像是一件粉红色的秋衣,袖子看上去又短又细，应该是件女人的衣服。谭笑笑了笑，没出声，也没有戳穿他，只是有些疑惑。大家都知道，老轨不是个好色的人。别的海员上岸了找女人，找不到的就到处乱看，一边开着别人的玩笑，过过嘴瘾。老轨却从来不谈女人，也从来不讲家里的事。但是大家都知道，老轨的老婆在闹离婚。老轨的全部生活都是机器。现在，居然有一件女人用品出现在他床上，这让谭笑有些意外。

那天老轨似乎心情很好，给谭笑倒了水，还跟他说着笑话。老轨说，你说，这船上到底是你们驾驶员重要，还是我们轮机员重要？

谭笑愣了一下，回答说，都重要啊。我们同舟共济嘛。

老轨说，可是很明显，你们更重要嘛。船上谁最大？船长，船长就是驾驶员嘛。再说了，在公司里，也是你们更重要嘛。你看看咱们公司的总经理，驾驶员出身，对吧？管生产的副总经理，驾驶员出身，对吧？安全总监，驾驶员出身，对吧？所有公司领导当中，只有总老轨，是轮机员出身……

谭笑不知道怎么回答。他不知道，一向话不多的老轨，今天话怎么这么多。

老轨看了谭笑一眼，说，每次评优，也是你们驾驶员最多吧。你们都评完了，才轮得到我们。可是，这船上没有我们这些轮机员行吗？没有轮机员，柴油机不能正常运行，船开不了。辅机出了问题，船上就没电。没有轮机员，油水分离器坏了，一天的工夫船舱里都是污水。水泵坏了，油打不起来。不是我吹牛，就是一颗小小的螺栓出了问题，船都有可能沉掉……

他惊讶地发现，又有些事情回到脑子里来了。只是，他不知道，自己是这个故事里的哪个人物，或者两个都不是。现在他想起这件事，突然意识到一个问题：老轨如果想把船弄沉掉，易如反掌。

如果自己是老轨，那么，楚海轮极有可能就是自己弄沉掉的。那么，自己为什么要把楚海弄沉掉呢？他突然兴奋起来。但是他的思路很快就被打断了。

他们关门了。他看到女人挽着男人的胳膊，一起出了门。他远远地跟着，从北面到南面，一直跟到山脚下。山脚下是一排民居，全是三层四层的小楼。男人和女人进了一栋楼，他发现，他们居住的地方居然离自己住的旅馆并不远。他想了想，掏出望远镜，在小楼对面的一张椅子上坐了下来。他没费什么劲，就看到了他们住在二楼。二楼的窗户是开着的，他看到男人光着上身，女人打了一盆水，正在帮男人擦背。这是船用高倍望远镜，他清晰地看到了女人的所有动作。她的动作很温柔，很细致，脸上的表情也很专注。擦完后，女人甚至轻轻地拍了一下男人的脸。而男人则眯着眼，看样子很享受。

他有些迷惑，拿望远镜的手不知不觉地垂了下来。爱情面前，到底什么才是真相？她是在掩盖什么吗？他知道，有时，掩盖真相比暴露真相更痛苦。可是，女人的脸上看不出一丝痛苦的模样，她完全是一个称职的妻子，温柔、贤惠、淡定，一副满足而幸福的模样。

连续跟了两天，他有些百无聊赖：这就是一个小镇的普通女人的生活，柴米油盐，鸡毛蒜皮，一点也不值得他关注。但是，他要找的答案，却迟迟没有踪影。第三天的时候，他终于没有耐心了。那天下午，他从床上爬起来，决定再去找她。这一次，他打算直奔主题。他特地梳了几下头，算是抖擞一下精神，这才准备出发。就在这时，门外却传来敲门声。他以为是旅馆老板，打开门，却是她。他有些意外。

女人站在门口看着他。今天她穿得比较正式，头发也认真梳理过了。她看着他说，怎么？不欢迎我？

他想她应该扑到自己怀里来。但是她没有。也许，自己又让她感到陌生了吧。女人在爱情面前总是这样矛盾。但是现实总是最后的决定因素。他愣了一会儿，赶紧把她请进来，然后手忙脚乱地去烧水，为她泡茶。他在忙这些事的时候，女人就满屋子张望着，目光偶尔还从他身上扫过。终于坐了下来。没等他开口，女人先开口了。

跟了我几天，差不多了吧？

他愣住了，有些尴尬，想笑却笑不出来。

女人察觉了这种尴尬，于是转换了一下口气，语气变得温柔起来，你们在船上……好吗？

我不记得了。他说，我想不起来了，我都忘了！

他提高了声音，最后一句话是嚷出来的。他开始心神不宁，于是就站了起来，在屋子里走动着。他走得越来越快，女人也越来越紧张，目光一直盯着他。后来，她终于忍不住了，问道：你找我，究竟想干什么？能直接告诉我吗？

他终于停了下来，坐到她跟前，看着她，犹豫着，想着该怎么表达。女人又开口了。

你是不是想知道，我们之间有没有什么交易？你是来调查这个的吧？

在女人的咄咄逼人下，他有些支支吾吾，我，我就是想知道，我们有没有，有没有在你的店里买什么配件？

女人的回答很干脆，没有，什么都没买。

他跟了一句，这一句才是最要紧的那句，连……连一颗螺栓都没买吗？

女人摇了摇头，没有。

她站了起来，一字一句地对他说，我们结束了，都过去了，请你以后不要再来烦我。

说着，女人就拉开门，出去了。踢踢踏踏的脚步声在外面回荡。结束了？是指他们之间结束了吗？他想起晚上她给她老公擦澡的情景。他坐在那里一动不动，眼泪沿着脸颊滚了下来。他像一个受了委屈却又无处倾诉的孩子。在暗夜里，无声地啜泣着。

6. 小梅

几天里，他在好镇来来回回地转了好几圈。好镇的很多地方似乎都有自己的气息。酒吧的墙面上有自己抚摸的痕迹。码头边有自己的声音。还有那棵银杏树下，自己的脚印还在。那么，这些东西，能够告诉自己，我到底是谁吗？他把这些碎片拼接到一块，结果还是模糊的，拼不成一个完整的人。那天下午，他又转到了这里：小梅副食。这几天他已经绕着这个副食店转了几次了。他也不知道为什么，只是感觉这里有什么东西吸引着自己。不过这次，他不是从北面，而是从南面来，从副食店后面绕过来的。这种感觉很陌生，像是偷偷摸摸的，他有些心虚。夕阳一路上把他的影子印在地上，那影子有些瘦有些长，多亏有了影子相伴，他才不那么孤独。

这次，他看到一个女孩儿坐在店里，正低着头，打毛衣。他站在她跟前，有些恍惚，不知道怎么开口。她终于打完了那一针，抬起头来，一眼看到了他，嘴巴张得老大。她说，你，怎么来了？

他盯着她看，似曾相识。靠着残存的那点记忆，他感觉她变了。变黑了，不像以前，话那么多，她似乎一夜之间长大了，变成了一个安静的姑娘。她放下了毛衣，又拿了起来，又放下，两只手不知往哪里放。抬起头来想看他，却又不敢迎接他的目光。

最后她拿起一罐啤酒，打开，递给了他。他默默地接了过来，喝了一口。两个人就一直坐着，谁也没有开口。

他看着她，突然明白，她才是自己在这个小镇想找的那个女人。他突然想流泪。自从船出事以来，每一个人都是陌生的。他不相信任何人，也不认识任何人，就是以前公司的同事也不例外。现在见到这个姑娘，他却突然像是见到了亲人。他真的流泪了。眼泪一直往下流，他也不去擦。泪水似乎积得太多了，一起倾泻而下，流到嘴里，咸咸的，像是海水的味道。她愣了一下，突然走了过来，一把搂住他的脑袋。他的脑袋紧紧贴着她的肚子，泪水打湿了她白底粉花的外套。他努力让自己不发出声来。

后来她带他去喝酒。他们喝了很多酒，似乎是要把流掉的水都补回来。只是，喝进来的是苦的，流出去的是咸的。出酒馆门的时候夜已经很深了。她扶着他，穿过小街，从灯火通明的北面走过去，走到灯光暗淡人影阑珊的南面。似乎整条街上只有他们两个人。他们在一条长凳上坐了下来。他把脑袋靠在她的怀里，像小猪一样拱着。她抱着他的脑袋，摸着他的头发。他终于安静了下来。一晚上都在胡说八道，却没有说一句正经话。这会儿他终于说了，他像一头孤狼一样，嚎着，小梅，船沉掉了，就剩我一个啦——

他的声音拖得很长。有些沙哑，有些苍凉。

她颤抖着，似乎夜晚的风太凉，于是她把他搂得更紧了，仿佛搂着一件失而复得的宝物。后来他在她怀里睡着了。醒来时她正把他搂得紧紧的。深秋的风吹在身上，还是有些寒意，她实在挡不住所有的风。他挣扎着爬起来，跌跌撞撞地往回走。她紧赶了几步，扶住了他。到了楼下时，她突然说道：你还记得那些事吗？

没等他回答，一辆车突然从旁边开过，灯光太亮，刺得他眼睛疼。

7. 谭笑

那一次他们特别不顺。先是等着装货等了一个多星期，好不容易装上货了，路上又遇台风，被迫躲了几天的风，总算到了，卸货又等了半个多月。那是一个荒凉的小港，上面什么都没有。一大帮大老爷们天天窝在船上，除了吃饭就是睡觉，再就是喝酒打牌。半个多月里只见到半天太阳，还羞羞答答的，躲在薄薄的云层里，偶尔露一下头。天天都是阴天，空气格外潮湿，衣服没长霉，心情先长霉了。他们天天谈论好镇，说要是在好镇多好啊，可以上去逛，有吃有喝有女人，还有太阳，就是等个半年也不着急。似乎好镇比家里更吸引他们。后来终于来了消息，卸货，再装货，往回开。回去的路上他们加足了马力。船长的心情和他们一样。这半年里诸事不顺，往年可以跑三四趟，可到现在才跑两趟，看样子半年任务又完成不了了。兄弟们的奖金又要泡汤了。他们攒足了劲往回开。

回去的路上特别顺利，五天的工夫就到了好镇。不当班的老早就梳洗干净，打扮了一番。当班的来不及洗澡，船一靠港，就急急忙忙地换了衣服，往岸上冲。刚刚还一个个穿着工作服，满脸油腻满脸胡子拉碴，转眼间又变得人模狗样，像要去接见外宾一样。

谭笑没那么迫切。他在好镇没什么牵挂，也不好热闹。上岸对于他来说，就是踏踏地气，准备一点生活用品。等其他人都上岸了，谭笑才不紧不慢地换了衣服，慢悠悠地往上走。一上去他就看到了张晓军和老轨，还有跑得快。三个人也正晃晃悠悠地往镇上走。

好镇还是那个好镇，虽然每次来都有几分新鲜，但其实新鲜的东西并不多。青石板几百年都没变样，只是多了层青苔，老树又长出了新叶，月季又开了花，如此而已。不过这次，他们在街口，看到了一家新开的副食店。远远的，他们就看到了四个大字：小梅副食。张晓军一看就笑了，说店主肯定叫小梅。跑得快说那可不一定。于是决定打赌。四个人到了副食店，一个中年男人赶紧招呼他们，问他们要点什么。跑得快就朝张晓军挤眉弄眼，意思很明显：一个中年男人不太可能叫小梅。张晓军则努力朝店里张望，想看看有没有年轻的姑娘。结果他失望了。跑得快说，怎么样，愿赌服输吧。张晓军只好请客。他们找老板要了几瓶啤酒、几袋油炸花生，几个人就坐在店门口喝酒。打赌其实只是个形式，即使不打赌，按照往常的习惯，他们也会上来喝酒。三瓶啤酒刚刚喝完，一个年轻的姑娘迈着大步过来了。姑娘看上去二十左右，扎着马尾辫，脚上蹬着一双白色运动鞋，腿很长，走起路来很有力，看上去很有活力。和姑娘搭讪是跑得快的专长。他问姑娘，要不要一起喝一杯。姑娘爽快地答应了，接过啤酒就喝。一边问他们，是不是船刚刚到港。跑得快抓住机会表扬姑娘，夸她聪明。这时张晓军问道，你叫什么名字啊？

以往张晓军是不会这么主动的。他还没谈过恋爱呢，见到年轻的姑娘还会脸红。姑娘看了他一眼，指了指店牌说，小梅。

几个人一起指着张晓军哈哈大笑起来。

后来的几天里，他们没事就上来喝酒。老轨忙着找机器配件，整修机器，他们三个年轻人就一起上来。谭笑和跑得快拼命地撮合小梅和张晓军。张晓军每次都被弄个大红脸。小梅呢，倒是很大方，笑眯眯的，配合着他们。她确实是一个做副食店老板的料。每次喝酒，他们都请小梅一起喝。小梅基本上都是来者不拒。这姑娘的酒量深不见底，他们有几次想把她灌醉，结果都失败了，倒是张晓军每次都被弄醉了，谭笑和跑得快只好一左一右把他架回到船上，三个人像是打了败仗的士兵，落荒而逃。

那天张晓军和跑得快都喝高了，昏睡了一下午。黄昏的时候，他们还没起来，谭笑只好一个人上去闲逛。小梅正一个人坐在店里。看到谭笑过来，赶紧拿来板凳让他坐。小梅的脸红扑扑的，似乎下午的酒劲还没过去。他笑道，小梅啊，遇到什么高兴事了，脸那么红？小梅难得地害羞起来，低下了头，哪有啊。谭笑说，平日里你可不是这样，你是我在好镇见到的最白的姑娘。这一点倒是事实，好镇阳光充足，好镇的姑娘普遍都比较黑。小梅摸了摸脸，有些兴奋，真的吗？你不是骗我的吧？谭笑说，怎么会，你就像传说中的白雪公主啊。小梅又害羞了，脑袋又低了下来。幸亏有人来买东西，她赶紧转身忙她的去了。等她忙完了，脸上又恢复了平静。她坐在他对面，安安静静的。谭笑有些奇怪，往常他们一起来的时候，她就像只麻雀，一直叽叽喳喳的，停不下来。

谭笑想了想，只好没话找话，你觉得张晓军怎么样啊？

她看了他一眼，挺好的啊。

谭笑趁热打铁，那你喜欢他吗？

她假装转身去拿啤酒瓶，没有回答。

那天晚上，谭笑正在驾驶台整理航行日志，张晓军突然来了。谭笑说，你怎么来了？怎么不去找小梅啊？

张晓军说，我找她干吗？

谭笑抬起头，看到他垂头丧气的，怎么啦？碰钉子啦。女孩子是这样的，人家是不会轻易表态的。你要有耐心啊。

张晓军说，我刚刚从她那里回来。她跟我说，要介绍一个女孩子给我。说那个女孩子是她的好朋友。

谭笑"哦"了一声,那也挺好啊。

张晓军接着说,我感觉,她喜欢的是你。

谭笑吓了一跳,你乱说什么啊。你的感觉?一个从来没谈过恋爱的人,靠不住。

张晓军认真地说,你要相信我。

第二天下午,船上正在开全员大会,小梅突然来了。幸好他们的会快结束了,她没等多久。谭笑看到小梅拉着张晓军叽里咕噜地说了半天,随后张晓军就过来找他了。张晓军说,小梅还真的要给我介绍女朋友,说现在就在她店里,要我赶紧过去。你跟我一起去吧。

在小梅的店里,谭笑看到了一个姑娘。小梅介绍说,这是我闺蜜,丛静。

据说闺蜜的性格都是互补的。丛静人如其名,看上去很文静。谭笑心想,这下完了,这姑娘看上去比张晓军还害羞,张晓军又没戏了。

几个人一起到海滩上散步。走了一会儿,小梅有意放慢了步子,一边朝他眨眼睛。谭笑明白了,小梅的意思是,不要当灯泡,让他们单独聊。

这姑娘真是机灵。他们也在沙滩上慢悠悠地走着,谁也没有说话。首先打破沉默的是小梅。小梅说,你有女朋友吗?

谭笑摇了摇头。

小梅说,你这么优秀,怎么会没有女朋友呢?

谭笑苦笑道,一个跑船的,常年在外面漂,几个月都见不到人影,谁愿意跟我啊。

小梅说,天天在一起就好吗?隔壁那小两口倒是天天在一起,可天天吵架。

谭笑赶紧岔开话题，你觉得他们两个能成吗？

小梅说，我觉得他们挺合适的。

到底还是女孩子直觉灵。几天后，张晓军兴冲冲地来找谭笑，当时他正在会议室里和老轨下棋，旁边围着几个人观战。张晓军像个捡到了糖果的孩子一样，脸上堆着红晕。

谭笑说，怎么？有进展了？

张晓军小声地说道，我们拉手了。

谭笑哈哈大笑起来，好啊，看来你们真有感觉了。

旁边几个人赶紧起哄，亲嘴了没有啊？哎呀，你真笨，这种事，就要趁热打铁嘛。女孩子嘛，往床上一弄，就是你的了。

那天吃过晚饭，张晓军又拉着他们几个去小梅店里喝酒。这次去的人比较多，小梅又恢复了她伶俐的口齿。他跟小梅说，我们明天就要走啦，这一次最有收获的是晓军。还要感谢你这个大媒人啊。

小梅说，感谢我干吗，是他们的缘分到了。

他说，我们这种人，常年在外头漂，风里来雨里去，找个女朋友不容易。

小梅一脸的向往，你们多好啊，见过那么多的世面，哪像我，天天窝在好镇，一点意思都没有。

谭笑笑道，看来你是个跑船的料，要不你跟我们一起走好了。

小梅回答得很快，好啊好啊。

8. 小梅

第二天十点钟的时候，船准时开航。谭笑站在驾驶台上，看着张晓军和丛静依依不舍地站在码头上，似乎有说不完的话，实在不忍心拉响汽笛。几年前，谭笑也经历过这样的场景，如今一切又在眼前。他有些恍惚。后来船长进来了，船长说，怎么还不走啊？他这才拉响汽笛，长长的笛声在港口回荡着，像是出征的号声。

现在看着张晓军和丛静，谭笑有些担忧，担心他们会走自己的老路。谭笑在望远镜里看到，船已经开出很远了，丛静还站在那里，一直不肯离开。才这么几天，他们就如胶似漆了。看来这女孩也是个多情的姑娘。越是多情越危险啊。做海员的老婆，就要那种大大咧咧没心没肺的。谭笑叹了口气，下令把船速加到前进四，楚海轮犁开层层海浪，直往茫茫无际的海中央驶去。他听到了海浪拍打船的声音。一阵急促的脚步声传来，有人一把推开驾驶室的门，谭笑回头一看，是三副。三副说，你赶紧下去吧，出事啦。他问道，什么事啊？三副说，你去会议室看看就知道了，我来替你。

会议室里非常嘈杂，里面围了一大群人，正在七嘴八舌地说着话。看到谭笑进来，大家赶紧让出一条道来。人群的中央居然是小梅！谭笑吓了一跳。他说，这是怎么回事啊？管事傅诚看了他一眼，说道，这要问你啊。人家说是你要她来的。谭笑说，我什么时候要她来的啊？小梅白了他一眼，你可不能说话不算数啊。他傻了眼。傅诚一把把谭笑拉到了外边，到底怎么回事啊？你这是要拐卖人口啊。谭笑说，那天下午我们开玩笑的，哪知道她真跟来了呢？傅诚叹了一口气，这姑娘喜欢你啊。你真有福气啊。谭笑拔腿就跑，我得赶紧找船长去。

那天，船在开出两个小时后，又调头往回开。大家把谭笑和小梅关在一个房间里，让他们单独说说话。

我知道你没有女朋友。我知道你长年在外回不了家。我知道你失过恋。我和那姑娘不一样，我愿意跟你。我一个人在家什么都能干，你不用担心……

一定是张晓军把他的情况告诉了丛静，丛静又告诉了她。这个多嘴的张晓军。谭笑有些恼怒，可他不知道说什么。一直是小梅在说。

我第一眼就喜欢上了你。那天一大帮人，我一眼就看到了你。别人都不在我眼里。那天晚上别人长什么样子我都不记得了，就你的样子一直在我跟前晃来晃去。我觉得你就是专门来找我的。这就是缘分。可你为什么不喜欢我？你是嫌我不漂亮吗？嫌我不会打扮吗？还是嫌我话多？我都可以改……

这好镇的姑娘，都是用什么做的啊。谭笑没有回答她。他没办法告诉她，他现在居无定所，不是身体，而是心。他没办法告诉她，他习惯了孤独又害怕孤独。他更没办法告诉她，他不敢再谈感情。他只好低着头，听她一个人唠叨。后来，船终于靠港了。谭笑把小梅送上岸，却不敢看她的眼睛。他像个逃兵一样灰溜溜地逃到了船上。这以后，每次到好镇来，谭笑都不敢上岸，即使上岸，也要远远地看看那个副食店，看到小梅不在里面，他才敢往里走。后来有一次，小梅还到船上来找过他。他远远地看到她来了，赶紧躲开，就像做了亏心事一样。他偷偷地看着小梅一个人失落地走了，狠狠地掐了自己一把。从此以后，她再也没有来找过谭笑。他听张晓军说，她好像有男朋友了。张晓军这是在安慰他吗？

回忆居然也可以是美好的。他和小梅，你说几句，我说几句，那些过去就回来了，连在了一起。小梅一会儿笑，一会儿哭。当他们把过去连接起来的时候，她笑得最开心，笑完了，又突然哭了起来。她哭着说，你没事。你会好起来的，能治好的。你不是想起我来了吗？治不好也没关系。我陪着你，只要你不嫌弃我……

老轨。谭笑。谭笑。老轨。他一直嘀咕着。自己到底是谭笑，还是老轨？或者是，到底希望自己是谭笑，还是老轨？

一大片月光落在了小梅脸上。他突然发现她还是很漂亮的。尤其是月光下的小梅。她从不化妆，一直是素面朝天，但那又怎么样。她的脸一直是青春的、温暖的、生动的，仿佛眼下的月光。一张生动的脸足以胜过这世上所有的东西。他突然想吻一下这张脸，但是又不好意思。所以他就看着她，看着这张脸。他觉得自己从来没有像现在这样需要这张脸。

屋子里安静了下来。现在应该是下半夜了。似乎全世界都睡着了，只有月光在眼前哗哗地流动，就像那些过去的时光。后来，小梅像是突然想起了什么一样，嚷道，对了，我看到跑得快了！他说，谁？她说，跑得快啊。那个话最多的，好像是水手长吧。他说，怎么可能？明明只有我一个人上来了……

9. 跑得快

跑得快大名刘小红，是楚海轮上的水手长。事实上，知道刘小红的人不多，但"跑得快"这个名字在公司却无人不知。"跑得快"这个名号十几年前就有了。当时刘小红好赌，只要哪里有打牌的，一叫就应，跑得比谁都快，这个名号就这样诞生了。好赌归好赌，却不一定会赌。加上跑得太快，他每个月的工资一发下来，没两天就完了。

后来谭笑和跑得快上了同一条船。有一次谭笑问跑得快，你是怎样上瘾的啊。跑得快说，那个时候刚上船，天天没事干，不习惯。船员们不是喝酒就是打牌，要不怎么打发时间呢？我就跟着打，慢慢就上瘾了。

跑得快也知道赌博不好，也想了很多办法戒赌。有一回发工资的时候，别人都去领了，就跑得快不去。跑得快要谭笑帮他去领，还说，钱就放你这里吧，免得我又输光了。以后上去买东西的时候，你帮我付钱就是了。可是没几天，他又来找他要钱，还债。身上是没钱了，可是别人可以借钱给他。他又输了。

输钱的时候，跑得快很痛苦，狠狠地揪自己的头发，头往床的铁栏杆上撞，发誓赌咒，再也不打了。可还是没用。别人一诱惑，他就受不了。那次又输钱后跑得快来找谭笑。跑得快说，你是大学生，你帮帮我。他说，我怎么帮你？跑得快说，我们立个字据，我要是再赌博，你就剁了我的手指。他们真的立了字据，跑得快还在上面按了手印。

可是第三天，张晓军就过来找谭笑说，跑得快又在打牌。他要张晓军到厨房里拿把菜刀来，自己赶到水手舱，抓了个现形。谭笑要张晓军帮忙，把跑得快的一只手摁在桌子上，他高举着菜刀。菜刀还没落下来，跑得快就杀猪一样叫着。他一刀劈了下去，把桌子角劈掉了一块。跑得快跪倒在地上，痛哭流涕，说再也不赌了，再赌就对不起兄弟了。这以后跑得快就跟着谭笑学文化，他找些书给他看。在他眼里，跑得快是个没心没肺的人。除了喜欢吹牛，泡妞，话多，倒是没别的毛病。话多是多，却不说假话，没什么算计。谭笑就冲着这一点，老带着跑得快玩。谭笑、跑得快、张晓军，三个人成了铁三角。后来跑得快结婚了，老婆没工作，长得也一般。跑得快说，干咱们这一行的，不能找太漂亮的，不放心。这句话表明跑得快真的成熟了，现实了。

这些事有些是陈年往事，有些其实并不远。他回忆得很吃力。好在大部分以前小梅都听说过。有些是谭笑告诉她的，有些则是丛静跟她说的。丛静的消息源肯定就是张晓军了。他把这些信息拼起来，拼成了上面的那个跑得快。他觉得这个跑得快应该差不多是完整的、真实的。但是小梅又说，跑得快在好镇开了个配件店。

他一下子就傻了眼。跑得快立即变得不那么真实起来。他一直以为，自己对跑得快是了解的。但是他开店这么大的事，自己居然一点都不知道。小梅问他，是没有听说过，还是忘了。他非常肯定地说，是没有听说过。他突然觉得，这个世界本来就不是真实的。

海风配件店就在亚东配件店后面。他和小梅到了海风配件店时，门还没有开。他觉得自己有些心急了。他是有些急切。他以为，整条船上只有他一个人回来了。明明一共只有六个人上了救生筏，只有他一个人活了下来啊。

跑得快终于出现在视线里。和跑得快一起出现的是个女人。那是他老婆。两个人一前一后，跑得快手里拿着个箱子。到门口了，他放下箱子，他老婆掏出钥匙，递给他，他开锁，用力往上提起卷闸门。两个人一前一后进去了。

他看了一眼小梅，眼里都是疑惑。小梅说，怎么啦？这店就是他的啊。

他吃惊地说，真是他的？

小梅点了点头。

跑得快真的成熟了，比自己还成熟。他自嘲地笑了笑。整个世界都成熟了，只有自己还没长大。

他和小梅一前一后地进了店。他们是今天最早的两个客人。跑得快的目光定在他身上，像是看陌生人，足足看了十秒。随后，他就从椅子上跳起来，一起抓住他，把他抱在怀里。他不太习惯被一个男人抱着，挣扎了一下。跑得快抓得很紧，他没能摆脱，就由他抱着。跑得快不停地摇着他的两只胳膊，他被动地跟着他摇动着。一刹那间他有些迷惑，感觉自己像是在船上，脚下踏着的，是船的甲板，而不是土地。

兄弟啊，兄弟啊……

跑得快有些语无伦次。

兄弟啊。

他终于放开了他，拍了拍他的肩膀，然后转身搬了两张凳子。

他傻傻地看着他，像看着一个陌生人，一下子不知道说什么。跑得快的老婆端来两杯水，他也忘了接，她只好把水放在他面前的柜台上。

你不知道我还活着是吧。跑得快说。公司里的人都知道。我没上救生筏。幸亏我胆小，怕出事，早就在房间里准备了两件救生衣。刮大风的时候，我什么都没拿，就拿了那两件救生衣，穿一件，抓一件。我发现来不及上救生筏，就直接跳下去了。然后我就听天由命了。那天浪实在太大了。我闭着眼睛，也不挣扎。我知道挣扎也没用，就顺着浪飘，尽量不让鼻子里进水……

他想着跑得快在海里挣扎的场景，脑子里突然浮现自己在海里的场景。也就是说，那一时刻，他们两个人都在海里挣扎，但是他们都不知道对方在同一片海里挣扎。屋子里突然安静了下来，似乎此刻跑得快正在海里挣扎。

10. 跑得快

跟踪跑得快不是件容易的事。

他外号"跑得快"，绝非浪得虚名。他走路很快，总是一路小跑，还喜欢东张西望，一边走一边不时地回一下头，像只小鹿一样，不停地嗅着周围的气息。更何况，他们太熟悉了。熟悉的人，很远都能闻到他的气息。所以他一直离他很远。后来他总算看到了跑得快居住的地方。之前他觉得，跑得快应该主动带他去家里的。可他居然没有。这说明他不希望他去。而且他开了这样一个店，还一直瞒着他。他不大相信这个看起来很老实的跑得快了。

他没费多大劲就进了屋。一看就是临时住所,客厅陈设简单。一张长木椅,一个四人座小餐桌,桌上放着一个水壶,墙边是一男一女两双拖鞋。

他在客厅里走了一圈,然后直接进了卧室。他打开旁边的简易衣柜,里面没有包裹之类的东西,又打开旁边的床头柜,里面除了几双袜子和短裤,也没有其他东西。他在床上坐了下来,脑子里努力想着跑得快干活时的样子。跑得快嘴里叼着烟,眼睛微微眯着,眼神看似吊儿郎当,其实却十分专注地盯着手所在的方向。他突然站了起来,走到了床边,弯下腰去,把遮住床沿的床单撩起,果然,床下有两个箱子。

他蹲下去,把箱子从床底拖出来。箱子没有锁,里面有几本证件。安全证、水手证、海员证、海员服务簿、健康证,居然还有一本结婚证。这说明他们是打算长期在这里待下去了。结婚证的旁边,还有一个笔记本。他犹豫了一下,还是拿了起来,打开,里面居然是日记!没有多少文化的跑得快,居然记日记!

×年×月×日　阴　台海海峡　小风

今天在船尾看到两条鱼,应该是大鱼,远远跟着船。我用望远镜看的,很漂亮。尾巴有床那么大。这样的一条鱼,应该可以吃一个月吧。

下雨了。

×年×月×日　晴　东海　五级风

张晓军今天找我要钱。我都不记得找他借过钱了。借太多人了。他还翻脸了,很生气的样子。他家里也缺钱。可是我身上实在没钱。我就去找谭笑借。谭笑说也没有。我实在不相信。他是大副,又是光杆司令一个，没什么地方花钱。他难道也不相信我？我有些伤心。老轨说谭笑很虚伪，难道是真的吗？

后来还是老轨借给我的。老轨还拉着我说了很久的话。他要我当心龚军。我问他为什么，他又不说。他应该是为我好吧。

×年×月×日　晴　马六甲海峡　无风

终于进马六甲海峡了，没想到，马六甲海峡没下雨，也没风，这个季节可能会有风的。我还提前跟张晓军说了，怕他晕船。他说，他才不晕。那次九级风他都没晕。他说看到我就晕。你看看，好心当驴肝肺，气死我了。这家伙看起来老实，现在越来越不老实了。是因为谈了朋友，还是跟着谭笑学坏了？

马六甲真是漂亮。不过船多，礁石也多。船长、谭笑他们紧张得要死。我有些想念好镇了，也不知道老婆现在怎么样。我还真不太放心。老轨总是说，在家的时候，老婆是你的，出去了，管她是谁的呢。你又管不着。

他翻了几页，都是些小事。不过他还是很吃惊。很多东西和他平常嘴上说的不一样啊。比如和老轨的关系。老轨看起来独来独往的，没想到私底下和人关系这么好。看来人人都会伪装，就看装得像不像了。装得像的就是君子，甚至圣人，装得不像的就是小人，是疯子。

他放下了日记，朝窗外望了一会儿，窗外阳光正烈。刺槐树的树叶在光影里摆动着，像在撒娇。一只山雀从刺槐上面掠过，根本就不打算睬它。它们都很骄傲吧。

他掏出手机，把日记一页一页拍了下来。

晚上躺在床上，他把手机放了又拿，最终还是放了下来。他突然感觉床在摇晃。一层层的波浪，红色的、紫色的、黑色的、蓝色的、绿色的，推过来，床就在浪的推动下摇晃着。他无力抵抗。他有些疲惫，只好随波逐流。幸好那些浪是善意的。它们唱着歌，欢笑着，过来了。他伸出手，想和浪们握个手。手抬到半空，却无力地落了下来。

11. 小梅

小梅来的时候，太阳已经穿过窗户，俯射下来了。小梅在外面拼命敲门。他跌跌撞撞地下了床，结果全身软绵绵的，走到门口时差一点跌倒，小梅赶紧一把扶住他，一摸脑袋，叫了起来，哎呀，好烫，你发烧了！

她拔腿就出去买药。喂了药，帮他洗了脸，小梅又弄了块湿毛巾，敷在他额头上，然后一边看着体温计，一边唠叨，还好，降下来了，刚才四十度，吓死人了！

他说，有什么好吓人的。

小梅嗔怪道，发烧也会烧死人的。

他有气无力地说，死有什么可怕的，又不是没死过。不过这事他没跟小梅说过。

那次死的时候，天气很好。他一个人站在甲板上。天很蓝，水也很蓝。水是柔柔的蓝，蓝得发绿；天是静静的蓝，蓝得深沉。而船夹在两种蓝中间，海面像是熨过一样平整。他有些迷糊，掐了胳膊一下才确信自己活着。四周都是水，看不到边，也没有海鸟。这说明附近没有海岛，海鸟无法落脚，它们飞不了那么远。他想在水里找到自己，但水里没有。看看天，天上也没有。水里倒是有船的影子。船影在水里摇摆着。这样的水实在太温柔了。如果躺在上面会是什么感觉？或者就在水里，像鱼一样游，会不会很轻松很安逸？这样的水面完全可以在上面漫步。他想着在海上漫步的样子，这种欲望越来越强烈。他试着把手伸出去，伸出栏杆外，仿佛这样就能抚摸到海。但他什么也摸不到。于是他把身子往前倾，再往前倾。空气里弥漫着一种古怪的味道，让他有些难受。他试着往上爬，攀上栏杆，果然舒服了一些，呼吸顺畅了。于是他干脆扶着栏杆，跨了出去，双脚站在栏杆上。现在更舒服了，他索性张开双臂，感觉自己像海鸥一样，在海上飞翔。这种感觉让他有些陶醉。这是他上船以来，感觉最美好的时刻，似乎一生都是为这一时刻准备的。他笑了起来，很久没有笑过了。在笑声中，他像页纸片一样，往水面飘去。飘在空中的时候，他听到身后传来一声惊叫。

醒来的时候，他已经躺在床上。周围漆黑一片。他不知道自己是不是去了另一个世界。于是伸出手，在空中摸了摸，只听到"啪"的一声。他碰倒了桌上的杯子，杯子滚到了地上，碎了。随着这一声响，舱外传来张晓军的声音，哎呀，你总算醒啦！

舱里的灯亮了。张晓军站在旁边，盯着他的脸看，像是在确认什么。张晓军说，你是怎么回事啊？好好的跳海干什么啊？

他说，我也不知道。当时我站在那里，好像脑子里有什么东西指挥着我一样。突然有一种想跳下去的欲望，那种欲望非常强烈，我没办法控制……

张晓军说，你不会是碰到美人鱼了吧。听说美人鱼会引诱人往下跳，然后抓去做男人。你不知道，当时多险啊，幸亏龚军看到了，他嗓门大，几个人都跑出来。是跑得快下去救你的。好险啊！

他闭上了眼睛，回味着跳下去的那一时刻。那一时刻回想起来，居然回味无穷。他想起有一次回母校时，老师跟他说过的一个师兄的故事。那个师兄突然在船上失踪了。后来警察到船上来调查，找到了他的日记才发现，他是自己跳海自杀的。他在日记里写道：看到海，就有一种想跳下去的冲动。这种冲动无法控制。只要一闭上眼睛，脑子里就会出现飘在海面上的场景。我已经受不了了……

小梅显然不同意他的意见，嚷道，你不要瞎说啦，好死不如赖活着。再说你好端端的，干吗啊。

他摇了摇头，世上有比死可怕得多的东西。你不懂，你不懂的。

他挣扎着要起床，又被小梅一把按了下去。小梅说，你不要上船了好吗？我们就像跑得快一样，也开一个店，快快乐乐的，多好啊。要不，就开那个小梅副食店，开大点，加些东西，开个超市，还可以卖些蔬菜、水果什么的，多好啊。

小梅脸上红红的，就像当初一样。

他说，跑得快那个店，你到底知道多少？你是不是有事瞒着我？

小梅低下了头。她低下头的时候眼睛习惯地偷偷地往上瞟，就像一个偷看大人的小孩，显得格外可爱。

唉，你呀……小梅站了起来，等你病好了，我再跟你说吧。

13. 跑得快

×年×月×日　阴　台湾海峡　北风七级

老轨说，他这辈子最大的愿望就是上岸，开个店，副食品店，里面要有饮料、酒、零食、水杯、开水瓶之类的东西，我建议他加上打火机和香烟，要是再有些船上的小零配件就更好了。老轨总是埋怨说，大件容易找，那些小零配件特别头疼。船的型号不一样，小零配件也不一样。可这种小零配件不赚钱，又不好进货。

谭笑说他要是上岸的话，就找个地方好好读书。这小子吧，不是我骂他，人挺聪明，可就是不切实际。读书？吃什么喝什么？不娶老婆啦？他这几年是赚了些钱，可是坐吃山空，也管不了几年。龚军说，他想当包工头。建筑队、装修队都行。问张晓军，他说没想好，先干几年再说。问管事，他什么都没说，就笑笑。他迟早是要上机关的。他和我们就不是一路人。其实我们上岸后的选择性不多。我们这些人，除了船上的活，会干的不多。

今天风有些大。头有些晕。张晓军说他去煮点稀饭，加点盐。晕船就是不能吃甜的。

×年×月×日　晴　东海

老轨终于答应了。老轨这人不容易答应别人，但是一旦答应了，肯定就会算数的。有了老轨的话，我就放心了。起码开始的时候有个保障。其实老轨也不吃亏。又不用他做什么，就能拿到钱。在哪里买不是买呢？

×年×月×日　小雨　上海港

决定了。终于决定了。就这样定了吧，不改了。

14. 跑得快

再次见到跑得快的时候，他有些心虚。几天不见，跑得快似乎情绪很好，红光满面，不像刚见面的时候，面色苍白，黑眼圈印在脸上像是画上去的。到底还是岸上的生活滋润。他想说点什么，张开嘴，却不知道说什么。

跑得快一把揽住他的肩膀，说，昨天接了个大单，没想到，没想到啊，这么快就有大单！老天照顾我啊！

他看到阳光从树叶中间漏下来，有几片掉在跑得快的脸上、嘴上，跑得快的嘴唇被分成上下两片，一片是亮的，一片是暗的。这一明一暗的两片嘴唇一开一合，像只正在进食的蚌。他在想，一只蚌会不会让船沉掉？如果这只蚌恰好卡在了活塞里，造成了活塞阻塞，主机停转，还是有可能的。

跑得快接着说，好几天没见你了，你都在做些什么啊，天天跟小梅在一起啊？

跑得快一边说着一边大声笑着，笑得很夸张。他想，他怎么恢复得这么快呢？他是什么做的啊？他摇了摇头。

跑得快再次抓住他的肩膀，使劲地摇着，兄弟啊，兄弟啊，你不要这样啦，过去就过去啦，死里逃生，不容易。自己做点事，开开心心的。要不你也入股吧，我们一起来开这个配件店。你有文化，人又聪明，肯定能把店开大的。

看着他那张能说会道的嘴、激情洋溢的脸，他在想，当初他一定也是这样说服老轨的吧？

跑得快一边说着一边把他往店里拉。他拿出一个账本，打开，给他看，你看看，这是这几天卖掉的货，不错吧。这还是风季，是淡季，你知道的。要是旺季会怎么样？想都不敢想啊，兄弟。一条大船，就剩我们两个了，我们就一起做吧，相依为命吧。

他被跑得快的热情弄得有些难受，于是起身，往店里走，去查看店里的东西。海风配件店明显没有亚东配件店大，东西也没亚东配件店齐全。在好镇，船舶配件店的竞争越来越激烈。跑得快看来是真心想拉自己入伙，把店做大。但是，怎么能担保，他不是对自己的变相拉拢和贿赂呢？会不会是他心里有鬼才有意这么做呢？他反反复复地看跑得快的日记，似乎有一些蛛丝马迹，但都是些似是而非的东西，没有办法证明是他，也没办法证明不是他。跑得快最后一篇日记所说的"决定了"，应该就是决定了要上岸，搞配件店吧？也就是说，即使"楚海"不出事，他也会上岸的。他不想跑船了。他要当"逃兵"了。在船上，凡是中途不干的，都被称作"逃兵"，只是，这个"逃兵"不可耻，反倒为人所羡慕。因为上岸不容易。似乎总有一条无形的绳子，捆住你的手脚，让你下不了决心。不少船员都说不干了，要上岸了，可最终不是找不到合适的事就是舍不得船上的工资。最重要的，是习惯了船上的生活，要离开不是那么容易的。但跑得快居然上了岸。这家伙不是个普通人。一个连赌瘾都能戒掉的人，心一定够狠。老轨应该知道跑得快要上岸了吧。可是跑得快为什么不告诉自己呢？张晓军显然也不知道，张晓军要是知道了，肯定会跟自己说的。一件应该被祝福的事，为什么要一直瞒着，而偏偏只告诉老轨呢？

事情似乎越来越清晰了。答案只有一个：老轨是管船上机械的，是说一不二的老大，跑得快想要船上的生意。他开店之前就先找好客户，心里好有个底。现在自己知道他有个配件店了，他心慌了，这才拼命地拉自己入伙，这明显是想要掩盖什么。他回过头去，又看了看跑得快，他正在那里和一个刚刚进来的陌生人说话。他的声音很低，似乎是在谋划着什么。他的脸似乎比以前更长了，眼神也比以前犀利，他挥手的姿势甚至有些凶狠。跑得快什么时候变得这么神秘而又凶狠呢？那个在海里救起自己的跑得快，那个一边抛缆绳一边大声说着笑话的跑得快呢？他突然有些心慌。如果自己不接受他的邀请，他会不会朝自己下黑手，神不知鬼不觉，把自己灭掉？反正自己现在在公司那里，是失踪人员。想想公司里的那些电话，还有医院里的警察。他们都想害自己，都想除掉自己而后快。他回过头来，脸上换上了笑容，那笑容显然有些不合时宜，他自己都感到脸上紧巴巴的，有些难受。他趁跑得快忙着跟人谈生意的机会，赶紧逃了出去。

一下午他都躲在屋子里，无视外面深秋的阳光。他把自己放在屋角的床上，缩成一团。他突然有些想念船，想念大海。那些海上的日子，有风，有雨，有浪，有藏在水底的涌，还有暗礁、台风，但是都过来了。他感觉身子下面就是浪。床就像一艘船，在浪尖上摇摆着，跳着舞。船在浪的怀抱里，他在船的怀抱里，迷迷糊糊地，他就睡着了。

屋外响起敲门声的时候，天已经黑了。窗外有风吹过，吹动着树叶，用力地响着。如果没有风，没有树叶，此时的世界应该是多么的安静啊。然而，就在树叶的哗哗声中，门外还响着令人心慌的敲门声。他头也不抬，叫了一声，谁呀！

这一声叫得愤怒而又无力。门外传来一个声音，我啊，快开门啊。

是小梅，不是跑得快。他这才摸索着下床，开灯，开门，小梅双手都提着东西，一大堆吃的，看到他失神的脸，两手上的东西"啪"的一声掉了下去。她一下子扑倒在他怀里。他一动也不动。等她温存够了，这才领着她进屋。

小梅说，我听到丛静的消息了。她前些时出门了，去江苏她姑姑家了。几天前刚回来。要不要明天去找她？

他摇了摇头，不用了。

小梅说，怎么啦？你到底怎么啦？

是跑得快，一定是跑得快！他要害我。他突然站起来，一把抓住她的胳膊，你来的时候，后面没人跟着吧？

他抓得太重了，疼得小梅叫了起来。他一把甩开小梅，转身跑到窗户边，朝外面张望。窗外树丛密集，灯光有些暗，暗影里一只猫飞快地跑了过去，让他有些心惊。

小梅三步两步跳过去，"刷"的一声拉上窗帘，转身面对着他，金刚怒目，嚷道，你在想些什么！你天天在想些什么！都过去了，想什么想！你看看我，看看我好不好！

他抬头看她。

她说，你看着我，我漂亮吗？这么活生生的一个人，一个漂亮的大姑娘，你不要，你天天都在想什么！

她扑到他身上，踮着脚，亲他的脸，亲他的唇。他的脸冷冰冰的，唇也冷冰冰的。他像个木偶，任由她摆布。她像小鸡啄米一样，亲吻他。她一把脱下自己的外套，扔掉，然后去脱毛衣。他一把抓住了她的手。他认真地问小梅，上次你跟我说，等病好了，就告诉我，现在告诉我吧。

小梅说，其实我早就知道跑得快开了这个店了。他早就不想干了，想上岸了。就这些。没什么秘密，什么秘密都没有。你满意了吧？失望了吧？

他愣住了。那你告诉我，我是谁啊？

小梅说，你是谭笑啊。

他说，你再说一遍？

她说，你就是谭笑啊，大副谭笑，你难道还没想起来吗？

这些天来，他努力搜集着那些记忆的碎片，有些碎片是自己想起来的，有些是从别人那里来的，他把这些碎片拼在一起，总算拼出了一个谭笑，过去的谭笑。他不知道这个谭笑和真实的谭笑相差多少，但是总算能证明自己就是谭笑了。他以后还要像拼起来的谭笑那样活着吗？

他叹了一口气，可我实在不愿意自己是谭笑啊。

他这口气叹得很长，长得可以飘到印度洋的那个遥远的下午。

14. 谭笑

那天天气其实很好，看不出一丝要变坏的迹象。印度洋上非常平静。虽然西边有几块乌云，但和整片蓝得醉人的天空相比，实在太微不足道了。更何况，蓝东边还有几片白云，似乎是专门弄来点缀用的。船在这样的天气里格外顺畅。老轨说，这段时间，船上的机械格外好，他都闲得发慌了。但是谭笑还是不敢大意。从接收到的气象情况来看，今天印度洋上应该有两三个小时的风，风力为八到九级。船长已经召集驾驶员们一起研究过了，这么大的风应该没什么问题。货期不等人，他们决定直接冲过去。所以中午，谭笑早早就吃过午饭，上床睡觉。下午三点半开始，是他的班。

天气预报果然很准。下午接班的时候，天就有些阴了。他站在驾驶台上，一边查看卫星云图，一边拿着望远镜，朝远处张望。他吩咐一旁的舵工小魏，注意收听电台以及甚高频的消息。甚高频里比较平静，往日里海员们吵吵闹闹的嬉闹声也停了下来。看来附近没什么船。会不会整个印度洋上都没有其他船？这个念头一出来，他就被吓了一跳。他突然有了一丝不祥的预感。小魏一点也不在乎，还在那里说着笑话。他懒得理他。

下午五点多的时候，天越来越阴沉了。海面上起了雾，阵阵水汽从海底钻出来。他打开驾驶舱侧边的窗户，把手伸到了窗外，空气果然变得又湿又冷。他吩咐小魏，保持航向，稳好舵，不要随便调整航向，然后转身走出舱外，去找船长。船长室就在驾驶室隔壁，他直接推门而入。船长正枕着一块长条石，躺在床上，闭目养神。这是他的习惯，做船长不能睡得太熟，不能枕太舒服的枕头。他知道船长没有睡着。果然，看到他推门进来，船长睁开眼睛，问他，怎么样了？要来了吗？

他点了点头，快了。

船长坐了起来，你把门打开。

他拉开舱门，船长看了看外面，说，还有一会儿。没关系。

回到驾驶舱里，船开始有些摇晃，一下一下地，就像摇篮一样，他突然感到胃有些不舒服。应该不是晕船。这样的摇晃对于他这种已经有十几年驾龄的人来说，完全算不得什么。一定是中午吃坏了肚子。中午的那个麻辣牛肚一吃下去，他就感到胃里火辣辣的，有些不舒服。他也没在意。船上湿气太重，吃点辣椒喝点酒是必须的。那个牛肚可能不干净。小魏看到他直皱眉头，问道，你没事吧。他摇了摇头，拿起杯子，喝了口水，感觉舒服了一些。

风越来越大了，潮湿而又阴冷的风像是在外面等急了，争先恐后地往驾驶舱里钻。他关上窗户，听着外面风刮在玻璃上的声音。船摇得越来越厉害了。他看到远处，一波波的浪，像一群野牛，正从远处飞奔而来。他叫了一声，左舵十！压舵！

小魏重复了一声，左舵十，压舵。

船迎着浪开了过去。他看到最大的那个浪已经扑到跟前，船抖动了一下，一大片海水飞上来，把玻璃窗洗了一遍。现在应该是五六级风吧。他在心里默念着。

又一大群浪推了过来，这次浪更高更大了，目测应该有五米左右。那么，风应该有七级左右了。风向似乎又有些转移了。他赶紧吩咐小魏，右舵五！

小魏回应了一声，右舵五！

但是随后，小魏叫了一声，大副，船好像不听话了？

他说，什么意思？舵不灵了吗？

他走过去，把舵柄拿在手里。

天越来越黑了。刚刚才那么点乌云，不知用了什么魔法，转眼间就变得那么多，把整片天都占领了。阳光只好努力穿过层层乌云，给海上带来一点亮光。他皱了皱眉头。胃又开始不舒服了。现在开始隐隐作痛了。他一只手按在胃上，轻轻揉了揉，还是没用。他弯下腰，想缓解一下胃痛。小魏说，大副，你没事吧？要不我去叫船长？

他摇了摇头，集中注意力，握住了舵柄。

这时驾驶舱的门开了，一阵凉风扑了进来，他回头一看船长进来了。小魏赶紧嚷道，船长，大副肚子痛！

船长走过来，看了看他，你下去休息吧。我来！

他犹豫了一下，看了看船长，把望远镜放了下来。他走出舱外，海面上已经非常壮观了。大大小小的浪在风的推动下欢呼雀跃。海面上没有别的东西，它们就把所有的力气都用在"楚海"身上。离得近的浪都抢着扑过来，争先恐后，要摸一下船，撞一下船。而远处，小山一样的浪还在飞奔。他扶着栏杆，小心谨慎地下了楼梯，摸索着进了卫生间。这个时候上厕所实在不是个好主意。但他别无选择，坐在马桶上，两只手紧紧地握住旁边的扶手。他知道，稍一松手他就会被甩出去。

蹲了一会儿，他感觉舒服一些了，这才吃力地站起来，一只手握着扶手，一只手往上拉裤子。刚拉上去，船突然往左边一倒，裤子又掉了下去。拉了好几次，他终于把裤子拉了上来。他打开卫生间的门，看到舱外，一个个比船还高的浪压了过来。船在浪的压迫下，左右摇晃着。刚刚感觉要被一个浪打翻了，却又奇迹般地翻了回来。现在只怕，有十级风了吧。最麻烦的不是风大，而是风不规则。不规则的风推动着不规则的浪，显然是想酝酿一场阴谋。他使劲抓着栏杆，一步步往前挪，准备上楼梯去，助船长一臂之力。突然，他看到，远处一个巨大的浪从船的右侧扑过来。他惊叫了一声，赶快，右舵二十！他想让船转过来，顶着浪开。

　　船却没有按他说的转过身来。那个巨大的浪很快就扑到了跟前，泰山压顶般地朝整艘船压过来。他大叫一声，随着船一起朝左边倒去。他的脑袋不知碰到了什么东西，一阵疼痛袭来，手在一刹那间松开了，他被船甩了出去。随后，他就一直往海底沉去。海太重了，压得他喘不过气来，刚张开嘴，海水就涌了进来，又咸又涩。于是他睁开了眼，看到了一丝亮光。这丝亮光让他清醒过来。他手脚并用，让眼前的光越来越亮，直到他重新回到水面。

老轨 |

1

我四十多了，腰子又坏了。老轨说，我挺不过去了。

说这话的时候，老轨正在救生筏上。当时，印度洋上空的阳光像暴雨一样倾泻而下，而他们的头顶上没有任何遮盖。在阳光的暴晒下，刚刚经历过风暴的海面像镜子一样亮晶晶的，隐隐约约的水汽还没有升上来，就被阳光摁下去了。救生筏上的几个人就像被晒瘪了的白菜，个个蔫头耷脑，老轨此时需要人安慰，也没人接茬。于是老轨接着说了一句：死就死吧。我这辈子该享受的都享受到了，值了。

这就算是自我安慰了。

那场风暴其实来得并不突然，他们早就接到了预报。但是船长和大副谭笑都说，顶多十级风，没问题的。确实，在那个最致命的浪从侧面冲过来之前，船还在顶着风浪前进。但那个浪是没法预料的。船翻掉的时候，大部分人都没有任何反应。但是老轨以他惯有的小心谨慎，早早做了准备。大风起来的时候，他就抓了一件救生衣在身边，后来证明他的未雨绸缪是何等明智——正是这件救生衣救了他。他死死地抱着救生衣在海里随波逐流，口里进了水就咽下去，他严格按照当年训练时的教程去做。最后他坚持下来了，浪小一些的时候，远远的，他看到了那艘救生筏，于是吹响了救生衣上的哨子。管事傅诚率先发现了他，指挥大家把救生筏划过去，就像提着一只落汤鸡一样，把他从海水里提了上来。当时他已经晕晕乎乎的，只剩半条命了。他看了看提他上来的人，说道，没想到是你啊。

提他上来的是谭笑。

老轨大口喘完气后，斜着眼睛看谭笑，说，你拉我上来干什么，你让我死了算了……

说得有些心虚，最后几个字几乎已经听不见了。

谭笑说，还不一定能活下来呢。你急什么呀。

像是响应谭笑的话，远处一个浪突然冲了过来，救生筏上的几个人个个面如土色。

2

老轨大名常庚生，他的"这辈子"，应该从他上船的那年说起。那一年，他高中毕业，没考上大学，成天在街上晃悠，父亲说这就叫"游手好闲"。他没反驳，也没理睬。他其实也不喜欢待在街上，只不过街上可以躲避父亲的唠叨。后来，他在路边的一个大广告牌上看到了一则招工启事，想都没想就去了。他的理由很简单：反正父母不管自己，那就得自己找个吃饭的地方。他的一辈子就这样交给了轮船。那一年，谭笑还在读初中。

常庚生当海员适逢其时。那几年是长江航运的黄金时期，航运公司到处缺人。尤其是驾驶员，更是宝贝。有着高中文化的常庚生很快成为公司重点培养的对象。进公司的第一天，人事科长问他：你想上驾驶台还是下机舱。他说，机舱。人事科长瞪大了眼睛看他，表示不理解，一般人都会果断选择驾驶的，于是启发他：你知道轮机长为什么叫老轨吗？他说不知道。人事科长说，机舱里又黑又湿，人在里面，一身油。出来一看，满脸黑魆魆，人不像人鬼不像鬼的，活像个老鬼。"老鬼"不好听，就成了"老轨"。人事科长说得够明白的了。可是常庚生想了又想，驾驶员责任太大，弄得不好撞船了他负不了责，于是还是选了机舱，修船虽然累一点，可万一哪天没工作了，还有个修机器的手艺。人事科长只好同意。

没想到修船正好符合他谨小慎微的性格，他心细，敏感，喜欢冰冷的东西。他很快就适应了船上生活，三年后，公司送他去航运学校培训，他拿到了三管轮证书。随后仅仅过了八年，他就拿到了轮机长证书。就这样，常庚生成了公司最年轻的老轨。三年后，公司开发海运，送他去学海证，他又成了第一个海船老轨。

年轻的常庚生谦恭，温和，见人总是笑眯眯的，这和十几年后的老轨常庚生判若两人。老船员们都喜欢谦虚谨慎的常庚生，并且乐于当他的老师。尤其是当时的水手长老猫，只要一上岸就带着他。老猫这人对人好，实在，讲义气，唯一让常庚生不舒服的，是他喜欢讲荤段子。那时的常庚生还没谈恋爱，每次老猫一讲荤段子，他就面红耳赤，腿想离开耳朵却又想听，最终腿还是服从了耳朵。船员们看着满脸通红的常庚生笑成了一团，二副跟老猫说，老猫你什么时候给常庚生上上课，免得以后入了洞房还不知道干什么。以后他们就有意当着常庚生的面讲，乐趣变成了看常庚生，而不是听段子。久而久之，常庚生居然有了免疫力，脸也不红了，腿和耳朵也不打架了。

没多久船靠港，老猫又来叫他。老猫说，今天我带你去开开洋荤。一副神秘的样子。老猫把他带到一个休闲店里。那些年里，各类休闲店正如雨后春笋一样，在沿江的各大城市冒出来。这些休闲店都打着理发的幌子，标着"十元按摩"，可进去后干的事就比按摩丰富多了。老猫他们几个人是休闲店里的常客，有人说老猫风里来雨里去辛辛苦苦挣的几个钱都塞猫洞里去了。可常庚生不懂，嘴里还嘀咕着，跑这里来做什么啊。

老猫一进去就轻车熟路地跟里面的几个女子打着招呼，他指着常庚生说，这还是个童男子呢，给他来个有经验的，教教他吧。随后一个黄头发的女人就把常庚生带到了里面的一间小屋里。屋里又小又黑，女人打开灯，望着一直傻站着的常庚生说，脱衣服啊，脱衣服总会吧。常庚生说，脱衣服干什么啊。说话间女人已经把自己扒得精光。常庚生第一次看到女人的身体，张大着嘴巴半天合不拢，两只手扭来扭去不知往哪里放，最后放在了裆前，挡住了已经起了变化的地方。女人摇了摇头，说道，大男人，不能这么没用啊。一副恨铁不成钢的样子。一边说着，一边上前，一把扒开常庚生的手，三下五除二把常庚生的裤子扒了下来。此时的常庚生只是个普通人，他并不打算成为一个高尚的人纯粹的人脱离低级趣味的人，只是没有经历过这样的场景，完全成了一个被女人摆布的木偶。结果，在女人给他戴套的时候，他就泄了，弄得女人手上身上到处都是。他像小偷一样扯上裤子，落荒而逃，连拉链都忘了拉上。那样的狼狈实在太不符合他的风格了。最要命的是，大嘴巴的老猫把他的糗事在船上一说，很快就成为江上的笑谈。江上很快就流传着常庚生的故事，还出现了多种版本。其中一个版本居然说常庚生只喜欢男人，不喜欢女人。

第一次失败对常庚生的打击非常大，多年以后，已经成为老轨的常庚生回忆起自己的第一次时仍然耿耿于怀。后来他得用多少次的成功，才能弥补那一次的失败啊。最关键的是，他是公司重点培养的人，前程似锦，这样的事传多了对自己总是没有好处的。那次以后，常庚生就变得更内向了。他总是一个人默默地坐在那里看书，看的都是业务书籍，《船舶柴油机》《船舶辅机》《船舶电气》之类，靠港上岸的时候也只是匆匆上去买点东西就回来了。他要修正自己的形象，于是他彻底抛弃了老猫。

几年后，已经成为二管轮的常庚生洗尽铅华，终于成为人们眼中又红又专的典型。没多久，他结婚了。新娘是一个同事介绍的，长得比较耐看，屁股也很翘，而且笑起来很好看，尤其是嘴角微微上翘时,显得颇有几分风情。常庚生的幸福生活正式拉开了序幕。这个时候,大家早就忘了他当年的糗事,连闹洞房的时候都文明了许多。

就在这一年,谭笑从航运学院毕业,来到了这家航运公司,成为公司第一批水上专业毕业的大学生。两个人的故事,也就是从这个时候开始的。

3

常庚生第一次见谭笑时,其实印象并不坏。那天船刚刚加满油,厨师已经买完菜,半上午的阳光从大堤上铺下来,一路铺到船上,其中就有两片黄澄澄的阳光从窗户里溜进会议室,印在红色的餐桌和白色的铁墙上。当时谭笑穿着一身新买的运动服,拖着个半旧的行李箱,一路披着阳光到会议室里来了,他的脸上都是笑容,身上都是金灿灿的阳光。常庚生盘着腿坐在会议室的角落里,斜着眼睛看他,新招的大学生吧?

斜着眼睛看人,其实并不是针对谭笑,对任何陌生人,常庚生的眼神都是这样的。主动和谭笑打招呼,这已经是特殊的礼遇了。常庚生有些喜欢这个满身阳光的年轻人。常庚生坐着的地方,是会议室里最黑暗的地方,而谭笑刚刚从太阳底下过来,眼睛有些适应不过来,他没看清老轨的眼神,于是他的声音是淡淡的,是啊。

常庚生又问了一句,驾驶的还是机舱的?

他内心里期望他是机舱的,那样他就会成为自己的下属,他和这个年轻人,就会有更多的故事发生。但是谭笑回答说,驾驶的。

说完了他转身就出了会议室,一点都没表现出对一个老船员的尊敬。他们的第一次认识算不得美好。常庚生感觉谭笑不够谦虚,谭笑感觉常庚生不好相处。常庚生觉得,年轻人就应该谦虚,对前辈恭敬，现在的年轻人太不谦虚了。而常庚生给谭笑留下的最深刻的印象，则是他右脸上的那颗硕大的黑痣。他对脸上长黑痣的人都没什么好感，何况还长在右脸上，何况还这么大。

谭笑仅仅在这艘船上待了一个多月，两趟水，他甚至都没来得及和深居简出的常庚生聊聊天。

此后，虽然在一个公司，但是长江上你来我往，他们曾经多次在江上擦肩而过，甚至在甚高频里听到过对方的声音，就是没碰上一次面。直到三年以后，谭笑已经成为二剃，而这时候的常庚生，已经当上老轨了。

这几年里，他听过不少关于老轨的故事，老轨在他心中的形象已经定了形：认真，认死理，喜欢和人抬杠，不好相处……其中最关键的一条是太正经。别人都有各种桃色新闻，没有的编也要编一个，可就他没有，他洁身自好，不近女色，除了刚工作时的那次尴尬经历，他居然没有一次可以让别人拿来说道的事，这实在太过分了。别人在会议室里谈女人的时候，他一个人坐在角落里，冷着个脸，盯着说话的人，说话的人正在兴头上，猛地看到这道冰冷的目光，话立马就冻在嘴边了。要知道，现在的这道目光不是一个新人的，而是老轨的，目光的威慑力明显是不一样的。有时别人拿男女之事跟他开玩笑，他顺口就是一句：我腰子坏了，不行了。这句话出来得很快，像是一直挂在嘴边，随时拿出来用的。于是老轨赢得了一个新的称号：正经先生。在船上，一个人好吃懒做，喜欢赌博都不是大毛病，但是太正经明显是个大缺点，肯定是不受欢迎的。不过他也无所谓。

那天天气晴好，江水微澜，轮船犁开江水，逆流而上，走得很顺，再过两天半就可以回到武汉港了。于是船长决定在一个小港停一下，让大家上去踏踏地气，再补充点菜。谭笑照例上岸，一个个小巷子到处乱转。

小港所在的小镇不大，但巷子不少。脚下是大块的石头，四周都是青砖青瓦的房子，楼不高，但显然有些年头了。谭笑一个人在小巷子里迷了路，左转右转出不去。这时，他看到前面一个熟悉的身影，瘦高个，一件藏青色的夹克配一条宽腿的牛仔裤，在青色的巷子里显得非常协调。那人正往旁边的一间屋子里走去，进屋的时候，右脸上的一颗巨大的黑痣就跳了出来，在白皙的脸上显得格外醒目。常庚生！谭笑差点儿叫起来，他顿时有了他乡遇故知的感觉，就连常庚生脸上的那颗黑痣此刻也变得好看起来。谭笑正准备赶上去跟他打招呼，他却已经进了屋。谭笑走了过去，发现玻璃门已经关了，门上写着几个大字：休闲屋。下面还有几个小字：按摩，松骨，踩背。谭笑愣了一下，他明白这种地方是干什么的，只是没想到，老轨也会进这种地方。

谭笑决定在巷子里守着。这一次时间比较长。门响的时候，谭笑看了看表：四十三分钟。老轨的脑袋先出来，先朝左边转了转，又朝右边转了转。朝右转的时候，谭笑先看到了那颗黑痣，然后是一只眼睛。谭笑笑着往前走去，哎呀，老轨，怎么是你啊，太巧了啊……

老轨冷着脸，看了他一眼，像是不认识一样，头也不回，径直走了。谭笑傻了眼。他见过无数种处理尴尬的方式，却第一次见到这一种。他明明看到老轨的脸像被人抽了几巴掌一样，红得发紫啊。

4

两个人再次相遇已经是三年半以后了。那个时候，谭笑已经是大副了，而且他和一大帮同事一起，去航运学院进修，考海证。

所有人都用羡慕的眼光看着这帮人。大家都知道公司要发展海运，而且已经订购了两艘海船，他们将是第一批驾驶海船的人。驾驶海船意味着赚大钱，听说海船的工资要高很多。谭笑在航运学院碰到了老轨。让谭笑惊讶的是，老轨居然对他很友好，朝他微笑着点头。谭笑想，他大概已经忘了三年前的事了吧。培训的日子里，老轨还专门请他吃了顿饭，跑得快作陪。那天老轨破例喝了几大杯啤酒，还借着酒劲对谭笑说了一番话。

兄弟啊，你有前途！我第一眼看到你，就知道你有前途！念了大学的，果然不一样。稳重，有能力，不像那些年轻人，冒冒失失的。我活了这么多年，还是见过一些人的。兄弟，我负责任地跟你说，我看人是没错的！什么样的人是牛人？不是那些满口跑火车咋咋呼呼的人，像你这样嘴紧，肚子里有货的人才是真正的牛人……

那天他说了很多话，谭笑感觉他把一年的话都说完了。全部的内容都是夸奖他，还拉着跑得快一起夸他。跑得快在一旁笑，一边点头答应。

跑得快和谭笑认识。一个老水手，打缆绳编队作业那是一把好手，十几岁就上了船，所以年纪也不大，也就跟谭笑差不多。

后来这帮人全部上了一艘拖轮，据说是上海船前特意让他们在一艘船上，培养一下团队合作精神。谭笑以为从此以后他就成为老轨信任的人了，老轨会把他视作心腹，至少也是朋友。但是老轨又恢复了以前的样子，见到他仍然是一副严肃的样子，点点头，没有多余的话。他就像一列按照固定轨道行驶的火车，那天晚上只不过是不小心出了一次轨而已。

那天下午，老轨突然来到了驾驶台，当时谭笑正在驾驶台值班。老轨说，是你的班啊。谭笑点了点头，是的，我最不喜欢的，四到八的班。

这个班是下午三点半到七点半，然后就是凌晨三点半到七点半。谭笑经常说，我总是守着太阳升起的。

老轨说，哎呀，辛苦了辛苦了。谭笑看了他一眼，心想他怎么会突然跑上来看自己了。他一定有什么事情。没事的时候，他从来不会找人聊天的。他等着老轨开口。但老轨什么都没说，他一直看着远处的江面发呆。坐了一会儿，他就下去了，下去之前，他随口问了一句，你们换班的时候，都要巡查船队的吧。话音未落，人就已经出了门，似乎对谭笑的回答并不感兴趣。谭笑摇了摇头，整艘船上，这个人仍然是他最不了解的，恐怕也是全船最不了解的吧。

黄昏时分，谭笑又站上了驾驶台，遥望着前方。晚霞铺满了长江，江水金光闪闪，太阳被几片胖乎乎的云托着，慢吞吞地往水面上放。在霞光里，谭笑看到了一身工作服的老轨。他带着几个人，正蹲在驳船的甲板上修机器。谭笑很少看到他们在太阳底下修机器。平常他们都待在又湿又暗的机舱里的。几个人都是深蓝色的工作服，而老轨的那件明显比别人的更浅一些，已经洗得发白了。谭笑第一次发现蓝色的工作服其实也挺漂亮的。只要有阳光，万物都会更漂亮，就算老轨的脸也不例外。他白皙的脸上东一块西一块的都是黑色的油腻，让白的地方显得更白。阳光照着这张油腻的脸，专注而又灿烂，谭笑突然感觉他像一个圣徒。甲板上是一台小型柴油机，柴油机的四周是各种零件，几个人围着柴油机，老轨拿着一把扳手，敲打着机器，把机器敲得当当作响。他一边敲打一边说话，旁边几个人的目光都聚在他的扳手上，不住地点着头。机器声太响了，谭笑听不清他在说什么，但是他看得出，旁边的轮机员们听得很认真，老轨在他们面前是绝对的权威。

他们一直干到很晚，直到太阳下山，最后一丝晚霞被收走，老轨才让他们抬走柴油机。谭笑看到他从三管轮手上拿走拖把，亲自拖地。一丝微光下老轨的身影其实还是很迷人的。

半夜的时候，谭笑被喊醒了，又要值班了。他打了个呵欠，上了驾驶台。他跟二副说了一声，我先去巡查一下，就下去了。长江上的夜像往常一样黑。天上没有星星。除了机器声和水声，再也听不到其他的声音。夜空深不见底，脚下却似乎像土地一样坚实。这个时候，人根本感觉不到自己是在水上。这是一块漂浮的土地，一间摇动的房屋。他像往常一样打着手电筒，照了照连接拖轮和驳船的缆绳，然后又跳上了一艘驳船。上第二艘驳船的时候，他突然脚下一滑，就朝两船之间的江面摔去。他本能地松掉手电，伸手在空中一抓，居然抓住了一根缆绳。随后他的另一只手也抓了上去，两只脚在空中摇晃着。他做了个引体向上的动作，但缆绳上太滑，他用不上力。他很快就放弃了挣扎。以前受过的训练告诉他此时最重要的是冷静。他冷静了下来，试着两腿轻轻地荡着，看看脚能不能碰到什么东西。最后，他的脚终于踩到了一样东西，硬硬的，可以用上点力了。手上终于轻松了一点，他喊了一声，有人吗？没有回应。他又加大了声音，有人吗？仍然没有回应。他知道，呼喊是徒劳的了。此时此刻，正是半夜时分，没人会往这边走。而机舱里巨大的机器的轰鸣声湮没了他的声音。他放弃了努力。眼下，唯一的选择就是：等待。他相信二副久等他不来，会过来找他的。

等了很久，他先看到一束灯光从远处扫过来，从他的身上扫过，似乎还停了两秒钟，又扫过去了。过了一会儿，他听到头顶上响起了脚步声。他想，二副终于来了。他试着喊了一声，有人吗？随后他就看到灯光照了下来，照在他的脸上，刺得他眼睛都睁不开。他听到了一个声音，你是谭笑，你怎么在这里？是老轨！谭笑叫了一声，我滑下来了，赶紧拉我上去！老轨很瘦，力气却不小。他没费多大劲就把谭笑拉了上来。谭笑惊魂未定，忙不迭地说道，谢谢，谢谢啦！

老轨笑了笑，径自回房间去了。

晚上值班的时候，谭笑一直在胡思乱想。他想到的第一个问题是：老轨怎么会发现自己摔下来了？他又不用值班，这个时候，他应该正在睡梦中啊。难道他一直盯着自己？他为什么要盯着自己呢？他想到了一个问题：老轨其实刚刚不是来救自己，而是来看看他是不是摔下去了。谭笑打开探照灯，朝着自己刚刚摔下的地方照了照。那个地方，正是老轨他们下午修机器的地方……

老轨最后的笑，是多么的神秘啊。谭笑突然感到有些毛骨悚然。

5

幸好有跑得快。

在船上，跑得快应该是老轨最亲近的人了。跑得快似乎不像其他人那样，讨厌老轨的正经与冷漠。跑得快也喜欢谭笑。自从谭笑一上船，他就表现出对谭笑的好感。谭笑认为，这并非因为自己是大副，他是水手长，他是在拍自己的马屁。不到两个月的时间，船上似乎就分成了几个圈子。不同圈子里的人平常就在一块玩。有的圈子爱喝酒，有的圈子爱打麻将，只有老轨似乎是独立在圈子之外的。谭笑和三管轮张晓军在一起，两个人似乎还构不成一个圈子，但跑得快加了进来，三个人就成了一个圈子。跑得快原先是属于麻将圈的，喜欢打麻将技术又不行，结果输得都快没饭吃了。老轨借了钱给他，谭笑则帮他戒了麻将，于是这两个人都成了他的铁杆。

现在，从跑得快那里，谭笑了解了老轨的这几年。

老轨原先一直是幸福着的。他有个漂亮的老婆，还有个漂亮的儿子。对于船上人来说，老婆漂亮没什么值得炫耀的，甚至还是值得悲哀的。但是儿子漂亮就足以让人嫉妒了。有一回船回港，老轨带着儿子上了船，这小子才十三岁，就已经和老轨差不多高了。最关键的是，这小子长得明眸皓齿、棱角分明，这明显就有炫耀的意思了。老轨果然激起了众怒。大家开始你一言我一语地调侃他。最后的结论是：这小子不是你的吧？你看看，他的眼睛、鼻子、耳朵，哪一点像？

前面的嘲弄老轨都不予理睬，但最后的一句话击中了他。船开航后，他躲到房间里，一手拿个小镜子，一手拿着儿子的照片，比着看。镜子里是小眼睛，单眼皮，眯起来的时候十米开外基本看不到，而且眼里灰蒙蒙的没有神采；而照片上的是一双大眼睛，双眼皮，眼珠黑得发亮，没光的时候都可以用来照明。再看鼻子，镜子里是个小鼻子，而且软塌塌的，如果不是脸上的其他器官同样小，鼻子放在中间几乎可以忽略不计；而照片上是个漂亮的鼻子，挺拔，有线条，放在那张脸中间属于锦上添花。耳朵就更不用说了，镜子里是小耳朵，尤其是耳垂小，还朝里卷起，一看就是一副倒霉的样子，不像照片上的那对大耳垂，是明显的福相。更重要的是，镜里的人痣多，除了右脸上的一颗大黑痣，嘴角还有一颗，眼角处也有一颗；而照片上的人脸上光滑溜圆的，而且看不出要长出痣来的迹象。

老轨越看越上心，越看觉得他们说得有道理。那一趟水老轨变得更沉默了。除了到机舱值班，他基本上都把自己关在房间里，连吃饭都不在会议室了，端着饭菜就往房间里跑，像是谁要抢他的一样。房间里的门基本上都是反锁着的，就连跑得快去敲门他也不理。

那次回航的时候，老轨提前下了船，坐车回去了。回去前，老轨找谭笑来借望远镜。谭笑说你要这玩意儿干什么，给你儿子玩吗？老轨冷着个脸说，你借还是不借？谭笑只好拿给了他。老轨并没有回家，他一直在小区不远处转悠，最后，他在家对面的茶馆里，要了一杯茶，坐了下来。一边玩手机，一边拿着望远镜往自己家门口看。

有了先进武器，老轨那次真的成功了。他把男女两个人捉奸在床。据说，女人见到他之后的第一句话就是：你怎么现在回来了？不是还有几天的吗？

回船后老轨就变了一个人。本来就内向的他更内向了。成天冷着个脸，见谁都爱理不理的，像是谁都欠他钱似的。后来有一次跑得快看到他拿着一张照片，恶狠狠地撕着，然后狠狠地扔到了江里。

从此以后，老轨又多了一句口头禅：在家的时候，老婆是你的；出去了，老婆是谁的，你管得了吗？

谭笑听了这个故事之后问跑得快，你说老轨是不是有些变态了？

跑得快坚定地摇了摇头，老轨其实人挺好的。谁都不肯借钱给我了，他还借钱给我，还是主动的。他其实挺可怜的。

谭笑说，我觉得他应该带着儿子去做一下亲子鉴定，免得成天疑神疑鬼的，落下个心病。

跑得快一拍桌子，对，我觉得这个主意好，我去跟他说！

当天晚上跑得快就去敲老轨的门，谭笑则躲在门外听动静。跑得快进去的时候特地给门留了条缝，可是没一会儿，就听"啪"的一声，门给关得严严实实的。那门的密封性太好了，谭笑什么也听不见。

没过多久，门就"吱呀"一声开了，跑得快涨红着脸出来了。谭笑赶紧问他怎么样。跑得快说，老轨把我赶了出来，还骂娘了。谭笑摇了摇头，拉着跑得快走了。快下楼梯的时候，他听到老轨的房间里传来乒乒乓乓的声音。两个人赶紧又回去，推开老轨的门，他们看到老轨的房间里满地都是血，老轨的手上正在往下滴血。

他们还看到，老轨泪流满面。

6

谭笑犹豫要不要把这事告诉管事。

管事姓傅，大名傅诚。据说总经理特别赏识他，所以公司的第一艘海船，就派他上来做了管事。管事其实是政委，因为海船要出国，所以就按照国际通行惯例改为管事。作为管事，傅诚平时其实不怎么管事，大家都认为，他是在船上实行无为而治。就在谭笑想着要不要去找傅诚的时候，傅诚却来找他了。傅诚一见谭笑就说，我听说了你的事了。这是大事！如果你真要出了什么事，那就是大事中的大事！

傅诚拿着个大号的玻璃杯，里面泡着淡淡的绿茶，茶叶在水里摇摆着往下落，谭笑的目光就跟着茶叶一起往下落。傅诚一边说着，一边摆动着另一只手。看来这回他要管事了。

到底是什么情况？你说说，你跟我说说，要说实话，把所有的，你内心的疑惑都说出来。不要怕。跟我说任何话都没关系。你是了解我的。对吧？你又不是新手了，你上船，也有上十年了吧。而且你一向做事小心谨慎，你是不会出这种问题的。一定有别的原因。你跟我说吧，把所有想说的都说出来！

傅诚盯着谭笑的眼睛，像是要从他的眼里找到真相。谭笑眼里没有真相，但他理解傅诚追寻真相的欲望。之前他还打算向傅诚说说这件事，但现在听了傅诚的一番话，却什么也不想说了。他感觉傅诚会把小事变成大事，把大事变成大事中的大事。总算等他说完了话，谭笑深深地吸了一口气，说，没什么，是我自己不小心。

傅诚摇了摇头，一副恨铁不成钢的样子，你是个聪明人，可总在关键时刻犯糊涂。我说得很清楚了，这不是小事，是大事！我们这帮人，马上要上海船了。这是公司最好的船，也是公司最重要的资产。这意味着什么，你知道吗？你想一想，公司会放心地把这么重要的资产交给不放心的人吗？我在船上，最重要的任务，就是管人。现在，内部出问题了，不团结了，拉帮结派了，我不能不管！你好好想想，想清楚了，再来找我！

谭笑有些恼火。这事傅诚是怎么知道的？那天晚上，只有老轨看到了啊。另外就是跑得快了，是他自己告诉他的，而且再三叮嘱过他，不要告诉别人。看来这个多嘴的跑得快，是不值得信任的。

谭笑一天都闷闷不乐，他知道傅诚这个人，就是喜欢整点事，好显示他的存在。晚上的时候他刚刚值完班，回到寝室，跑得快就来了。谭笑不想理他，没跟他打招呼。跑得快却在他对面坐了下来。

坏了，管事知道了。跑得快说，他今天找我谈话了。

谭笑愣住了，不是你跟他说的吗？

跑得快使劲地摇着头，像个摇头娃娃，我怎么会跟他说呢，你不是不让我跟人说的吗？

谭笑点了点头，感觉有些不好意思，他跟你说什么了？

跑得快说，他问我知不知道这事。我说不知道。他就自己说开了，跟我说了一大堆，说什么可能是有人害你。他说船上现在分成好几帮，搞得水火不容的，他很担心，公司也很担心。他已经向公司反映情况了。他还说，现在想上海船的人很多，很多人嫉妒我们这些人，没准也会搞出点什么名堂来。

谭笑哭笑不得。

那几天的时间里，大家见到谭笑的眼神都不太一样了，有些怪，关心他的人就问，大副你没事吧？谭笑值班的时候，也总有人跑到驾驶台来，跟他聊天，说着闲话，扯着扯着就址到这件事情上来，一边探听他的口风。谭笑一概不理。他感到奇怪的是，这几天老轨仿佛消失了一样，他一直没见到他的身影。在船上，因为大家值班的时间不一样，有的一趟水都难得见一回面，这也很正常，但是老轨是不用值班的啊。平常老轨活动的地方就三个，除了下机舱检查机器，就是窝在自己的房间里，再就是缩在会议室的一个角落里，一声不吭地看电视。但自己总有机会见到他的。现在这事闹得满船风雨，大家都频繁地出现在自己面前，可嫌疑最大的他，却消失了。这实在有些奇怪。他决定去找老轨，开诚布公地谈一谈。这次回航后他们就要准备上海船了。他不希望这事再闹大，更不希望为此影响海船的首航。他决定晚上再去，虽然在晚上去他的房间里，面对他神秘的目光，会觉得有些瘆人。

敲了半天门，没有动静。他去了机舱，还是没人。他又去了会议室，里面坐着几个人看电视。他扫视了一眼屋子，尤其是右边那个角落里，老轨习惯缩成一团的那个地方，还是没人。他想了想，又上了驾驶台，仍然没有老轨。就这么点地方，他难道会消失了？他会不会……他突然想到一个可怕的问题：莫非他干了这件事后……

他赶紧去楼上找傅诚。可在上楼的时候，他碰到了跑得快。

他问道，你看到老轨了吗？他在不在上面？

跑得快摇了摇头，老轨下船了啊，你不知道啊？

谭笑说，他下船了？

跑得快说，他前天就下了船，说有急事回公司去了。

谭笑决定不去找傅诚了。这几天傅诚没再找自己，但这并不表明他就让这事过去了。他是个不把事情搞个水落石出决不罢休的人。谭笑有预感，这事还没完。他们要拿这事做文章，而自己，就成了这篇文章的素材，不管自己愿不愿意。

谭笑的预感很准。船回港的那天，还没到港呢，他就接到调度室的电话，要他到港后不要急着回家。船一靠到码头，他就看到有人等在那里。那人说，我是水上派出所的小张，我是来接你的。

居然惊动水上派出所了。

小张直接把他带到了所长办公室。所长姓戴，一个矮胖的中年人，一脸的严肃，胖人严肃起来是很可怕的，脸上的肌肉绞成了一团，一副剑拔弩张的样子。谭笑也跟着紧张了起来，仿佛自己犯了什么事一样。

你先说说情况。戴所长说。

那天我当班，下去巡查，从一艘驳船跳到另一艘驳船的时候，一不小心，脚下一滑，摔下去了。谭笑说。

就这些？戴所长的目光直射谭笑的眼睛，似乎想把他的眼睛射穿。

就这些。谭笑说。

戴所长拿出一包烟，递一根给谭笑，谭笑摇了摇头，他自己点燃了一根，深深地吸了一口，他吸得很凶猛，像是饿极了的人面对一大碗稀饭一样。吸完了，他这才慢悠悠地说，谭大副，你是高级船干了。高级船干应该有大局观、全局观。你要知道，这件事不是你个人的小事，而是涉及全船的大事。实话告诉你，这件事总经理已经知道了，是他责成我们来调查的。你要考虑清楚。

谭笑的眼神有些迷离。他不知道是什么人，一定要对这件事穷追猛打。难道是傅诚吗？他是要借这件事立威，显示自己的存在吗？

他想了又想，最后决定还是大事化小，就在他准备开口的时候，有人推门进来了。

傅诚进来了。

傅诚说，我找刘小红谈过了。

刘小红就是跑得快。

他说什么了？戴所长急问。

他说，这事，汇报者最清楚。

戴所长说，看来，我们还是再找常庚生谈谈。

谭笑愣住了，什么？老轨？这事是他汇报的？

离开船的时候，谭笑看到了老轨正在上楼。

谭笑是回船收拾东西的。大部分人都已经收拾东西离开了船。他们将直接赶往那艘海船。谭笑回船的时候，就感到船上冷冷清清，人去船空。以往靠码头的时候，总有个把人守船，今天似乎连守船人都没有了。他低着头收拾东西，耳边除了江水拍打船的声音，再也没有了其他的动静。他突然有些伤感。马上要上海船了，大家应该兴奋才对，可那仵事弄得船上人心惶惶。谭笑突然有些内疚。他三下两下收拾完东西，打算尽快离开这艘船，好换换心情。可就在他准备离开的时候，却看到了老轨。

老轨低着头，坐在那里，没有说话，也不看他。

他犹豫着，想着该说些什么。

最后他说道，你为什么要这么做啊？

老轨这才抬起头来，眼里都是幽怨。随后他的目光就转向了窗外，一只麻雀正穿过天穹，朝船上飞来，麻雀的影子越来越大，最后落在了桅杆上，朝着他们，欢快地叫着。麻雀的背后是江堤，大堤上是一排整齐的白杨树。麻雀应该就是从白杨树上飞过来的。老轨的目光最后就落在了麻雀的身上，他似乎在思考一个重要的问题：麻雀为什么要飞到船上来呢？

后来他站了起来，走吧。

两个人一起上了岸。他们跨过船舷，踏过跳板，踩得有些破裂的铁甲板咔咔直响。随后他们上了水泥做的台阶，走到了麻雀们的白杨树下。老轨停了下来，抬头看了看白杨树，树上，另外几只麻雀正叽叽喳喳地叫着。老轨突然弯下腰，拾起一块石头，朝麻雀们扔去。麻雀们受了惊，呼啦啦地飞走了。老轨突然"哎哟"一声，蹲了下去。他在扔石头的时候扭了腰。谭笑说，休息一下再走吧。老轨在江堤上坐了下来。他咧着嘴，呼呼地喘着粗气，脸上的那颗黑痣用力地抖动着。好久，他才平息下来。他拿起一根树枝，在草丛里拨出一只蚯蚓。他把蚯蚓挑在树枝上，蚯蚓使劲地扭动着，要摆脱这根树枝。老轨说，蚯蚓有眼睛吗？

谭笑摇了摇头。

老轨说，蚯蚓要是有眼睛呢？

谭笑愣住了，揣测着他话里的意思。他突然想起有一天，他在会议室的电视上，看过的一场电影。看电影的时候老轨也在。电影里的主人公是研究蚯蚓的。他最终的研究成果是让蚯蚓有了眼睛。里面有这样一段对话：

苏菲："你可以让没有视力的虫子看见东西？"

格雷："差不多吧。戎是说，我们现在应该有这个能力了。"

苏菲："你觉得这是个好主意吗？"

格雷："你觉得这是个坏主意吗？"

苏菲："我觉得，以上帝自居是要付出代价的。"

女主人公苏菲最后解释道："这些虫子们一直在没有视觉的情况下生活着，更不知道光的存在，对吗？光线的概念之于它们是不可想象的。但是我们人类，我们知道，光是存在的。虫子们的四周有光。它们的头顶上也有光。而它们感觉不到光。"

老轨突然抬起头来，冲着谭笑，一字一句地说：是我救了你！我是你的救命恩人！你记着！

7

码头上像过节一样。

江岸的栏杆边站满了人，大家都朝着下方指指点点。在他们手指的方向，一艘巨大的囤船上四周插满了各色旗帜，朝西边的正中，则高高飘扬着一面红星红旗。一大群人站在囤船上。正中的一个人西装革履，皮鞋在阳光的照射下亮得刺眼。在他的周围，众星捧月般围着一大群人。他的对面，是一艘蓝色的海船，海船显然刚刚清洗过，每一片油漆看上去都很干净。船头的左侧面，是两个白色的大字：楚海。

谭笑站在囤船的一个角落里，扫视着四周。这是他到公司以来见过的最庄重的一次仪式。他知道这不仅仅是楚海轮的首航仪式，也标志着公司由江上向海上进军的战略拉开了序幕。因此公司的头头脑脑以及各职能部门的负责人都来了。船在港口的船员们也来了。

仪式并不复杂。首先是党委书记讲话。然后是工会主席授旗，大副谭笑代表全体船员接旗。最后是总经理为即将远航的每一个海员发崭新的海员制服。总经理响亮地叫着船员们的名字，船员们响亮地答声"到"，一边迎接周围一片羡慕的目光。第一个喊"到"的是船长，随后是管事，到了第三个的时候就卡了壳。没人回应。

总经理又提高了声音：轮机长常庚生！

还是没人答应。旁边的工会主席低声跟总经理说了几句。总经理的脸色沉了下来。

首航仪式有些虎头蛇尾，但总算完成了。

下午的时候，谭笑正在房间里收拾东西，傅诚来了。傅诚阴着脸，"啪"的一声把门推开了，谭笑吓了一跳。傅诚说，大副，我们走！

谭笑说，去哪里啊？

傅诚说，去请老轨啊。他的派头大，还要人去请！

谭笑说，到底是怎么回事啊？

傅诚说，你说说啊，这个常庚生，是不是有毛病！他没参加首航仪式，你知道他干吗去了吗？他跑到人事处，要求调离海船！你说说，这叫什么事！眼看要开船了，他来这么一出，叫我到哪里找老轨去！海船老轨是谁都能当的吗？他现在可是公司唯一的有海证的老轨！

谭笑有些不知所措，理由是什么呢？

傅诚说，他跟人事处长说，那件事是他汇报的，得罪了人，他担心有人报复他，所以申请换船。人事处长向主管人事的副总经理汇报了，后来连总经理都知道了！总经理最后说，天大地大，不如首航事大。那件事，就不要再追查了，你们去把他给请回来！你说说，他这叫什么事嘛！

后来船开航后，谭笑才听跑得快说，上不上海船，老轨其实很矛盾。他一时想上，一时又不想上。他有时说海船要两三个月才回去一次，太久了。有时又说，海船要两三个月才回去一次，太好了。搞不清他是怎么想的。

谭笑说，我也搞不清。

8

上了海船的老轨突然话多了起来。只不过，说话的方式发生了改变。以前的老轨说话严肃、严谨、严厉，现在的老轨说话阴阳怪气，不正经。比如说，大家谈到了归元寺，跑得快说，归元寺的放生池里有好多乌龟，又大又肥，不知吃什么喂的。要在以往，老轨会说，和尚们喂得仔细，当然长得肥了。可现在老轨是这样说的：那些和尚自己个个都是肥头大耳的，乌龟能不肥吗？不过归元寺的乌龟不好吃。有人就会惊问，你未必吃过归元寺的乌龟？老轨就会斜着眼睛说，经常吃，那里的乌龟好抓，根本就不躲人。不过味道确实不怎么样，一股子烟灰味儿。于是众人个个表示膜拜。

又比如说，大家在看电视，看到了一个性感的女人，于是话题就集中到了女人。有人说，屁股大的女人欲望都很强。有人就接话，未必你搞过屁股大的女人，知道得那么清楚。要在以往，老轨会尽量回避这个话题，但是现在，他说道，女人的屁股就像男人的鼻子，好看的往往不好用。别人就笑他，老轨有经验，说的都是经验之谈。要是以往，他会搬出他的那句名言，我不行了，腰子坏了。顶多再加上一句，我没吃过猪肉，总见过猪跑吧。可是这会儿，他说，那是哦，我的经验太多了，多得都没感觉了。我跟你们说，女人就像衣服，小时候就一件好衣服，喜欢得不得了，总是省着穿。衣服多了，就没感觉了，一件都不珍惜。大家都被他的话镇住了，剩下的就只有佩服的份了。

话是多了起来，但并不表明老轨就合群了。他的语气仍然是以往那样的，冷冷的，淡淡的，像是被冰冻过，让别人的话插不进去。他也只是偶尔出现在会议室里，大部分时间还是在房间里，翻着他的那些不知从哪里弄来的书，摆弄着各种各样的机器。

老轨的另一个变化就是喜欢眨眼睛，右眼，眨得很使劲。尤其说话说快了的时候，更是眨得又快又狠。刚开始的时候谭笑不适应，以为他跟自己暗示什么。当时他们开全船会议，谭笑正在讲这一趟的主要路线，要经过哪些地方，会在哪些港口停，要注意一些什么事项。讲到黄浦江的时候，他突然发现老轨在眨右眼。他就停顿了一下，看了看老轨，老轨眨得更厉害了。于是他就跳过黄浦江，不讲了。开完会后，谭笑就去问老轨，刚刚讲到黄浦江的时候，你是不是有什么事？老轨说，没什么事。后来谭笑才知道，这只是他的习惯。他在紧张的时候喜欢眨右眼，越紧张的时候眨得越厉害。只是他不知道，为什么讲到黄浦江的时候，他眨得那么厉害。

现在，老轨就像没事人一样，改善了和谭笑之间的关系。他似乎忘掉了所有的过去。他甚至加入了谭笑、跑得快和张晓军的三人组，偶尔也和他们一起上岸了。虽然大部分时间里，他还是独来独往。

那天张晓军过来找谭笑闲聊。他们聊着聊着就聊到了老轨。张晓军作为老轨的下属，和老轨相处的时间更多一些。张晓军说，老轨最近对自己挺好的，没有以前严厉了，说话也非常客气。以前犯了错，老轨会冷着脸骂，但现在不了。现在他会耐心地帮着他纠正，直到教会他为止。还说你年轻，以后的公司是你们的，赶紧把东西都学到手吧。张晓军说，老轨的这个样子，我反倒有些不适应了，也不知道为什么。谭笑说，我看你是受虐狂吧，人家对你好了，你还不适应。张晓军说，我也不知道为什么，就是一种感觉吧。我老是觉得老轨很神秘，摸不透他。船上关于老轨的说法太多了，让人不知道哪个是真哪个是假？谭笑笑道，管他真假呢，又不关你的事。张晓军说，我听人说，老轨在每个港口都有女人。我总觉得不大可信，老轨经常说他腰子坏了，上次回去的时候还上医院检查了的。他还拿着医生开的单子给我看。谭笑说，没看出来，你小子知道得还不少啊。你知道啥叫腰子好啥叫腰子坏的，你懂吗，啊？

那天船到了好镇。那是他们第一次到好镇。那时的谭笑并不知道，以后相当长的一段日子里，他们当中的几个人，会和好镇发生那么多的故事。不管怎样，当他们第一次踏上好镇的土地时，他们就被这个有山有水的南方小镇吸引住了。那个时候，他们已经连续航行了一个多星期。这么久没有上岸，大家都有些迫不及待了。老轨也破天荒地来找跑得快，要和他一起上岸。随后，跑得快又拉着谭笑和张晓军，几个人一起上了岸。谭笑看了一眼老轨，他刚刚洗过澡，头发还有些湿。脸上像是抹过了护肤霜，那颗痣明显被弄淡了些，看起来也不那么醒目了。他换上了平时不轻易穿的那件休闲西服，皮鞋也精心擦过了。

他们在街上到处乱逛。第一次到一个地方，总是漫无目的的。大家各有自己感兴趣的东西。张晓军喜欢各种建筑，这是他的业余爱好，他看了不少建筑方面的书，说本来想当一个建筑师的，却阴差阳错成了海员。跑得快满大街地看女人，看到漂亮女人就指给大家看，他也没有什么评价的词，只是等着大家来品头论足。而老轨呢，你搞不清他对什么感兴趣。他的两只眼睛似乎是不一样的，你发现他一只眼睛在看那棵柏树，等你去看他另一只眼睛的时候，发现那只眼睛似乎对准的是一个修理店。他们一路走一路看，到了热闹的南边以后，他们就走散了。张晓军跟谭笑在一起，而老轨和跑得快不见了。

快到开会时间的时候，谭笑和张晓军回到了船上。全体船员都集中在会议室里，谭笑开始点名，他发现，老轨和跑得快还没回来。傅诚问，你们不是一起上岸的吗？谭笑说，我们后来走散了。二副笑道，老轨肯定又是找女人去了，这家伙太厉害了，一时半会儿弄不完的。马上就有另外一个声音，你未必和老轨一起去过，你知道得这么清楚……傅诚冷着个脸，使劲敲着桌子，好了，好了，张晓军，你联系一下老轨。张晓军就拨老轨的手机，手机一直响着，却没人接。有耳朵尖的人说，我好像听到楼上有手机的铃声。跑到外面一听，声音果然是从楼上传来的。张晓军赶紧跑到楼上去敲门，敲了半天，还是没人应，于是回来沮丧地说，老轨没带手机，丢在了房间里。傅诚问，跑得快呢？谭笑摇了摇头，他没有手机。傅诚只好宣布：散会！

他把谭笑叫到了房间里，问他，你们是怎么走散的？是他们有意丢开你们的吗？

谭笑想了想说，谁能注意到这个啊。南边人多，东看西看的，就走散了。

谭笑觉得老轨越来越反常了，以前这种事是不可能发生在老轨身上的。他站在二楼的甲板上往下面看，好镇就在眼皮底下。小镇虽然不大，但所有的房屋都是古色古香的，树木也很高大。这样的小镇太容易把人湮没了。所有的老屋、院子、几人合抱的榕树，以及满街充满笑容的脸，胡同里不打遮阳伞迎着太阳直晒的姑娘，都会让人走在小镇，不知今夕何夕，也不辨故乡他乡。他想起有一次他们开玩笑时说的话，大家都说着自己喜欢的女人的类型。张晓军说他喜欢纯情型的，跑得快说他喜欢风骚型的，谭笑说他喜欢有文化的，老轨则说他喜欢沧桑型的，还说其实有些沧桑的女人才更有味道，你们不懂的。眼下的好镇应该不缺沧桑吧。镇东头的那棵高大的菩提树是沧桑的，衔上的青石板路是沧桑的，南面背靠着的青山也是沧桑的。好镇本身就像一个风韵犹存的沧桑女人，虽满面风霜，却春风依旧，魅力依旧。老轨莫不是真的像二副所说的那样，掉进好镇的沧桑里了吧。

等了两个小时，老轨和跑得快终于回来了。傅诚劈头盖脸地问跑得快，你们怎么搞的，去哪里了？跑得快红着脸，支支吾吾的，什么也说不出来。傅诚说，你说啊，今天不说出个所以然来，会就不开了！这时老轨开口了，有事冲我来，不要怪刘小红。傅诚晃了晃腕上的表，你们看一看，迟到了整整两个小时，还有没有组织纪律？耽误的日程，谁负责？老轨说，你处分我吧。你不是一直针对我吗？多好的机会啊。傅诚"啪"的一下拍了桌子，好，你负责，你负责，我马上向公司汇报！老轨说，好啊，你汇报吧，最好告诉人事处，把我换下去，这样你就高兴了。

越来越升级了，谭笑知道他们俩有些矛盾，但是现在看还有宿怨。

傅诚说道，你以为我不敢吗？

老轨冷笑了一声，你当然敢。这样的事你干得还少吗？以前你就干过很多次嘛。对上拍马屁，对下耍威风，你就是个伪君子！

傅诚把手上的本子往桌上一拍就冲了过去，老轨也不示弱，上前了一步。所有人都看着他们，没有人想去劝一把，大家都在隔岸观火。两个人很快扭在了一起。他们两个人，老轨又高又瘦，傅诚虽然个子没他高，但块头却比他大。谭笑以为老轨必败无疑。可是他看走眼了。不一会儿，老轨就占了上风。他用他那双修机器的人扭住了傅诚的两只胳膊,让傅诚动弹不得,傅诚只好用脚踢。可是会议室的角落是老轨的地盘,傅诚施展不开,他只好拼命挣扎,一边破口大骂。就在这时,有人吼了一嗓子,够了,像什么样子!

谭笑一看,是鲁船长。这位鲁船长矮矮的个子,平时话很少,脸上总是平静的,很少笑但也不严肃,一副喜怒不形于色的样子。他是外聘船长,公司为安全起见,从外面请来的。因此他基本不管船上的事,只管航行安全。这次航行前人事处长曾对谭笑说,你是海船上的第一位大副,我希望以后也是海船上的第一位船长。鲁船长毕竟不是我们自己人,遇事你要多担着点。话虽这么说,可是谭笑明白,他只是大副,船上还有管事,有老轨,他们都在自己之上。眼下,这两个最高级别的人物打起来了,他一时间不知所措。没想到这时,鲁船长居然开口了。鲁船长的嗓音不高,但足够威严。两个扭成一团的人看了他一眼,慢慢地松开了。

下午发生的冲突让船上的气氛有些压抑。整艘船似乎都变得沉闷起来。白天的时候,海上还是风和日丽的,到了黄昏时分,天气突然变得阴沉起来。蓝天不见了,白云也不见了,天上只剩下灰色的雾,沉沉地罩在头顶上。天空似乎从遥远的地方压了下来,让人有些喘不过气来。

晚上的时候,傅诚来找谭笑,他开口就问,今天的事你怎么看?

这件事一开始谭笑就觉得他有些大题小做。谭笑说,我不赞成吵架。毕竟你们都是船上的领导,旁人会怎么想啊,会觉得我们不团结。

傅诚说,谭笑啊谭笑,没想到你是个是非不分的人。有些人是没有办法团结的。你知道吗?我听人说,上次你掉下去的那件事,是老轨弄的。你还帮他说话!

谭笑说，是我自己不小心掉下去的。

傅诚摇了摇头，一副恨铁不成钢的样子。谭笑想，他是没读多少书，如果读书多的话，大概要骂我"竖子不足为谋"的吧。

傅诚前脚走跑得快后脚又来了。跑得快说，谭笑，我冤死啦。谭笑说，你冤什么啊。跑得快说，这件事其实不怪我。我本来早就回来了，可是又回去找老轨，才迟到了的。谭笑说，你和老轨不在一起？跑得快摇了摇头。谭笑说，那当时在会上你怎么不说？跑得快说，当着老轨的面，我怎么说嘛。谭笑一听明白了，跑得快又怕得罪人又不想被冤枉，就跑来跟自己说，希望自己替他说情。可谭笑并不打算替他传话，自己做了就得自己承担，何况像跑得快这种心眼多的人是得受点教训。

几天后的一天上午，傅诚召集所有不当班的船员开会，宣布了公司的处理决定：常庚生记过一次，刘小红警告一次。谭笑大吃一惊，一般情况下这种处分都要等到回公司后再作的，可是这次傅诚为什么这么迫不及待呢？而且，这件事傅诚事前并没有和他商量，说明他不信任谭笑，也没打算把谭笑当作自己人。他要单枪匹马，独断专行，挑老轨于马下了。这一次老轨没有说话。他一直低着头，不停地眨着右眼，嘴角也不停地抽动着。看得出来，他是在努力地控制着自己。他成功了。散会的时候，他才抬起头，斜着眼睛看了一眼傅诚。

那天晚上跑得快来找谭笑，说是老轨请他。两个人一起来到老轨的房间，他看到小桌子上摆着一碟花生米、一条鱼、一瓶白酒、三个酒杯。老轨一声不响地倒上酒，递了一杯给谭笑。自己一仰头，先把杯里的酒倒了下去。谭笑只好跟着喝。三个人都没说话，只是喝着闷酒。屋子里象是塞满了气球，挤压得谭笑有些喘不过气来。谭笑知道他们两个心情不好，可是，为什么要找自己来呢？

难道他知道了自己替他说话的事，用酒来表示感谢？

最后老轨终于说话了，老轨指着鱼说，你们知道，做鱼的感受是什么吗？

谭笑和跑得快都望着他，不知他葫芦里卖什么药。

老轨自顾自地说，憋得难受。这些年来，老子就像鱼一样，一直待在水底下。鱼还有腮，可以呼吸，我没有腮啊。

老轨并没有打算听他们的答案，他举杯，仰头，把杯子里的酒一饮而尽，说道，老子不想做鱼了，逼急了，老子把船弄沉了，都不活了！

他抬起头来，谭笑看到他的眼珠子红红的，闪着凶光，他突然有些不寒而栗。他有些明白了，他请自己来喝酒，不是来感谢自己，而是来威胁全船的。他不是打算以傅诚一个人为敌，而是打算以全船为敌了。而请自己喝酒，只不过是想让自己当传声筒罢了。

让所有人都没想到的是，到了第二天，当太阳又升起了的时候，昨天还面如死灰的老轨又活过来了。他见到谁都会点头打招呼，哪怕是几分钟前刚刚见过的。就是见到了傅诚，他也照样打招呼，像是什么都没发生过的一样。这个时候，比起他来，船上人反倒觉得傅诚有些小肚鸡肠了。谭笑知道人和动物的最大不同，是人可以有几张脸。但是老轨的脸他还是有些看不懂。

很久以后，当船真的沉没了的日子里，谭笑一想起这天晚上的这顿酒，都会懊悔不已。他不是懊悔自己没有当他的传声筒，而是懊悔自己喝了他的酒，见到了他变脸前的慢动作。

船上的其他人不知道，那天晚上谭笑失眠了，他在床上辗转反侧，半天都睡不着。后来有人敲门，他开门一看，是张晓军。他说，你也没睡？

张晓军说，是的，一直没睡着。

谭笑说，你怎么啦？发生什么事了？

张晓军打开门，朝门外看了一下，然后关上门，把门反锁上，这才压低了声音说，谭笑，那事是真的。

谭笑说，什么事啊？

张晓军说，老轨到处找女人的事。

谭笑摇了摇头说，你一个童子伢，怎么老对人家的这种事感兴趣啊？

张晓军说，不是的。你知道我今天看到什么了吗？

谭笑说，不要神神道道的了，有话快说。

张晓军说，今天下午我们在机舱里修油水分离器，当时机舱里太热了，老轨脱掉了上衣。你知道我看到什么了吗？我看到老轨的肚子上，密密麻麻的都是伤疤，像爬满了很多条蚯蚓，恶心死了。难怪我听人说，老轨每找一个女人，就在自己的身上划一刀。以前我还不信……

9

有余镇，新港。

他一个人走在街道上。这是一个小镇，甚至连镇都算不上。从码头通往小镇的路甚至还是土路。两边刺槐树桑树泡桐树高的高矮的矮，一看就是原生树。池塘就在马路不远的地方，青蛙的叫声此起彼伏。他甚至还看到了一头牛，正低着头吃草，两只八哥在牛背上聊天，牛和鸟友好相处。他不停地踢到石子，一只皮鞋上因此沾上了泥巴。他掏出纸巾，弯下腰去擦了擦鞋，但不一会儿另一只皮鞋上又沾了泥巴。他索性不管了。又走了一会儿，他看到了一群土灰的房子，都是矮房子，最高的也不过三层。有余镇到了。他这才重新掏出纸巾，认认真真地把鞋擦了一遍，像是履行一个什么仪式。

他在小镇上东张西望。两边都是店面，各种各样的店面。卖副食的，开餐馆的，卖水果的，卖衣服的，修自行车的，花样繁多。街上也摆了很多小摊。卖小吃的，补鞋的，卖袜子的，算卦的。他在一家理发店门口停了下来，走近看了看，又继续往前走。他看得很认真，甚至没有注意到，在不远的后面，有两个熟人正跟着他。在这条街的尽头，他向右拐去。右边不远的地方，他看到上面写着四个字：会缘足浴。他径直走了进去。大白天的里面没开灯，光线有些暗。一个穿红色短裙的女子慵懒地靠在沙发上，闭目养神。他的步伐有些轻，她几乎听不见他的脚步声。但是开门的声音惊醒了她，她坐了起来。他在她跟前坐了下来，问她，有茶吗？她惊讶地看了看他，起身去给他倒水。

他其实并不渴，他的目光有些贪婪，一直追随着她。在她弯腰倒水的时候，他看到了她丰满的臀部，甚至还看到了她黑色的三角裤。他扑了上去，从后面抱住了她。她挣扎了一下，摆动着两臂，玻璃杯被碰掉了，摔到了地上，发出了清脆的响声。他的双臂太有力了，她的挣扎是徒劳的。事实上，她也只是象征性地挣扎了一下，就不动了。他三下两下就扒下了她的内裤。女人夸张地叫着，脸上因为兴奋都已经变了形。她叫得越夸张，他的动作就越夸张。他的双手在空中挥舞着，仿佛此刻自己正在云端，他俯瞰万物，大千世界芸芸众生都在身下。于是他就更加疯狂了，身下的女人嗷嗷地叫着，他要让全世界都听到他们的叫声。他一边夸张地做着动作，一边咬牙切齿地说，你给我生个儿子，一定要给我生个儿子，生一个又高又帅的儿子！

其实，谭笑和张晓军比他更早出门。船快靠港前，张晓军就来找谭笑，说出了他的计划。他想跟踪老轨。谭笑觉得太荒唐了。但是张晓军说，他心里的谜团太多了，不解开这个谜团，他又会失眠的。毕竟，老轨是他在船上的最高领导。架不住他的死缠硬磨，谭笑只好答应了。船一靠码头，张晓军就拉着他下了船。谭笑说，你不是要跟踪他吗？怎么比他还先上去。张晓军得意地笑了，我了解他的习惯，所以我们要先上去，在镇上等着他，这叫守株待兔。他们在镇入口的地方停了下来，找了一个比较隐蔽的地方，盯着通往小镇的那个路口。果然，大约过了半个小时，他们看到了老轨。刚刚在船上还一身工作服，现在他已经换上了一套干净的衣服，还换上了皮鞋。他一个人，背着手，悠闲地踱着步。到了路口的时候，他们看到老轨还掏出纸巾重新擦了一遍皮鞋。跟踪老轨其实很容易。他逛街的时候只往前边和两边看，根本不往后面看。他们一直跟着他走过了这条街的尽头，朝右边拐去。他们也跟了过去。

在街的右边，他们看到了"会缘足浴"四个大字。因为是白天，没有开灯，这四个字看起来有气无力的，有些苍白。谭笑和张晓军相视一笑，走了过去。他们就站在街这边，伸过脑袋往里看。透过宽大的玻璃门，他们看到老轨坐在沙发上，他的对面坐着一个穿红色短裙的女人。女人看起来有些瘦，张晓军一脸的疑惑，老轨不是说他喜欢胖一点的女人吗？女人歪坐在沙发上，悠闲地涂抹着指甲，眼睛也一直盯在自己的指甲上，并不看老轨。老轨自顾自地坐着。坐了一会儿，他似乎有些不耐烦了，双臂抬了起来，在空中挥舞着，嘴里似乎还在说着什么，脸上也不停地扭动着，那颗硕大的黑痣像是一颗正在锅里翻炒着的黑豆一样，不停地跳动着。一缕阳光穿过玻璃门，落在老轨的额头上，闪闪发亮。女人似乎很镇定，依旧专注地涂着指甲，似乎对面的老轨并不存在一样。因为离得远，老轨说什么他们听不见。过了好大一会儿，老轨才彻底安静了下来。安静下来的老轨坐得很端正，他闭着双眼，似乎在享受着这一刻的宁静。坐了一会儿，他终于睁开眼睛，从兜里掏出钱包，拿出两张钱，放在了茶几上。女人看了一眼钱，依旧没有理睬老轨。老轨站了起来，整理了一下衣服，这才出门。谭笑和张晓军赶紧朝旁边的巷子里走去。谭笑看了看表，四十三分钟。张晓军说，老轨这是怎么回事，我怎么看不懂啊？

谭笑说，这下你满意了吧。

张晓军摇了摇头，脸上堆满了忧伤。

10

该说说好镇的女人了。要说好镇的女人，得先从一颗螺栓说起。

那天海上风平浪静，大家的心情也非常好。跑过海的人才知道，风平浪静的海上有着怎样的美丽。第一趟水的时候是四月份，属于海上的黄金季节，风少。所有人都觉得跑海船就像做神仙。海上就像一块桌布，偶尔不平整的地方，你伸手抖一抖就可以抖平。头顶上是蓝色的，那是天；脚下也是蓝色的，那是海。这样纯净的蓝色已经够漂亮的了，但是海还准备了和天不一样的蓝，好让颜色更丰富一些。为了衬托这些蓝，天还准备了几片云。不多，就几片，散布在头顶上，就像往甜蜜的心里再放几片爱。这样的色彩这样的平静再加上不冷不热的天气，所有人的心情都是美好的。就连老轨，也会在不经意间露出一丝笑容来。所以没事的时候，很多人就会跑到驾驶台来，一边欣赏着外面的景色一边聊天。反正海面这么宽，只要调好航向，怎么行驶都是没问题的。

那天谭笑正在驾驶台值班，龚军、跑得快也到了驾驶台跟他聊天。聊得正热烈的时候，舵工突然说，大副，我感觉舵有些问题。

谭笑就凑过去看，一边说，左五舵。打了几次舵，鲁船长就进来了。鲁船长说，怎么回事，怎么不停地打舵。谭笑说，舵好像有些问题，我在测试。他吩咐舵工，你去找个当班的轮机员来。

不一会儿，张晓军上来了。谭笑说，怎么是你？

张晓军说，怎么，瞧不上我？

谭笑说，舵好像有些问题，转舵的时候不准确。一般这种情况是什么导致的？

张晓军说，那问题可就多了。咱们船是电动液压舵，有可能是电源的问题，像电压不稳啊；也有可能是漏油的问题，油压不正常；舵角指示器读数不准也会造成这个问题；主、辅操舵装置之间也有可能出现问题，比如说离合器出了问题；舵制动装置也有可能出问题，自动操舵装置的灵敏度也会出现问题……所以，归根结底，我们需要进一步检查。你明白了吗？

谭笑说，不明白。你像背书一样背了一大垛，我怎么会明白？我又不是学轮机的。

张晓军说，现在问题严重吗？影响航行吗？

谭笑说，暂时还没有。

张晓军说，那我建议靠港的时候检查一下。不管怎么样，有一点是肯定的，自动报警装置出了问题。否则，早该报警了。

谭笑一拍脑袋，是啊，我怎么就没想到呢。看来你小子还是有两下子的。

他看了看鲁船长。鲁船长想了想说，那这样吧，过几天就到好镇了，那里的船舶配件厂还比较多，就在那边检查一下吧。大副，你先跟老轨通个气。

和老轨通气是个费力的事，不是老轨不好说话，而是两个人的心里都揣着事。谭笑实在不想这个时候单独面对老轨。他想了又想，还是决定过去一趟。他想明白了，工作归工作，人归人。他相信老轨的职业素养。

晚上敲门的时候，里面传来一个声音，进来吧。谭笑推了一下门，居然没锁。他看到老轨正一个人像和尚打坐一样盘腿坐在床上，闭着眼睛。

谭笑笑道，怎么，出家啦？

老轨这才睁开眼睛，有事吗？

谭笑简单介绍了一下情况。

突然之间，老轨刚刚还暗淡的眼里有了亮光，就像手电筒突然打开了开关。老轨说，我估计，是主辅舵之间的连接出了问题。

谭笑将信将疑地看着他，心想他怎么这么肯定。

过了一会儿，老轨又说，你刚刚说，在哪里修来着？

谭笑说，好镇。

老轨说，好。好。

老轨对待工作的态度让所有人都感到赞叹。船一停靠码头，他立即带着所有轮机人员开始检查。几个小时后，老轨要人来叫谭笑。谭笑到了会议室一看，船长、管事、老轨，都已经坐在会议室里了。几个领导都在，是要讨论大事了。

老轨说，都到了，我就说了。舵出了问题。主要是两个方面的问题，一个是自动报警器坏了，另一个是连接主辅舵之间的离合器出了问题，导致偏差。自动报警器好办，修理就是，离合器不好检查，但我预测，百分之七八十的可能，是连接的螺栓松了。我的意见是，立即向公司调度室汇报，推迟船期。

船长说，我同意老轨的意见。船舶航行，安全重于泰山，检修好了再走。

傅诚只好点头，我来向公司汇报。检修问题，就全盘交给老轨了。

老轨没有理睬他，起身，扬长而去。

驾驶员们的幸福生活开始了。轮机员要修船，驾驶员们没事，就大街小巷地到处乱转，喝几瓶啤酒，撩撩女孩儿，回船后就跟老轨张晓军他们炫耀。哪里的烧烤好吃，又在哪里看到美女了，几个轮机员就吵着也要上去看看。老轨一直没吭声。中午吃完饭，他突然说道，走，下午都跟我上街去。张晓军拉上了谭笑和跑得快，说你们已经熟悉了上面的情况，正好给我们当导游。

这是他们第二次来好镇。好镇一面靠山一面靠海，山坚守着过去，海带来了未来，还有海员。好镇的居民已经见惯了那些带着海风来的海员。在好镇人的眼里，他们和好镇自己的居民一样，都是熟人。他们像对待熟人一样对待着海员，让他们宾至如归。看得兴奋了，张晓军说，我一定要在好镇找个女朋友。

跑得快说，好镇的女孩不好找，看起来热情大方，但是搞定她们可不是那么容易的。

在船上，在对付女人方面，跑得快算得上专家了，他的话给张晓军当头一棒。但是张晓军的最大优势是没谈过恋爱，初生牛犊不怕虎。有一次他曾经拿着一张女孩儿的照片给谭笑看，问谭笑这个女孩儿怎么样。谭笑问这女孩是哪里来的，张晓军说是家里给介绍的，还没见面。谭笑就说，我眼光不行，让跑得快看看吧。跑得快一看就说，这女孩一看就是那种性格太没辣的，不适合你的。后来见了一次之后，两个人果然就没再见面。张晓军就问老轨，好镇的女孩真是跑得快说的那样吗？老轨看了他一眼，意味深长地说，好镇的女孩儿不是谁都受得了的。她们的爱太多了，你那个小心脏可能装不下的。

谭笑接着老轨的话，认真地对张晓军说，老轨的话一定要听的。

老轨对女人的了解，不比对机器少。

谭笑善意的玩笑老轨并没有理睬，他的目光已经越过眼前层层叠叠的树木，落到了前面的一家船舶修理店里。他说，走！

那家配件店名叫亚东船舶配件店。和之前的几个配件店相比，这家店配件店算不上大，但里面更加井井有条，让人一看就知道老板是个细心人。几个人蜂拥而入。老轨说，急什么，斯文一点。

他知道，大家的急切不是因为找了几家店，都没有找到他们想要的东西。他们看到了一个女人。女人算不上漂亮，但长得有特点。三十出头的年纪是一个女人的分水岭。保养得好的风韵犹存，保养得不好的已成黄脸婆。最大的标志就是脸上的皱纹。眼前的这个女人，只在笑的时候才会露出几道皱纹来。女人大概深知这一点，所以她笑得比较节制，嘴角微微一翘，笑靥便出来了。这种笑不仅减少了皱纹还增添了风情。女人最大的优势是身材。跑得快悄悄地指着她的臀部对老轨说，看看，看看，她的臀部被牛仔裤包裹着，但厚厚的牛仔裤似乎都包裹不住，呼之欲出。此时，老轨的眼睛正在一台水泵上。他瞪了一眼跑得快，朝水泵走去。跑得快不知道他为什么要去看水泵。他知道老轨不需要修水泵的。

跑得快并不知道，老轨第一眼就已经被女人带走了。女人带走老轨的，不是她傲人的身材，而是她的眼睛。女人的目光其实也就从他身上扫了一下，就移走了。但是那双眼睛对于老轨来说却是致命的，风情万种，深不可测。剩下的时间里，老轨都不敢再看那个女人，尤其是那双眼睛。他一直盯着店里的机器，目光温柔而又深情，仿佛那些冷冰冰的机器都有了温度。

回船的路上，大家发现老轨的话突然多了起来，他一直在谈机器，柴油机、辅机、油水分离器……谈得又仔细又投入，似乎那些机器都活了，有了生命。吃晚饭的时候傅诚又来问老轨，舵修得怎么样？

他生怕耽搁太久，任务完不成。

老轨冷冷地说，还没有。

过了一会儿，他又补充了一句，我晚上再上去看看。

那天的晚饭老轨吃得很快。

等跑得快来找老轨的时候，他已经不见了。

11

很多外来人并不知道，好镇的南面也有一家酒馆。这是好镇的秘密。就像很多人并不知道，一个小镇足以藏着一个国家的秘密。好镇的酒馆不同于外面的酒吧。酒吧里是没有菜的。好镇的酒馆里喜欢一边喝着酒一边吃着菜，这样酒就不是用来消愁的，而是带来快乐的。好镇的酒馆多集中在北面，北面靠海，有码头，更适合开酒馆。南面多是好镇本地居民的生活场所。所以这样一家酒馆开在南面，是喜欢待在北面的外来人所不知道的。

老轨上街后并没有去亚东配件店。事实上他是从亚东配件店旁边路过的，目光也只是轻轻地扫过，就从配件店旁边飘然而过。他心事重重，而且这种心事无法准确地表达。他就沿着街走，一直往里走。走着走着就越过了濠河，进入了好镇的南面。南面同样有风，只是南面的夜风没有那么多的咸味，似乎有了濠河的阻隔，海风不敢越过来。越往前走，夜就越黑，仿佛从东半球走到了西半球，照耀东半球的是太阳，而照耀西半球的是月亮。南面的灯光是昏暗的，但也是温暖的。不知是不是人为的布置，北面都是白色的路灯，灯光强烈而又锐利，南面却是黄色的路灯，灯光混沌而又温暖。这非常适合安抚老轨此刻的心情。老轨的步伐也慢了下来。后来他就来到了这家酒馆。

事实上，这家酒馆完全是按照酒吧的形式布置的。灯光很暗，甚至比外面的路灯还暗。座位都是两人座或四人座的，适合说说悄悄话，甚至情话。

老轨找了个座位坐了下来，是两人座。他要了一碟花生米、一瓶好酒。"好酒"就是酒的名字，据说是好镇独有的，其实是人工酿的苞谷酒。这种酒度数高，后劲大，但喝起来甜丝丝的，会让人在享受中不知不觉地就醉了。老轨好久没有喝酒了。他以前非常喜欢酒。但是后来有人在船上酒后落水失踪了，公司就下了死命令，航行中不许喝酒。但今天这样一个晚上非常适合喝酒。老轨不希望有别人打扰，他只想与酒为伴。

老轨喝得很投入。他一直低着头，慢慢悠悠地喝，优雅而又镇定。

一瓶酒快喝完的时候，他停了下来，酒杯在空中停住了。他的脑袋埋得更深了，但是眼泪已经下来了。他知道是她。虽然没有见到人，但他已经闻到她的气息了。最后他慢悠悠地抬起头，像一个受了委屈的孩子一样，泪眼婆娑地看着她。她的目光没有了白天的犀利，就像这屋里的光，温暖而又柔和。她似乎懂得，这个男人的眼泪是用什么做的。她帮他喝完了瓶里的酒。他看着她喝。她喝得很从容，一边喝一边看着他，嘴角挂着笑，似乎一切都在掌握之中。

后来回想那天的事，老轨说，已经不记得他们是怎么去了她的店里的。他只依稀记得，他们在昏黄的灯光下，一起蹒跚着，前一个后一个，深一脚浅一脚，像两个刚学会走路的小孩，或者是两个老得走不动了的老人。

到了店里后，女人关了外面的卷闸门。老轨的目光一直追随着她，一刻都不敢离开，生怕一离开她就消失了。女人终于忙完了一切，站在他的跟前。他坐着，仰着头，看着他，口里像是喃喃自语，我有好多话要跟你说，有好多话……

他不知道，自己怎样由一个沉稳的中年人，又变回一个少年的。事实上，他不记得自己有过年少的时候。就是当年，新婚的那天晚上，他也不是一个少年。他以机器般的规矩，像完成一个仪式一样，完成了自己的新婚之夜。

女人却什么都不让他说。她用自己的嘴巴堵住了他的嘴。他们疯狂地吸吮着对方，似乎欠了对方很多年一样。后来，女人一把把他的脑袋紧紧地搂在怀里。他在她的怀里长久地沉睡着。他问她，这一次是真的吧？是真的吧？

后来，关于这一个夜晚，老轨在自己的心里复习了无数遍，每一遍都有不同的解读。复习得多了，甚至细节都发生了改变。有一个细节是他没有改动过的：女人看着他肚子上的一条条伤疤，一点也不害怕，而是心疼地抚摸着，问他还痛不痛。他回答说一点也不痛。他把这个夜晚改得越来越完美，每一个细节每一个步骤都力求尽善尽美。事实上，他的这个夜晚大部分时间都在沉睡之中。以前在船上，听着海浪拍打船的声音，听着缆绳因为绷得太紧而发出的吱呀吱呀的声音，他一直都是半梦半醒的，他甚至不知道自己是不是晕过去了。但这个晚上他确信自己是沉睡着的，甚至连梦都没有一个。

他们连续在一起待了三个晚上。三个晚上，他们在三个不同的地方，打游击战，打一枪换一个地方。最后一个晚上居然是在沙滩上度过的。经过了连续两个晚上的折腾，他们都有些筋疲力尽了。他们就躺在沙滩上说话。夜半的沙滩上空无一人，除了海浪拍打沙滩的声音，也没有其他的声音。偶尔会从镇上传来一两声狗叫，但是远远的，就像从天边飘来的。天上只有几颗星星，稀稀拉拉的。女人靠在老轨怀里，喃喃地说，你把我带走吧，我跟着你走。你到哪里我也到哪里。

老轨说，好吧好吧。

女人又说，我明天就去找他说，我要跟他离婚！你也回去离婚吧。这些年，你实在过得太苦了。

老轨这才知道她不是说梦话，他开始正视这个问题。他从沙滩上坐起来，看着远处的海，陷入了沉思。他开始认真地思考这个问题。这符合他的本性，即使是最浪漫的时刻，他也能迅速地恢复冷静，就像远处的海。风暴来时狂风暴雨不管不顾，风暴平息后却依然深邃、宁静。他看到眼前的海是黑色的，浪也是黑色的。黑色的海看起来似乎比蓝色的海更有魅力。他思考了很久。天快亮的时候，他还是没有想好。

我不知道。老轨说，这不是小事，我还没想好。不管怎么样，我要谢谢你。我是认真的。

女人听了这些话，忽然哭了起来。她哭得很投入。哭过之后，她整理好衣服，站了起来，对老轨说，你还是接着漂去吧。漂累了，就到我这里来，我等着你。

12

一大早，张晓军去机舱里巡查，他看到老轨已经在机舱里了。靠港的日子，对于船员们来说都是狂欢，他们没日没夜，有的晚上根本就没睡在船上。所以张晓军以为老轨也不在船上。他看到老轨的时候，机舱里正发出嗞嗞的声音。老轨站在机床前，手里拿着个螺栓，神情非常专注。他走近了看了看，在昏黄的灯光下，老轨容光焕发，眼里发着光，不似平日里的昏暗。他把螺栓在车床上车了几下，又用砂轮打了起来，老轨的面前火星四溅，远看去像是老轨在发光。以前这样的活儿，老轨是不用亲自干的。于是张晓军上前，要把螺栓接过来，老轨摆了摆手，示意他走开。他又恢复了平日里的严肃，这样的严肃是令张晓军敬畏的，于是张晓军只好退到一旁，转身准备出去。老轨却叫住了他。两个人就站在黑暗的机舱里聊了起来。

你朋友谈得怎么样？

没。八字还没一撇呢，还不知道人家喜不喜欢我呢。

你喜欢什么样的女人啊？

我不知道。要漂亮一点温柔一点的吧。

漂亮？男人都喜欢漂亮的。漂亮又不能当饭吃，有什么用啊？

那老轨你呢？喜欢什么样的女人？

老轨没有回答他，偌大的机舱里突然安静了起来，身边高大的机器像一只只巨兽埋伏在周围，伺机而动。

你一定要找一个能让你死心塌地的女人。老轨突然说道，一个让你死心塌地的女人，才能让你过正常人的生活。

张晓军懵懵懂懂地点了点头。他还听不懂这些话。这些话，需要一个男人经过多年婚姻的沧桑洗礼，才能领悟出来。张晓军不明白老轨怎么突然跟自己说这些。他觉得老轨是好心，内心里突然一阵感动。

楚海轮在好镇整整停了一周。

开航前的时候，船员们都聚在会议室里，开过会，布置完接下来的任务后，大家开始嘻嘻哈哈地相互开玩笑，相互总结着这一周在好镇的收获。据说张晓军认识了一个女孩，而且谭笑和跑得快都在撺掇他追这个女孩，说这个女孩很适合他。跑得快还眉飞色舞地描述着女孩的样子，说女孩如何漂亮如何和张晓军般配。

说得张晓军满面潮红。二副秦朗就问跑得快,光说人家,你呢?你不会忙了几天,都帮张晓军忙了吧。跑得快说我也收获大呀,我全面考察了好镇,发现这是个做船舶配件生意的好地方,以后我也要在这里开一个配件店。这句话大家只当笑话听了。大管轮说,就你,还开配件店,别店没开起来钱都输光了。傅诚说,这段时间你们都玩得开心啊,就老轨最辛苦了。没有老轨,我们现在还得在好镇猫着呢。

他的这句话说得很真诚。老轨只是看了他一眼,脸上并无其他表示。但这一眼,傅诚已经视作友好的表示了。张晓军说,是啊,昨天一大早我就看到老轨在机舱里忙呢。你们不知道,虽然只是一颗螺栓,但是买不到啊。我们找遍了好镇所有的配件店,都没找到。二管轮接着他的话说,那是不假,越是小东西往往越难配到。最后还是老轨自己亲手做的。怎么样?跟买的一样吧。谭笑说,我反复测试过了,应该没有什么问题了。

果然,整整一个星期里,再也没有发生舵偏离的情况,他们一路顺风,顺利地把船开到了印度洋。

被好镇滋润过的海员们连续几天都保持着好心情。好镇以及好镇的故事够他们分享几天了。他们就像小孩子回味着巧克力一样回顾着这几天的事情,然后盼着下一次再来好镇。老轨除外。跑得快说,在好镇收获最大的肯定是老轨。谭笑说,你怎么知道啊?跑得快说,我感觉得到。老轨不一样了,和以前不一样了。谭笑说,有什么不一样啊?跑得快笑而不答。

两天后,船沉了。

13

夜半时分,印度洋上死一样沉寂。天上没有星星,也没有月亮,四周漆黑一片，没有任何发光的东西。经过了一天的暴晒，所有人都好像昏死了过去。救生筏就像一片树叶在海上随波逐流。只有海浪拍打救生筏的声音，才能让人感觉到，他们还在人间。

老轨率先醒了过来。他睁开眼睛，什么也看不见。他试着说话，嗓子却像被关闭了一样，打不开声音。他赶紧拍了拍身边，拍到了一条腿。旁边的一个声音传来，你怎么啦？

是秦朗的声音。

老轨挣扎着，终于打开了嗓门，声音却是沙哑的。他说，船下面好像有动静。

秦朗这才感觉到，船下面好像是有什么东西在撞击，撞一下，停一下，动静并不大，像是在试探着什么。

秦朗说，是有动静。他赶紧叫醒其他人。

所有人都醒了过来。傅诚说，怎么回事？发生什么事了？

秦朗说，船下面好像有什么东西，有可能是鱼吧。

张晓军说，是的，应该是鱼吧。希望不是鲨鱼。

一句话提醒了所有人，大家都紧张了起来。老轨突然说道，我们都把衣服脱下来，到水里洗一洗。

谭笑说，老轨说得对。鲨鱼主要靠气味来辨别东西。我们今天流了很多汗，衣服上味道太重了，赶紧脱下来洗一洗。

过了一会儿，下面果然没有动静了。但是大家也睡不着了。

傅诚说，现在我来点一下名，看看还有哪些个人。

他上救生筏的时候扭伤了腰，一下午都在昏睡，像死了一样。当时大家还以为他活不了了。但是这会儿，他又活了过来。

现在救生筏上有六个人：管事傅诚、老轨常夷生、大副谭笑、二副秦朗、三管轮张晓军、水手龚军。龚军问道，我们能活下来吗？

傅诚说，不知道。现在我们只能听天由命了。我们唯一能做的，就是多活一天，一小时，增加获救的机会。

所有人都意识到了一个问题：到了救生筏上，并不意味着获救了。在这茫茫无际的海上，要想活下来只能靠运气了。

谭笑说，大家不要泄气，我们还有六个人，大家要齐心协力，一定要活下来。我提个建议，我们每个人都说一个自己的秘密吧。如果我们都活了下来，就彼此保密。

老轨说道，你是让大家留个遗言吧。我同意。傅诚先说吧，说说为什么要那么针对我？

傅诚说，都这个时候了，我也没什么好瞒的了。说实话，不是我要针对你。是主管机务的副总专门跟我说的，说要我把你管紧点。他说你这个人，技术好，但是性格有问题，海船飘得远，又长时间不回来，不管紧点是要出问题的。我本人其实还是很欣赏你的。我知道，在船上，我有时管得严了点，大家可能对我都有些意见，我在这里请大家原谅。其实，我也是身不由己……

老轨沙哑着嗓子说，谢谢啦。下一个谁说？

龚军说，我说吧。这辈子我唯一的愿望就是杀个人。这个愿望实现不了啦，只能等下辈子啦。

救生筏上突然安静了下来，龚军的那句话似乎把所有人都噎住了。好半天，张晓军才说，好吧，我来说吧。我其实……其实，亲过女孩子的嘴的。

谭笑说，什么？你们都亲嘴啦？小梅让你亲吗？

小梅就是张晓军在好镇认识的那个女孩儿。

张晓军说，不是，不是小梅。是上次，在新港的时候，我碰到了一个女孩，晚上我们一起喝酒了。后来她就亲了我，是她主动的。可是第二天我再去找她的时候，她却说不认识我，我认错人了。现在的女孩子，我真是搞不懂……你们要替我保密啊，不要让小梅知道了。好吧，到你了，谭笑。

谭笑想了一下说，我的秘密太多了，不知道说哪一个好。要不，我说说我的想法吧，我不想当船长。我想这次要是能活着回去，就离开船，找一个安静的地方，随便找个工作，然后娶一个普通的女孩，过着安安静静的生活。

傅诚说，你怎么会有这种想法。公司里还指望着你呢，打算把你培养成为我们公司的第一个海船船长。

谭笑说，还是你来当第一个海船船长吧。秦朗，该你了。

秦朗说，我的秘密和你相反。我想当船长。

谭笑说，这算什么秘密啊。

秦朗说，就这个。没有了。老轨，到你了，你全身上下都有秘密。要不说说女人吧，你最爱的女人是谁？

张晓军在一旁说道，我也想知道。

老轨有半天没有说话了，他像是睡着了。于是秦朗又拍了拍他的腿，他这才开口了。

其实我想活下去的，就是不知道，老天还给不给机会……我已经死过了，到了好镇，又活过来了。

他摸了摸兜里，那里有一个钱包，钱包里除了一叠钱，还有一张女人的照片。他的眼里闪着光芒，那是求生的欲望，尽管海上还有风暴，人生还是无趣。

张晓军说，老轨，什么意思啊？我怎么听不懂啊？

老轨鼻子里哼了一声，并没有理他。救生筏上安静了下来。大家又沉沉地睡去了，直到第一缕光从海平面上升起来，照在救生筏上。

谭笑记得，老轨曾经跟他说过，他这一生都没见到光。不知道这一缕光，老轨有没有见到。

当黄昏靠岸 |

1

春分过后，天就亮得早些了，气温也应该开始转暖。但是天上下着雨，气温并没有预想的高。比较麻烦的是，"春分有雨到清明，清明下雨无路行"，预示着今年春天的雨水会比较多。丛静刚刚出了门，又把脑袋缩了回来，赶紧从包里掏出伞，撑开，这才出门。她听到后面男人的声音追了上来，晚上我不回来吃饭，你自己吃啊。

丛静"嗯"了一声，声音比较小，像是说给自己听的。她穿过湿漉漉的田埂，到镇上去。路上有些滑，她走得比较小心，稍一分神，就有几滴雨从伞骨上滴下来，砸在黑色的雨靴上。她的眉头皱成了一团，步子快了一些。今天早上她原本没有课，但是二班的陈老师结婚去了，她要帮他代一节课。

站到讲台上以后，她的精神就好多了。多年以来，三尺讲台一直是她喜欢的地方，是她的精神支柱。讲台上突然由一个五大三粗的男老师，变成了一个身材窈窕的女老师，学生们开始叽叽喳喳地议论开了。丛静没有吱声，她慢条斯理地整理好教具，打开 PPT，这才朝台下扫了一眼，台下立即安静下来了。

同学们，开始上课之前，先问大家一个问题，什么是历史？

过了片刻，从角落里传来一个声音，历史就是过去呗。

还有呢？

一个女生回答道，历史就是记下来的事情。

还有吗？

又没声音了。过了五六秒钟，第一排的一个男生突然举起手来，手举得高高的，像是丛林里突然冒出的一面旗帜。丛静冲他点了点头。男生站了起来，高声答道：历史就是上下五千年！

她示意他坐下，说道，同学们，你们答得都对。但是，还有一点你们没有答到。

她顿了顿，提高了嗓门。

历史就是现在！现在每时每刻发生的事，也都是历史……

她的课赢得了满堂喝彩，就连来听课的教导主任都不住地点头。这没什么。她早习惯了，习惯了被赞扬，习惯了代表学校参加县里市里的各种教学比赛。而这，只是普通的一堂课而已。下了课，她走进了办公室。她的办公室靠南边，抬头就是山。淅淅沥沥的雨落到松树上，又沿着松针滴下来，滴到窗台上，无声无息的，就打湿了她放在窗台边的文竹，也打湿了她的回忆。就像多年以前，同样下着雨的那个晚上。

但是她没有时间回忆，教导主任追了过来，冲着她大声说道，丛老师，下午三点钟的教研会，要请你发个言，你准备一下，讲一讲，好好讲一讲啊！

她点了点头，答应了下来。

她打开了作业本，正准备批改，办公室的钟老师又走了过来。钟老师是个中年妇女，因为保养得好，看起来就像个三十出头的人。这个年龄的人家里基本上都已经摆平了，老公、孩子和钱，一样不缺，有的是时间给生活找点儿乐趣。这个乐趣，最好是从别人身上找，既有成就感又没风险，还顺便搞了人际关系。最近，她最好的目标就是丛静。钟老师说，小丛啊，昨天一直没碰到你，今天正好你在，我把这个偏方给你。据说这个偏方灵着呢，不光可以让你顺利地怀上，还可以让你生个儿子……

丛静有些哭笑不得，但最终还是选择了笑。她勉强地笑了笑，接过她递过来的那张有些发黄的纸，还被迫感谢了她一番。

钟老师又叮嘱了一句，对了，要和你老公一起吃啊。老中医专门叮嘱过的，要两个人一起吃才有效！

她有些走神，要他一起吃？要"他"一起吃吗？

2

丛静站在码头边，风有些大，有些冷，吹得她睁不开眼睛。但是她还是看到了那艘船的远影，也听到了熟悉的船笛声。一声长长的笛声，像是从另一个世界破空而入，闯了进来，把她的耳朵塞得满满的。随后船就到了，一艘高大的船。她要努力地仰着脖子，才能看到楼上的人。她看到张晓军从台阶上走下来。他已经脱下了工作服，换上了一身便装。依旧是米黄色的夹克，蓝色的长裤。近了，就可以看得到他那张娃娃脸了。两边两个硕大的酒窝，几乎要把整张脸都侵占了。他也看到了她，远远地笑了，酒窝就变小了，但也变深了，深得可以装得下满满一大杯好酒。好酒是好镇自产的酒，名字就叫好酒，一杯就可以让远道而来的水手们醉了。

她扑在他的怀里，贪婪地吸着他身上的味道。虽然换了衣服，他的身上还是带着一丝咸味，她喜欢这种味道。她把他抱得很紧，很久都不愿意挪动。在这个变幻莫测的世间，他的怀抱才是最安稳的港湾。他轻轻地拍打着她的背，把她从怀里捉出来，然后牵着她的手，一起去小巴黎吃饭。小巴黎是好镇仅有的一家正宗的西餐厅。老板是从大城市来的，不知为什么要跑到这个小镇来开餐厅。所以小巴黎的所有陈设都带着大城市的味道。灰色的沙发，全欧式的铜挂灯，灯竿上刻着骑士的图像。头顶上则是西洋画，巴洛克画派的，尤其是鲁本斯的画，几乎占全了。虽然都是仿制的，但明显是高仿品，显示出老板的品位来。这是她最喜欢的餐厅。虽然他对西餐并不怎么感冒，但是只要她喜欢，他就笑嘻嘻地陪着。看着她一只手翘着兰花指，小心谨慎地切着盘子里的牛肉，他就会开心地笑，露出满口洁白的牙齿。她喜欢他的笑容，觉得他的笑是最纯粹的。她问他海上发生的事情，他笑着反问她，这段时间有什么有趣的事。她就一五一十地讲。结果，她成了主讲人。讲完了，她才想起来，说，我是要听你讲的，怎么我讲起来了？

他讲故事的时候总是很严肃。他说，好吧，我来讲一个。他总是这样拉开故事的序幕。

那一天我是四到八的班。早上三点半就开始值班。在机舱里待了两个小时后，小吴就来换我，让我上去透透气。我爬上了机舱，发现天已经快亮了。你见过天快亮的情景吗？陆地上的不算。陆地上，你根本不是第一个见到阳光的人。在你的前边，总还有无数个村子和无数个人，比你先见到。可是在海上，你可以保证你是第一个见到阳光的。那天我就有幸成了第一个。我的脑袋刚刚从机舱里露出来的那一刹那，外面还是漆黑一片，可是突然之间，就像是谁打亮了手电筒，一大片光从远处飘过来，我的眼前突然一片光明。那是什么样的光你知道吗？那是霞光，金色的。霞光里还有人，一个女人。我吓了一跳，那不是仙女吗？踩着霞光飘过来了。她越飘越近，越飘越近，我总算看清楚了。你猜是哪个仙女？哇，是丛静……

听到这个地方，丛静就扑到他的怀里，用自己的小拳头敲打他。他挺着胸膛，让她打。她打着打着，就变成了摸。她摸着他的脸，语气非常忧伤，那么厉害的海风，怎么就没把你的脸吹黑呢？你看看你的皮肤，又白又嫩，我怎么就没有你这么好的皮肤呢？

他笑着说，这你就不知道了吧。海是最养人的，每天吹两个小时海风，比什么化妆品都好。

她装作相信的样子,那好啊,我也要到海上去。你把我带上吧。

他说,好啊好啊,我明天就跟老轨说去。

他这样一个人,怎么就那么浪漫呢? 她说,你不是没谈过恋爱吗? 你怎么就这么浪漫呢?

他说,我还浪漫啊。谭笑经常笑话我呢,说我太死板,一点都不懂浪漫。

他不知道,浪漫是两个人的事。她心中有的是浪漫,他就是浪漫的了。她喜欢他的温柔。就算是在床上,他也不像一个初学者那样粗鲁。他也是温柔的,一点一点地,软化了她,让她不知不觉地就和他一起融化,融成一体,你中有我,我中有你。

然后她喃喃自语着,你说要带我走的啊。你说话要算话啊。

3

周六下午,屋里来了一大帮人。

周昌的父母先来,接着是弟弟、弟媳妇带着孩子来了。屋子里立即热闹了起来。公婆平常不怎么来的,大都是他们周末的时候去公婆家。弟弟一家更是稀客。弟弟是交警,在县里上班,平常工作忙,加上弟媳妇不喜欢小地方,即使有空到好镇也是去父母那里。丛静一看阵势有点大,心里就知道肯定有事。

果然,一家人坐下之后寒暄了几句,弟媳妇借着孩子调皮的机会就开始数落儿子。数落他的一堆缺点,什么光爱学习不锻炼身体啊,什么兴趣太多了又是绘画又是钢琴又是围棋啊,一听就是明着批评暗着夸。批评完了还总结道,这孩子缺点是不少,可是自打有了这孩子之后,还是觉得生活多了很多乐趣。最主要的,是觉得有了奔头。这个年纪嘛,还不是上为老下为小嘛。

丛静听出来了,来之前他们就合计好了的,弟媳妇的这番话应该算是开场白了,相当于戏台上最先上场的那个角色,一通鼓响,说上几句,引三角出场。唱主角的是自然是婆婆,配角就是公公了。婆婆顺着她的话就说,那是的啊。你们哪个不是这样长大的嘛。我说周昌啊小静啊,你们两个也该要个孩子吧,瞧你弟弟的孩子都这么大了……

戏演得很顺利。婆婆很快就进入了角色,她苦口婆心,摆事实讲道理,从不孝有三无后为大讲到左邻右舍的议论,讲到激动处涕泪横流,小静啊,你是有文化的人,女人的最佳育龄你又不是不知道。过了最佳育龄,孩子的质量都会下降啊……

炮火来得太猛烈了,虽然丛静已经有了思想准备,但还是有些应接不暇。看那架势,是要逼着她当场签下城下之盟,答应马上要个孩子。她看了看周昌,周昌正低着头玩手机,看样子是不打算支援自己的了,似乎这件事跟他没什么关系。她只好站了起来说,你们先聊着,我去给你们做饭。

这个时候周昌站起来了,反应非常迅速。他说,平常都是你在做饭,今天你歇会儿,陪爸爸妈妈说说话,我去做。周昌的弟媳妇看了一眼自己的老公,周盛,你去给你哥帮帮忙吧,你们哥儿俩很久没一起做饭了吧。

周昌和周盛去了厨房,屋子里的目标更明确了。婆婆适时地说,小静啊,你还有什么问题嘛,说出来,说出来给爸爸妈妈听听。是不是怕工作太忙了没时间照顾孩子?没关系,有我们呢,我们俩还没老成那样,你亲弟的孩子上了幼儿园,也不需要我们带了。趁着我们现在还有精力的时候,赶紧生一个,我们帮你们带……

一下午,丛静一直低着头,一言不发。她不知道说什么。她和周昌结婚四五年了,按照好镇的习惯,第二年就该有孩子了。她不是不喜欢孩子。结婚的第二年她就跟周昌说过。可是那个时候周昌不想要。周昌在镇政府上班，每天忙着各种应酬，天天喝得醉醺醺地回来。周昌说，我现在应酬太多了，天天喝酒，怎么要孩子嘛。要孩子就要一个质量高的，起码也是健康的嘛。这个理由很充分，她就没说什么了。再到后来，他在父母的威逼利诱之下想要孩子了，张晓军却又出现了……

晚上吃饭的时候，周昌拿起酒杯要给爸爸妈妈敬酒，当场被妈妈批评了一顿，你们不想要孩子了吗？以后不许喝酒，养好身体，要一个健康的孩子。

周昌忙不迭地答应着，从明天起，从明天起就开始戒酒。

晚上周昌送走了父母回来，丛静正靠在床上看书。刚刚喷了空气清新剂的屋子里立即又充满了酒气，她皱了皱眉头。周昌凑了上来，老婆，你还没睡啊，在等我啊。

她一把推开他凑过来的脑袋，去洗洗吧，一身酒味！

他一屁股在她身边坐了下来。老婆，我们还是要个孩子吧。

她说，是你不要的，又不是我。

他说，那是以前，我应酬太多，此一时彼一时嘛……

她说，等你彻底戒了酒再说吧。

他说，好吧，我戒酒，我戒酒……

他的声音越来越低，不一会儿卧室里已经响起了呼噜声。他衣服都没脱，就和衣躺在了床上。丛静走了过去，帮他盖好被子。她回头看了看床上的这个人，摇摇头，长长地叹了一口气。

她走到了阳台边朝外看。深夜的好镇很安静，尤其是南边。偶尔的两声狗叫声传来，影影绰绰的，那是北边。她看到了远处黑色的山，轻轻摇动的刺槐树，以及遥远的灯火。她不知道自己是不是还在人间。于是她掐了一下自己，痛。有痛就好，有痛就还活着，有痛才是活着。

她回到书房，拿出纸笔，开始写信。

亲爱的：

你现在已经到了哪里？我猜想，应该到了马六甲海峡吧？我查过了，那个地方风浪不大，但是据说海盗比较多。你千万要小心啊。要是真遇到了海盗，就不要和他们斗了，保命要紧。

今天上午，路过亚东配件店的时候，我又看到那个女老板了。她瘦了，瘦了好多。你还记得她以前的样子吧，那身材，那皮肤，不知迷死了多少男人。可是现在呢，你想都想不到，又黑又瘦，整个人像是去掉了肉，只剩下一层皮包着个骨架。眼窝深得看不见底。我看了很伤心，才几年的时间啊，就能把一个人变成这个样子。我估摸着她是生了一场病，或者是这几年里经历了什么事。

好了，不谈她了。

算一算，我们已经在一起六七年的时间了。六七年的时间，本身就算是历史了。我们的历史书上，记载的都是大人物的事情，大人物的事情才是历史。可是对于我们每一个人来说，过去的事情就是历史。没有谁的历史更重要。大人物的历史对大人物重要，小人物的历史也对小人物重要。大家都一样。所以，你在我的历史里，也已经生活了六七年了。你应该算是我历史里的主角了吧。

你上次跟我说，你打算攒钱在好镇买房子了。我想来想去，还是不要在好镇买吧。你去别的地方买，我跟着你去。我在好镇待得太久了，实在是太久了……

等你回来的时候，我们再商量吧。

想你。

你的小镜子

写完了，她拿出打火机，走到卫生间，把信烧了。

她不知道该往哪里寄。

4

好镇的南边都是山，但是只有最近的这座山叫南山。

南山并不高，海拔不到一千米，山上修了很多路，石子路，弯弯曲曲，好镇人说这山就是好镇的后花园。但是平常，上山来的人还是不多。山路有些陡，下雨天尤其有些湿滑，所以丛静特地穿了一双防滑的运动鞋。出门的时候，她照了一下镜子，镜子里的自己一身的运动装，多了几分青春和活力。她仿佛看到了多年以前的自己。

一路往上走，到达那个山洞的时候，她停了下来。六年前，他们就开始在这里约会。那时两个人都没什么经验，他们低估了秋天的南山，衣服穿得有些少。丛静冻得瑟瑟发抖。张晓军傻乎乎的，还以为她太紧张了。其实他也冷。两人交往的时间不长，都还有些不好意思。丛静说，我冷。张晓军这才反应过来，赶紧脱下身上的夹克，披在她的身上。可这时，他自己就更冷了。一直在那里打着寒战，最后还打了个喷嚏。丛静笑着靠了过去。他颤抖了一下，一把把她抱在怀里。

想起来还是自己主动的。丛静笑了起来，都说男孩子更主动更疯狂一些，这个叫张晓军的男孩子却天生腼腆，生怕做错了什么得罪了她。后来他们交往的历程中，他唯一主动的一个环节，就是接吻，还是丛静诱导的。丛静当时给他讲了一个正在热播的电视剧，说那个男主人公一看就有问题。电视剧里说他以前交往过几个女朋友，太假了，你看他吻女主人公的样子，一看就是没什么经验的。张晓军傻傻地盯着她看。她说，你傻看我干什么？

他的脸红红的，像个女孩子，我也没经验的……丛静就低下了头，过了一会儿，又抬起头，还闭上了眼睛。张晓军果然是没有经验的。后来他们热恋的时候，丛静嘲笑他第一次接吻像在吃奶，把她的嘴唇都弄疼了。

想到这里，丛静忍不住笑出声来。在笑声里，她看到张晓军从洞里走出来了。张晓军说，你傻笑什么啊？丛静愣住了，你怎么从洞里出来了啊。张晓军说，你今天穿得好年轻。她瞪了他一眼，我很老吗？

听老人说，这个山洞是 1972 年挖的，当时和苏联关系紧张，听说苏联要用核武器，所以到处都在挖洞。深挖洞，广积粮。后来对付苏联没用上，倒是成了年轻人谈恋爱的好地方。洞里有很多可以坐的地方，而且里面光线很暗，可以干一些不适合在外面干的事。

两个人手拉着手往洞的深处走。这次的主讲人是张晓军，张晓军给丛静讲着最近船上发生的事情。谭笑当上了船长。他以前是不愿意当船长的，可是后来还是想通了，出去学习了一阵，考了船长证书，现在的船长就是谭笑了。

丛静问，那小梅呢？我好久没见到小梅了。

张晓军说，他们在一起啊，但是好像还是没结婚，也不知道为什么。他们比较新派，不在乎这个吧？

丛静说，他们有孩子吗？

问到这个问题的时候，她突然身子一颤，差一点滑倒了，幸亏张晓军抓得紧。张晓军说，不知道，没听他说过。谭笑应该很喜欢孩子的吧。他经常跟我讲怎么教育孩子，大道理一套一套的。

丛静说，那老轨呢？还在那艘船上吗？

张晓军说，没有，他换船了，一艘新船。现在我们船上的老轨是以前的大管轮，那个喜欢说笑话的胖子，你还有印象吧？

丛静一脸的娇羞，幸好张晓军看不见，我哪里有印象嘛。上你们船的时候，我的目光都在你身上，哪会注意到别人嘛。

她感觉自己又回到了六年前。六年前？她愣了一下，莫非我现在就在六年前？

没等她想明白，张晓军突然一把把她抱住，抱得紧紧的，抱得她有些透不过气来。他喘着粗气，寻找着她的脸、她的嘴唇。他们已经走得有些深了，丛静觉得这应该是安全地带了，就迎合着他。两个人的衣服甩了一地。为什么他们总是这么迫不及待呢？为什么和周昌在一起的时候从来都没有这种感觉呢？

他们第一次在山上亲热的时候，她还有些害羞，怕被别人看到了。张晓军说他在山上的时候，特别有感觉。孔子说，仁者乐山，智者乐水。他其实喜欢的是山，而不是水。所以他不是聪明人。丛静说，你现在就够傻的。张晓军说，有一天，我就在南山上搭座房子，和你住在这里，过一辈子。

生活原来还是可以这么有趣而又有生机的啊。

他们的这一次疯狂而又持久。张晓军似乎饿得太久了，休息了片刻又来了。这个看起来那么文弱秀气的男孩，在这件事上却表现得这么勇猛，这是她一直感到奇怪的。周昌看起来身高马大的，却像《西厢记》里所说的，是个银样镴枪头。到后来，她对他就一点兴趣都没有了。一个月顶多一次，还是草草应付，像是学校里的教学例会，完成了就行，证明他们还是夫妻。

完事之后张晓军说，我们这次要去美国了，很远。

丛静说，那要多久啊。

张晓军说，少则三个月，多则半年。

丛静"啊"了一声，就一把把他抱在怀里，哭出声来，那我怎么办啊？那我怎么办啊？

张晓军说，那只有一个办法啦，你跟着我走吧。

丛静知道他是开玩笑的，是想哄她开心，伍她还是认真地点了点头。那天她想跟他说件要紧的事，居然一直没有说出口。

5

亲爱的：

我又想你了。我实在不知道该怎么办了。我要怎样，才能活下去呢？你告诉我，好吧，我都听你的。

晚上，一个人坐在房间里的时候，她又打开电脑，开始写信。坐了半天，却不知道该写些什么。她只好一个人坐着发呆。

很多时候，我都不知道，人活着到底是为什么？人来到这个世界上，就是为了受苦的吗？她记得有一次他也跟我说过，在这个世界上，我们人人都过客，就像天上划过的一道流星，转眼就过去了。其实，能做流星就不错了，大部分都是没有留下一点痕迹，就过去了。我们现在所有的东西，我们在乎的，和不在乎的，有一天都会烟消云散，不留一点痕迹。当时她想了一下，这样对他说，什么是历史，历史到底有什么意义？难道只是对后人有意义吗？我学了那么多年的历史，教了那么多年的历史，我还是不明白。你明白吗？你明白的话就请你告诉我。她想起这些话，摇了摇头，很多年以后，我们的现在就是历史了。但是到那个时候就不重要了。我不要历史。我就要现在。

她像是下定决心一样，关掉了电脑，躺在了床上。眼睛是闭上了，脑子却停不下来。那些往事又像放电影一样，不断地在脑子里回放。

6

从南边到北边花了三十二分钟，从北边到码头花了三十五分钟。丛静走到码头边时，才九点多。按常规，船要出去买菜，准备相关物资，开航的时候，应该在十点左右。丛静从码头左边走到码头右边，再从右边走到左边，还是没有看到楚海轮。她想楚海轮是不是开到附近港口加油去了。又等了十几分钟，她看到一艘船远远地开过来，近一些了，又近一些了，她看到了蓝色的船体，心里一阵激动。又过了一会儿，终于看到船上的字了，却是"知音"两个字。

太阳已经老高了。有些日子没出太阳了，所以今天的太阳显得特别温暖，穿透力也很强。空气中似乎没有什么阻碍，阳光长驱直入，直接照到海上、码头上、人身上。海上升起浅浅的一层雾气。丛静手搭凉棚向上看了看，太阳是白色的，刺得她睁不开眼。春天的太阳居然也会如此强烈。她感到头上有些湿乎乎的，摸了摸额头，果然有汗流了出来。

终于等够了一个小时，已经十点一刻了。她有些沉不住气了。她看到有两个穿着海员制服的人朝码头走来，赶紧走过去问，请问两位先生，有没有看到楚海轮？

年纪大一点的摇了摇头，没看到。

这几天都没看到吗？她追问道。

那人看了她一眼，坚定地摇了摇头，别说这几天，我这辈子都没见过什么楚海轮。

她又问年轻一点的，你呢？你也没看到吗？

年轻一点的说，没看到。我看你在这码头边站了好半天了，你找楚海轮有什么事吗？是不是找人啊……

后面的话她没有听到了，她突然感到那人的脸变得模糊了起来，像是蒙上了一层毛玻璃。她张开口，想说点什么，可是什么也没说出来，就直挺挺地倒了下去。

醒来的时候，她发现自己在医院里。到处都是白惨惨的，被子是白的，墙是白的，护士的衣服是白的，就连灯光都是白的。幸好屋子里还有其他颜色，红的、灰的、蓝的。她的视力慢慢恢复过来，才发现红的是婆婆，蓝的是周昌，灰的是公公。她看到这些人正在那里谈笑风生，没有一点难过的样子。自己不是在医院里吗？那应该是病倒了。为什么自己生病了他们会这么高兴？

婆婆率先发现她醒来了，赶紧走了过来，关切地抓住她的手，说道，哎呀，你总算醒来了，吓死我了。你这孩子，一大早跑到那里去干什么，幸亏好心人把你送到了医院……

那一刹那间，她突然有些感动。以前婆婆对自己也不算差，但从来没有这般温暖，她感觉坐在自己旁边的不是婆婆，而是妈。她看到周昌正喜笑颜开地看着自己。他穿着一件蓝夹克，脸上红彤彤的，显得格外精神。

婆婆还在那里唠叨，哎呀，你这孩子啊，怀孕了也不告诉我们一声。第一胎，一定要当心啊……

她感觉自己听错了，什么？我怀孕了？

婆婆说，是啊，你不知道吗？你这孩子真是糊涂啊。不过也是，第一次嘛，没经验。我怀周昌的时候也不知道，没什么反应嘛，两个月了，还跟着别人去爬山，想想都后怕。

她又回过头来骂儿子，周昌啊，不是我说你，你也糊涂啊。你这个丈夫是怎么当的，自己老婆怀孕了，都不知道。以后要多关心老婆一点，都要当爸爸的人了，还那么不成熟……

　　她突然想吐，于是要爬起来，婆婆赶紧把她扶起来，她干呕了几声，立即觉得嗓子里舒服多了。她说，妈，我累了，想睡一会儿。

　　婆婆赶紧说，好，好，你睡一会儿。老头子，我们走吧，让媳妇休息一下，不要吵她了。周昌，你不要走，在这里陪媳妇。

　　公公婆婆走了之后，周昌坐在旁边直搓手，不知道说什么。丛静看了他一眼，说道，你去给我买点苹果吧，我想吃苹果。

　　周昌赶紧站起来，好，好，我这就去买！

　　屋子里终于静了下来。她一个人躺在床上，掰着手指头算。和周昌的上次应该是一个月前了。上上次呢？应该是两个月前。从时间上看，应该是对得上的。可是，她清楚地记得，每一次他们都采取了措施的啊。她记得自己非常坚决地说，我在网上查了，现在不能怀孕，要怀孕，你起码要戒酒一个月以上。那么，孩子是张晓军的？

　　她被这个想法吓了一跳，一下子从床上坐了起来。

　　虽然她对张晓军说过很多次，要为他生个孩子，可是这会儿，她还是犹豫了。孩子生下来了怎么办？交给张晓军带，还是自己带。周昌要是发现了怎么办？她在心里反复对比了张晓军和周昌，越对比越发现两人的相貌相差太大：周昌黑，张晓军白；周昌是国字脸，张晓军是圆脸；周昌鼻子又圆又肥，张晓军的鼻子又高又挺；周昌的耳垂很小，张晓军的耳垂很大；周昌是单眼皮，张晓军是双眼皮……

　　如果是个女孩子，而且又像自己倒也罢了，万一是个男孩子而且又像张晓军怎么办？

　　她闭上了眼睛。

　　亲爱的，此时此刻，你在哪里？是在房间里睡觉，在机舱里值班，还是到了另外一个港口？不是我要打扰你，而是发生了一件大事，一件与你相关的大事。我怀孕了。

我确信这个孩子不是他的。我们在一起的机会本来就非常少，更何况，仅有的两次都采取了严密措施。所以，只有一个可能：这孩子是你的。

还记得我们的上一次吗？我们太疯狂了，疯狂得忘记了后果，忘记了采取各种措施，所以，我们的孩子，他来了，就这样莽撞地来了，也不管我们是不是同意。得知这个消息后，我六神无主。经过反复思考，我还是没有主意。要是你在身边该多好啊，你可以拿个主意。可是，我没有办法等你回来啊。你说过，这一次，你出去的时间是那么长，最多可能半年。到那个时候，想做什么都晚了。

更麻烦的是，家里的人，所有人，都知道我怀孕了。他们早就盼着我怀孕了。我想到医院去做流产，可是，在这种情况下，是不可能的事。

我知道，一个生命，他来到这个世界上，不管是什么情况下来的，都有他的理由。可是，我该怎么办啊？我应该把你的孩子生下来吗？这个孩子，未来都姓周而不是姓张吗？他一辈子都在别的男人的庇护下成长和生活吗？

我到底该怎么办？我不知道。我真的不知道。我要疯了。

两行眼泪从眼角滑下来。她擦掉眼泪。看了看窗外。两只不知名的小鸟正在一棵广玉兰上吵架，叽叽喳喳的，吵得很热烈。看来这世界上不只人类才有矛盾和纷争。

她想来想去，还是决定：这孩子不能要！周昌的孩子她不想要，张晓军的孩子，她不能这么生，她要堂而皇之地生！

7

从医院回来后，丛静发现自己变成了大熊猫，被重点保护了起来。公公婆婆住了过来，不再让她做饭。家务活儿他们全包了，连拖地都不行。说拖地的时候地板是湿的，滑，万一摔了怎么办？唯一能做的就是散步，还得由周昌陪着，牵着手，小心翼翼的。邻居们看到了都夸他们是恩爱夫妻。周昌也没应酬了，说全都推掉了，他现在的主要任务就是陪老婆。丛静心说，你以前怎么就推不了？

一大早，她起床，准备去上班，周昌说，不用上了，我已经到学校替你请假了。医生说了，这两个月最关键。过了这两个月，你再去上班吧。她只好在沙发上坐下。周昌已经准备了牛奶，端过来，放到了茶几上，顺便在她的脸颊上叮了一口，又叮嘱了几句，这才起身出门，上班。过了一会儿，公公和婆婆买菜去了，说要给她买些好吃的。

屋子里剩下她一个人了。她坐了一会儿，突然从沙发上跳起来，像跳绳一样跳着，跳了一会儿，没什么反应。又做了几个弯腰动作，下蹲，再起来，再下蹲，还是没反应。她又躺到沙发上，一连做了几十个仰卧起坐。

后来，她累了，躺在沙发上直喘气。可是，肚子里就是没有什么动静。这个孩子像是赖在了她的身体里，任凭风吹雨打，我自岿然不动。她摸了摸肚子，长长地叹了一口气。

午餐非常丰盛。鲫鱼豆腐汤、红烧排骨、胡萝卜烧牛肉、西芹腰果炒鸡丁……还有她最喜欢吃的西红柿炖牛腩，满满的一桌菜，可是她却一点胃口都没有。婆婆使劲地往她碗里夹菜，说多吃一点，多吃一点身体才好，将来才能生一个健康的孩子。她感觉自己就像是一个传送带，要把这些食物都源源不断地传送到孩子那里去。勉强吃了几口，她就跑到卫生间里，干呕起来。她是故意的。呕过之后，她就顺理成章地躺到了床上。周昌跟了过来，问她怎么样，不要紧吧。

婆婆在屋外说，看样子是个丫头吧，听说丫头反应大。

在儿子还是女儿的问题上，公公婆婆倒很开明，反正他们已经有一个孙子了，再有一个孙女也挺好的。

她看了看周昌说，你出去吃吧，我实在没胃口。

周昌说，是不是菜不合胃口？你想吃什么，跟我说，我去给你买，只要能买到的，我都给你买来。

她从兜里掏出一个菜单，递给了他。这是她从网上找的。

周昌接过来一看，上面写着：螃蟹、山楂、甲鱼、桂圆、马齿苋、黑木耳、菠菜、杏仁。

他说，就这些啊，好办，我下午就去给你买。

刚走到客厅，菜单就被婆婆截获了。婆婆说，拿来，给我看看！

她看了一眼菜单，说道，这些菜怎么能吃呢？这些都是容易流产的菜。

丛静听到她的声音越来越近，一直从客厅里来到她的卧室里。她有些心虚，赶紧用被子蒙住脑袋，装睡。她听到婆婆的声音从上面压了过来，小静啊，你现在可不能吃这些东西啊。这些东西都是容易流产的。等你生了孩子，想怎么吃就怎么吃。这两个月是难受点儿，等过了这两个月就好了。

所有计划都失败了。

下午的时候，不等他们回来，她早早地就出了门，一个人走到了街上。街上空荡荡的，似乎人都不见了。往常这个时候，南街上应该人来人往的啊。现在呢？几棵梧桐，还有樟树，再就是电线杆了，安静得让人紧张，似乎全世界就她一个人了。她在安静的街上走着，内心里又多了几分凄凉。这凄凉是由紧张、纠结、温暖、无助，一起编织成的。这么多的情感一起在心里撞来撞去，把心撞得七上八下，不得安宁。她还是朝车站走去。车站并不远，那里有通往县里的长途汽车，县里的长途汽车站有通往更远地方的车。她把身上的挎包朝前面转了转，确保包的安全。那里装着钱，还有两张卡，有了这些，她就可以走遍天下了。

到县里的车半个小时一班，她到了长途汽车站时，才四点多钟。车站变得陌生了。自从大学毕业工作以后，她就很少离开好镇。不是不想出去，也不知道为什么，好像就是被生活固定住了，日出而作，日落而息，每天看的都是好镇的太阳，喝的都是好镇的水，见的都是好镇的人，日子就那样一天一天过去了。长途汽车站明显人多了很多。她四处张望着，想着该去哪里。包里的手机震动着，她打开一看，是家里的电话。她没接。过了一会儿，又震动起来。这回是周昌打来的。她还是没接。她想，为什么不是张晓军打来的呢？如果是他的电话，她会迫不及待地接听，她有很多话要跟他说。

一个中年男子走过来，问她去哪里，要不要票，他那里有车站里所有的票，不用排队，马上就可以走。

她摇了摇头，走到了一边。

车站里好多人。拖家带口的，独自一人的，拖着箱子的，背着编织袋的，空着手的，急匆匆的，慢慢悠悠的，在面前晃来晃去。她突然意识到一个问题：我这是在离家出走！我为什么要离家出走呢？我要去哪里呢？到哪里可以解决我的问题呢？这些问题想得头疼，让她有些恍惚。

手机又响了一下，她打开一看，这回是短信，是周昌发来的：亲爱的，你去哪里啦？我都急死啦。看到了赶紧回条短信啊！！！

后面是几个惊叹号。她一个人在车站外的花坛边坐了一会儿，还是给周昌回了一条短信：马上回。

她还是坐上了回好镇的汽车。远远的，她就看到周昌站在门口，朝路口张望。她心里突然有了一丝感动，加快了步伐。周昌看到了她，一路小跑着过来了，哎呀，你上哪里去了啊，我们全都要急死了。

她轻描淡写地说道，没什么，天天在家里闷死了，出去走走。

周昌说，好吧，以后出门告诉我一声，我陪你嘛。

屋子里居然坐满了人，全是同事。茶几上放着鲜花，还有各种各样的补品。办公室的同事几乎都来了，还有工会主席、教研室主任，大家都一起朝她行注目礼。钟老师从沙发上弹了起来，快步走到她身边，抱着她，大声说，恭喜你啊，小丛，你要升级了！然后压低了声音，在她耳边说道，怎么样，那个药方有效吧。

屋子里开始七嘴八舌。有孩子的开始介绍各种怀孕的经验，吃什么，穿什么，怎样运动，要为孩子准备什么。讲到营养问题，还分成了两派，一派认为应该加强营养，一派则认为就和平常一样，说营养过量了还会养成巨婴，生孩子的时候就不利了。几个女人甚至还讨论了顺产和剖宫产的问题。

后来争执不下，大家问丛静的意见，丛静一脸的疲倦，吐出了几个字：我好累……

工会主席于是做了总结性讲话，她说，我们得知丛静老师怀孕了，都非常高兴，工作很重要，生活也很重要，孕育下一代尤其重要。我们代表学校和工会来看看丛老师，现在看到丛老师一切都好，我们就放心了。丛老师，你不要急着上班，你的课，学校已经做了安排，一切等稳定下来了再说。好了，大家就不打扰丛老师休息了，都走吧。

现在，丛静知道，她的怀孕已经上升为公共事件了。

8

亚东配件店算是这街上的老店了，算算时间，开店也应该有十几年了。丛静在念初中的时候，就背着书包，踏着朝阳和夕阳从店门口走过。那个时候的太阳似乎没有现在的那么厉害，尤其是夕阳，看上去是红色的，照在脸上痒痒的，像是少女的手在抚摸一样。那个时候，老板多年轻啊，一头自然卷的黑发，脸上总是油光光的，远看上去像个电灯泡，闪闪发亮。老板娘呢？一条白色带小花的长裙，头发披在肩上，脸上还带着几分羞涩。小腰一扭一扭的，像风吹荷叶，整个好镇的风情都在这腰上了。如今，十几年过去了，店里还一直保持着当初的风格。除了更换了大一点的招牌，基本上没什么变化，就连店里的格局都没怎么变。老板还是那个老板，老板娘还是那个老板娘，只是，岁月在两个人身上都刻下了印迹，似乎是为了证明，普天之下，没人能逃脱它的魔掌。

老板现在像电灯泡的，已经不是脸而是脑袋了。他已经秃顶了，脸上也没有以前的光芒了，他变黑了变胖了，尤其是两腮边高高地鼓起，再加上挡不住的隆起的肚子，让当年那个英俊的小伙子变成了一个中年男人。他还是像过去那样低着头，在屋里忙来忙去，似乎闲不下来。老板娘则坐在靠窗户的地方，她的目光有些呆滞，只是偶尔有人路过的时候，才转动一下眼珠。她的皮肤已经松弛了下来，表明她曾经也是很丰满的，当年湿润光滑的皮肤如今就像一件尺码大了的雨衣，松松垮垮地套在身上。

丛静远远地站在店门口往里看，想着她的措辞。她想跟老板娘聊聊楚海轮，聊聊老轨，她要是不愿意的话随便聊聊过去也行。她想知道，站在当年的门槛上，多年以后的老板娘是怎么消磨这些记忆的。她更想知道，这六七年的时间里，她和老轨还有没有新的故事。但现在她的障碍是，老板也在店里。

好在她有的是时间。她看了看四周，身后有一家酒吧。她进了酒吧。她在靠窗的桌子边坐下，可以清楚地透过玻璃窗看到对面玻璃门里的场景。她不知道，当年谭笑就曾经坐在她坐过的地方窥视对面，只不过，当年的小饭馆变成了酒吧，木椅子变成了沙发，无色的玻璃变成了茶色的。

老板终于起了身，他拿了一个安全帽，戴在了头上，骑上了门口的摩托车，走了。丛静突然有些紧张，她的脸红红的，仿佛被人拷问了什么一样。她觉得这样过去肯定不行。于是又坐了一会儿，平复了一下自己的心情，这才慢慢起身，朝店里走去。

店里恰好没有顾客。老板娘一个人坐在店里。她看了一眼推门进来的丛静，目光里有些木然，连招呼都没有打。老板娘的样子让丛静把想了半天的话，一下子都吞了下去。她本来就不是个善于跟人打交道的人。她看了看老板娘，看清了她眼角的鱼尾纹，脸上的黄褐斑，嘴角还没来得及擦掉的面包屑，不太合身的黑色上衣，以及像鸡爪一样干枯的手。她突然觉得，其实自己跟她没什么可说的。

9

那天下午，丛静发现，春天真的来了。

当时，丛静正坐在沙发上看电视。电视很无聊，她换了几个台，不是英雄打鬼子，就是妃子斗皇后，再就是变着法儿做菜，剩下的就是广告。好不容易换到了一个自己喜欢的频道，台里的主持人正在讲西夏的历史，讲到李元昊大战贺兰山的时候，太阳就翻过阳台的栏杆进来了，一直照到了她的手上。她感到手上热乎乎的，这才抬头看了看窗外。春天果然来了。刺槐已经长满了绿叶，柳树也被树叶压弯了腰，她甚至还听到了几声青蛙的叫声。但所有的这一切，都比不上阳光。阳光是热乎乎的。

就在热乎乎的阳光里，她听见门铃响了。她知道不是公公婆婆，他们喜欢自己拿钥匙开门。那么就是快递小哥了。最近一段时间周昌总喜欢搞些不同寻常的举动，以前从不浪漫的他似乎在一夜之间就学会了浪漫。所以，如果是他在网上给自己买了什么东西，那是一点也不必奇怪的。她过去开了门，结果，站在门外的是张晓军。

丛静吓了一跳，问道，你怎么来了？

张晓军没有一点风尘仆仆的样子，还是那张白里透红的脸，还是那件米黄色的夹克，皮鞋干干净净的，没有一点灰尘。他连包都没背一个，就那样两手空空地来了。他就像是住在隔壁的人，走几步就可以过来了。张晓军说，我正在密西西比河航行，突然听到你叫我，我就飞过来了。

丛静赶紧看看门外，门外并没有其他人。她傻傻地看着他。张晓军笑嘻嘻地说，好啦，我骗你的，我不会飞啦。船改线了，不去美国了，我们就往回开了。这一次啊，我不走了，我休假了。

他说得轻描淡写。她的心里却涌出万千心事。这万千心事终于让她崩溃了，她什么也不顾了，一下子扑倒在他怀里，痛哭了起来，一边哭一边喊，你怎么才回来啊。你没收到我的信吗？你把我带走吧！你把我带走吧！

张晓军说，带你走？我自己都不走了。这次我要在好镇买房子了。

丛静摇了摇头，离开好镇吧。我想离开好镇。

张晓军吃惊地看着她，发生什么事了？为什么一定要离开好镇啊？

丛静说，我怀孕了。

这句话她说得很冷静，说完了就看着张晓军，看他的反应。张晓军没什么反应，似乎一切都在意料之中。张晓军说，那好啊，那好啊。

丛静又加了一句，是你的孩子。

张晓军仍然很平静，好啊，我要当爸爸了。

说着他就站了起来，说道，我要走了，船在好镇就停半天，我要先回公司办休假。再过半年，我就来接你。你好好照顾自己。

说完了他就往门外走。丛静傻傻地坐在沙发上，甚至都没有起身送他。她突然感到他有些陌生。大海总是这样把人变得陌生的吗？

10

她跟他的认识其实很没意思，一点也不浪漫。

她是小梅的同学，从小学到中学，后来她上了大学，小梅开了个副食店。两个人是从小到大的闺蜜，是恨不得男朋友都分享的那种。

他先认识的是小梅。几个同事在小梅副食店里喝啤酒，谭笑他们几个都撺掇着他追小梅。他就真的追小梅。他那个时候其实没有一点恋爱经验，不知道自己喜欢什么样的女孩儿，更不知道什么样的女孩儿是适合他的。也许只是荷尔蒙的作用吧，男孩子看到漂亮的女孩子就胡乱追，先追追看，追到之后再去看合不合适。

在这一点上，女孩子就比男孩子明确得多，不像男孩子那么盲目。几乎所有的女孩子，成长的过程就是不断描绘心中的白马王子的过程，就像在画一幅画，一边画一边修改，到了该恋爱的年龄了，这幅画差不多就修改好了，成形了。小梅心里的那幅画里肯定不是张晓军。她不喜欢张晓军那样太生涩的小男生。她喜欢的是有些沧桑感的谭笑。但是她觉得张晓军也挺不错的，就把张晓军介绍给了丛静。

那个时候的张晓军太羞涩，跟女孩子说话的时候都不敢看人家。小梅总是变着法子撩他，然后看着他红着脸不停解释的样子，笑得和丛静滚成了一团。慢慢地时间久了，丛静就开始保护张晓军了。她会拔起一根狗尾巴草，伸到小梅的脖子里去。小梅怕痒，就滚到了一边，把绿油油的草地压平了一大块。趁着她们打闹的机会，张晓军就去摘身边的野辣虎果，黑黑的，软软的，稍不小心就会捏破，紫色的汁液就会弄到手上。他摘了几颗野辣虎果，小心翼翼地捧在手心，递给她们，小梅看着他咯咯直笑，你是想送给谁呢，送给我的吧？说着就一把抢过来，在手心上一搓，满满一手的果汁，往丛静的脸上抹。丛静赶紧往一边躲，两个人又打成一团。张晓军就傻乎乎地看着两个人笑。

后来两个人单独相处了，张晓军摘了狗尾巴草和虎尾草，编成一个花环，戴在丛静的头上。丛静噘着嘴巴说，为什么送给小梅的是野辣虎，送给我的就是狗尾巴草啊？我就那么不值钱吗？

小梅有一次问丛静，你们现在怎么样啊？看你天天笑嘻嘻的，应该发展得不错吧。

丛静就红着脸，还行吧。

小梅说，张晓军那个人是还不错，老实，应该可以信得过，但是，你要考虑的，是他的职业。

在爱情问题上，小梅一直是丛静的导师。她工作得早，见多识广，而且也有过恋爱经验，对未来考虑得更现实更明确，对男人的认识也多了很多。所以她的话丛静是必须要认真听的。

丛静说，这个我没想过。

小梅就说，你必须考虑。如果只是谈谈恋爱也就算了，如果将来想和他一起生活，那就得认真考虑。有一句话你听说过吗？世上三大苦，行船打铁磨豆腐。其实，做海员的老婆更苦。他们在外面风里来雨里去，海员的老婆呢，一个人在家既当爹又当妈，老的小的都是一个人。

丛静就低下了头。

小梅见丛静一脸的紧张，就笑了起来，张晓军是不是很浪漫啊？

丛静笑道，我不知道。我没经验。

其实在她心里，张晓军应该还是很浪漫的。他到了每一个地方都给她写信，回来的时候也给她讲各种她闻所未闻的故事。有一次张晓军说，他还在江上的时候，他们的船队到了一个小港口，他站在甲板上往下看，突然看到不远的地方有一个什么东西，像一个小房子，因为天色已晚，加上江上有雾气，他看不清楚，就和谭笑猜。谭笑说是艘船。张晓军说哪有那么小的船。于是两个人打赌。在这件事上，张晓军明显是要吃大亏的，他是近视眼，而谭笑是驾驶员，驾驶员在视力上是有很高的要求的。后来果然证实谭笑是对的。在离他们的船不远的地方，居然停了一艘小船。小船是运砂的。张晓军惊讶地看到，船上不光有女人，还有小孩。他过去跟船主交谈，船主说这船就是他家的，他们家的全部资产就是这艘船。他是船长兼老轨，他老婆是管事兼水手。孩子平时跟爷爷奶奶读书，放暑假了就跟着船跑。他看到小男孩光着个头，脸上晒得黑黝黝的，像是抹了层黑蜡。孩子也不理她，拿着个溜溜球专注地玩。丛静说，多好啊，一家人天天在一起，还可以到不同的地方去旅游。张晓军就说，等我以后有钱了，我也买这样一艘船，你做船长，我做老轨，好吧。

丛静讲到这件事的时候，脸上都是甜蜜的微笑。小梅摇了摇头，坏了，你已经掉进去了，无药可救了。

丛静后来才知道，在爱情这件事上，其实小梅比她还疯狂，她不光主动地追谭笑，还偷偷跑到谭笑的船上，跟着船跑了几个小时。如果有爱情，干吗还要吃药呢，世界上还有比爱情更好的药吗？

他们两个人在爱情上完全没有经验，就像两个从未上过战场的战士，手上拿着剑，却四顾茫然，不知往哪里冲杀。张晓军太羞涩，不会表达，见到她只会傻笑，见不到她的时候只会写信。信里也没什么甜言蜜语，就是讲故事。什么事都讲。不到半年的工夫，丛静对海员这个行当，以及船上的所有同事，都了解得一清二楚了。甚至这半年的时间里，他们到过哪些地方，那些地方都有哪些好玩的东西，也都了解了不少。张晓军是个不会掩饰的人，心里有些什么想法，全在字里行间中了。她知道谭笑是个有责任心的人，话不多，但是很幽默。跑得快倒是话多，不过大部分都是废话，他以前喜欢赌博，被谭笑帮忙戒掉了。老轨脾气很怪，有时很冷漠有时又对人很好，他一向独来独往行踪不定，有人说老轨有神经病。船长其实才是话最少的人，他是外聘船长，见谁都客气。管事傅诚其实不怎么管事，他想管事也没什么事可以管，他其实是个有想法的人。龚军性格很孤僻……张晓军讲得多了，这些人一个个都活灵活现地在自己的跟前了，仿佛他们都是自己的同事，天天生活在自己的身边。

但是这些丛静都没有跟小梅讲。她是个聪明的女孩儿，她知道小梅会把这些都告诉谭笑的。但是在小梅的面前，她又总是忍不住，小梅仿佛有某种魔力，只要三言两语，就会让她把心里的所有秘密说出来。幸好后来她当上了班主任，工作一忙，就很少见小梅了。再后来，小梅突然就不见了。她的小梅副食店关了门。手机也打不通了。她像是一个天外来客，把张晓军送到了她跟前，然后就在自己的生活里彻底消失了。自从之后，她就要在没有人出谋划策的情况下，单独面对张晓军了。

然而，就在这个时候，张晓军却也像小梅一样，突然地消失了。这一消失，就是一年多。

11

周昌升官了。周昌当上了镇办公室主任。

那天晚上，周昌在家里公布了这个消息。他说，这要归功于丛静。自从丛静有了孩子之后，我的运气就好起来了。仿佛丛静肚子里怀的不是孩子，而是运气。丛静听了之后有些惭愧，不知道如何回答他的玩笑。但她知道他对自己更好了。周昌当了主任之后就更忙了。但是他忙得高兴，忙得有味道。他三天两头地都能带些小玩意儿给丛静。今天一个小手镯，明天一个小耳环。他申明说，都是假的。他没有那么多的钱买真金白银。他是想让丛静放心，他是个清廉的官员，这些都是他自己买的，不是别人送的。

丛静去办公室的时候，同事都向她表示祝贺。她不太理解。周昌升官了，为什么要祝贺她？但她还是接受了祝贺。按照同事们的理论，夫荣妻贵。在好镇这个地方，镇办公室主任是个重要的官职，此后丛静身上就多了一层光环。光环多没多丛静并不知道，但是肚子却是一天天大起来了。夏天到来的时候，衣服穿得少了，肚子就更明显了。婆婆不光给丛静准备了各种各样的孕妇裙，还早早地就准备了小孩子穿的衣服。丛静说，还不知道是男是女呢，就准备衣服。婆婆说，没关系的，小孩子嘛，男女都可以穿。

这个时候，丛静忍不住就会想，这样的生活算是美好的生活吗？这样的生活是我想要的生活吗？也许在同事的眼里，这就是幸福美好的生活了吧。

那天周昌又带了一件礼物回来了。比起之前的礼物来，这次的礼物才是丛静真正喜欢的。这是一只小泰迪，应该是刚出生不久，也就一巴掌大，周昌把它放到丛静的身上，它瞪着两只黑眼珠转来转去，然后就在丛静身上嗅来嗅去。小家伙把丛静的心都萌化了。周昌要她给小家伙取个名字，她随口说道，就叫军军吧。周昌说，她是只母狗，怎么叫这么个名字啊。丛静固执地说，就叫军军。周昌说，好吧，你说它叫什么就叫什么。

丛静的母性被全面地唤起来了。她认真地在网上查资料，了解怎么喂养它，吃什么，穿什么。她到超市买最好的牛奶，到宠物中心去买各种养狗的工具。梳子、沐浴露、小背心，还有各种专为狗准备的玩具。每天下班回到家里，军军就会扑着跑过来，在她的脚下蹦跳着，直到她放下包，把它抱在怀里。

她每天在家里呼唤着它的名字，军军，军军。公公婆婆对军军的到来是不以为然的，还曾经批评过周昌，说电视上说了，怀孕的女人和刚出生的小孩子都不能和狗在一起的，寄生虫、传染病，防不胜防。但是丛静坚持要。他们发现，自从有了军军以后，丛静的心情就好多了。每天看她"军军，军军"地叫着，脸上充满着母性的光辉，他们也就罢了。

12

张晓军的消失是没有任何征兆的。

当时，他们既没有吵架，又没有像很多青年男女一样有意闹点别扭，来给他们的爱情增加一点刺激。丛静至今也想不明白，那段时间他去了哪里，为什么会突然人间蒸发了。唯一能够给她提供线索的，就是他的最后一封信。他这辈子给她写的最后一封信。

小镜子：

猜猜我到了哪里？哈哈，猜不到吧。告诉你，我到了泰国。泰国是一个神奇的国家，这个你知道。但是今天我要跟你讲的不是人妖，也不是泰国的风景和佛教。这些下次再跟你说。今天我要和你说说船上的事。

最近船上的情况有些奇怪，发生了一些事。老轨和管事吵架了，龚军说他想杀人，跑得快跟我说他不想干了，想上岸。当然了，还有谭笑。谭笑的事比较复杂，下次我专门跟你说。但是谭笑真是让我佩服，不论发生了什么事，他都是不慌不忙，不知道他是不在乎还是心理素质好。

老轨那天说了一句话让我大吃一惊，他说他想把船弄沉了。这话是谭笑跟我说的，说老轨请他喝酒，喝了酒之后说的。我知道这件事的起因是谭笑和老轨的过节，后来不知怎么的，就变成了管事和老轨的矛盾。管事处罚了老轨。老轨就说要把船弄沉了。谭笑要我关注一下老轨的动态，怕他真干出什么不一般的事来。

老轨和亚东配件后的女老板的事，你还记得吧，我上次跟你说过的。听说老轨现在可迷她了，有一次我在老轨屋里还发现一件女人的内衣，估计就是那个女老板的。但是这事没法问那个女老板，你就不要跟她说这些事了。

不管怎么样，总算靠了岸。跑海船的人，只有靠了岸，踏了地气才算踏实下来。跑船的感觉，怎么跟你说呢？又紧张又刺激，尤其是大风的季节。我们跟天气玩捉迷藏，玩输了就完蛋了。不过你不用担心，现在科技这么发达，天气预测这么准，应该不会有什么问题的。如果有一天，我真的发生了什么事，你也不要难过。忘掉我，重新生活。找一个好人，好好恋爱，生个漂亮的孩子，每天带着孩子到海滩上散步，捡贝壳。我多想有一天能够和你牵着孩子，在海滩上散步，看着远处的船来来往往，听着轮船的笛声啊。你不知道，在船上听笛声，和在岸上听笛声，多么的不一样……

好了，他们在催我了，要上岸了。

想你。

晓军于泰国

丛静反复地看着这封信，总觉得这封信和他以往的格调不大一样。以往张晓军总是乐观的，你几乎能从字里行间看到他嬉皮笑脸的样子，甚至能看到他脸上的酒窝。他总是调侃着他所看到的各地的风土人情，讲到船上的生活，也是苦中作乐的姿态。但是看这封信，不知怎么的，丛静总有一种不祥之感。以前张晓军也曾经跟自己说过，说做海员的女朋友多么不容易，说你还是离开我，找一个在岸上工作的男朋友吧，这样就用不着像现在这样受折磨了。张晓军说，只有一种女孩子适合做海员的女朋友和老婆。丛静问是哪一种女孩子，张晓军说，有受虐倾向的女孩子，最好是受虐狂。丛静就扑过去打他，说我就是受虐狂，怎么着了，你嫌弃我啊。这些都是他们在一起时说的话，只能算是笑话，顶多算是打情骂俏。但是这种话变成了文字之后，却突然变重了，重得让人揪心。她赶紧回了一封邮件过去，要他保重自己，她永远在好镇等着他。但是，这封信后，她就再也没有收到他的回信。她用了很多办法来找他，给他打电话，电话关机。写纸信，没回音。他就像是去了火星一样，再也没有了消息。那个时候，她才发现一个事实：他离开自己了，他再也不会回来了。但是她不知道，他为什么要突然离开自己。

她病倒了，不知道是什么病。家里人说她那段时间有些神神道道的，老是念叨着几个字：码头、船、山洞。医生说她这是精神问题，心里压着事。那一年多的时间，她不知道是怎么过来的。只知道日出日落，天亮天黑，如同行尸走肉。后来她的同事们实在看不下去了，就张罗着给她介绍男朋友。她见了十几个，基本上就是走个形式，见了一面就不想再见了。问她怎么样，她只是摇头，也不知道她是怎么想的。这时候大家才知道，她还在想着张晓军，此刻任何男人，她都不想见的。但是生活就像一场偶遇，经常是有心栽花花不成，无心插柳柳成荫。就在同事们已经对她死了心，不再管她的感情生活的时候，她的偶遇却来了。

那次她去参加一个同事的婚礼，照例是老一套，送红包，听着饶舌的司仪口吐莲花，把婚礼弄得热闹而又温暖。她看着新娘的父亲牵着女儿的手，把女儿交到新郎的手中。她在想，如果新郎是张晓军，新娘是自己会怎么样。他们的婚礼会不会也是这个样子。以前她曾经跟张晓军说过，说如果她结婚，决不要那种老套的婚礼。张晓军说，那我们就在船上搞婚礼怎么样？你穿着白色的婚纱，站在轮船的最高层，我从最低层，一层层走上去。来宾们就站在轮船的各个地方，他们都看着我们。就在我走到你身边的时候，谭笑拉响船笛，长长的船笛声，整个好镇都能听得到。这个婚礼怎么样？她说好。他们还设计了海滩上的婚礼、山上的婚礼、断桥上的婚礼，连细节都讨论清楚了。

让她记忆深刻的，还是山洞里的婚礼。就两个人，不要一个来宾。在夜里，漆黑的夜里，他们来到南山的山洞里。她静静地坐在一个角落里，等着他来。他不许打电筒，不许带蜡烛，就凭感觉，凭着她的气味，找到她，把她接回家。她说，这是最有创意的婚礼。生命本来就像一个漆黑的山洞，我们都在洞里摸索，直到找到另外一个人，光明才会到来。

想到这里，她就笑了起来。她笑得正是时候——一个高个子男人正端着杯子向她走来，他以为她的笑容是给他的。那个高个子男人就是周昌。周昌后来说，她一进大厅的时候他就注意到了，他发现所有人的脸上都洋溢着笑容，唯有她的脸上是忧郁的。她的忧郁让他很犹豫，不敢过去，后来终于看到她的笑容，他果断地端着杯子就过去了。周昌并不知道，在丛静那里，这个故事有另一个版本：她正想着山洞里的婚礼，突然就看到张晓军出现在跟前，他拿着杯子，笑眯眯地走向自己。她坚定地告诉自己，那一刻，她看到了张晓军，他两边脸上硕大的酒窝，是他最典型的标签。她说，她的笑容，是给张晓军的。

和周昌交往不到半年，他们就结婚了。两边的家人都在催。结婚的那天，没有想象中的浪漫，他们又复制了一遍她参加过很多次的婚礼。

那天是个阴天。她起得很早，一大早就要去化妆，但是她的眼睛肿得厉害，化妆师问她是不是筹备婚礼太辛苦了。她没有回答。化妆师不知道，昨天晚上，她一夜没睡。她一晚上都在给张晓军写信。写了又删，删了又写，最终，她还是把信删掉了。她打算彻底地告别过去。虽然这种决定已经下了很多回，但没有哪一回像这一回这么彻底。

婚礼按部就班地进行，就在父亲牵着她的手，准备把她交给周昌的时候，她突然看到了张晓军。他坐在靠门边的桌子上，脸上笑盈盈地，看着她，似乎在看一个陌生人。他们的目光一接上，他立即站了起来，起身朝门外走去。她毫不犹豫地甩开了周昌的手，追了过去。所有人的目光都追着她。周昌呆住了，傻傻地站在那里，看着自己的新娘飞奔而去。她尽力地跑着，但是长长的礼服拖慢了她。她眼睁睁地看着张晓军在自己的眼前，越变越小，直到消失。

这是一年多以来，张晓军的第一次露面。

当丛静被人追了回来，回到婚礼现场的时候，她怎么也想不通，他为什么偏偏要在这个时候出现呢？既然出现了，他为什么又要逃走呢？

一个月后的一天，张晓军又出现了。当时，她刚刚和周昌吵了结婚后的第一次架。其实也没多大的事。她承认是自己在找茬。那天她做的晚饭，那盆青菜豆腐汤咸了点，周昌抱怨了她两句，事实上还是半开着玩笑抱怨的。周昌说，幸好我们是在海边，不愁没盐吃啊。丛静就发火了。她借题发挥，火越来越大，直到摔门而去。她一个人跑到了海滩上，看着最后一点夕阳发呆。这时，一个长长的影子出现了，那个影子越来越近，直到压到了她的身上。她这才抬起头，发现影子的主人是张晓军。

此后，每当她下定决心，打算好好和周昌过下去的时候，张晓军就消失了。每当她和周昌吵架，她感到生活没有意义的时候，张晓军就出现了。她感到他在偷窥她的生活。他是怎么做到的？她不知道，也没问他。

13

张晓军有些日子没有露面了。丛静掐指算了算，应该有三个多月了。这三个月的日子很平静。她的肚子越来越高，公婆对她也越来越细心，周昌也越来越体贴。她享受着公主般的待遇。军军越来越粘她了。每到吃饭的时候，军军都等着她来喂，别人把盘子端到它跟前，它却只是坐在旁边，看一眼盘子再看一眼丛静，并不动口吃。如果过了一会儿丛静仍不过来，它就会撒娇地叫着。丛静只好走过来，象征性地把盘子端起来一下，再放到它跟前，军军这才高兴地吃起来，一边吃一边还嗷嗷地叫着，一副心满意足的样子。周昌说，这家伙真没良心，还是我把它买回来的呢，这么快就忘恩负义了。可在丛静的心里，她老是觉得军军是张晓军送给她的，甚至有时，她感觉军军吃饭的样子，以及看她的眼神，都像极了张晓军。

这样的日子平静而又满足。

一个周六的下午，一家人都坐在客厅里，一边看电视一边聊着天。他们的主要话题是，这孩子叫什么名字，怎么带。公公说，得准备两个名字，现在还不知道是男是女呢。周昌说，这好办，是男孩子就叫周文，是女孩子就叫周雯。丛静说，为什么一定要这个"文"字呢？周昌说，周文，丛静，加在一起，就是文静。她瞪了他一眼。婆婆主要关心的是孩子怎么带的问题。婆婆说，还是我来给你们带吧，你们工作都忙。两个方案，第一个方案是我们住在这里，帮你们带；第二个方案是我们把孩子带回去，周末的时候你们再过去看。周昌说，我选第一个方案，孩子怎么能离开父母呢。丛静，你说呢？丛静说，对。就这么定下来了，没有任何争议。丛静发现，自从她怀了孩子之后，这个家就变得空前和谐起来。

这时，军军突然叫了起来。在军军的叫声中，丛静听到了门外好像有敲门声。丛静摸了摸军军，要它安静下来，再听，果然有人在敲门。她说，周昌，好像有人在敲门，你去看看。周昌说，没有啊，我怎么没听到啊。婆婆说，对啊，我也没听到啊。周昌还说怀孕的女人对什么都敏感，是不是神经过敏了。丛静只好自己去开门。门开了，丛静看到张晓军站在门口。他一身泥泞，米黄色的夹克上黑一块、白一块。裤子像是在什么地方剐了一下，靠膝盖的地方破了一大块。他脸色蜡黄，右边的酒窝处还有一大块泥巴。丛静第一次见到张晓军这么狼狈的样子。她赶紧站起来，朝他走过去。他塞给丛静一个手提袋，转身就朝外面走去。她赶紧放下手提袋，追了过去，军军一看丛静出门了，赶紧欢叫着冲了过去，跟在她后面出了门。走出院子的时候，她听到周昌在后面喊道，丛静，你到哪里去啊？你慢一点走啊。

阳光正好。这是秋天的阳光。院子里的菊花开得正艳。院外的野菊花也不甘寂寞，与院里的菊花斗艳。虽然没有家养的菊花那样有人照料，但野菊花凭借的是它与生俱来的生存本领。当张晓军踏着野菊花朝街上走去的时候，丛静能清晰地看到他的脚印。他时快时慢，似乎是在有意等自己。其实他不用等自己，丛静知道他要去哪旦。

从南边到北边，需要三十二分钟，但是现在，她需要四十二分钟。从北边到码头需要三十五分钟，但现在，她需要五十四分钟。现在她是两个人，何况身边还有一个一路走一路撒尿标记领地的军军。码头边是张晓军的领地，他不需要标记。过了濠河就是北边，丛静走得气喘吁吁。她靠在桥上的栏杆上，大口大口地喘气。

据说，这条河已经在这里流了上千年。丛静想，那么，它见过的事一定很多很多。它应该可以写一部厚厚的历史书了。和书中的事相比，自己的事或许太微不足道了吧。两艘小渔船从桥下划过，划船的老头儿神情专注，目不斜视。当年她和张晓军站在桥上的时候，张晓军曾经说，以后我要买条船，天天和你一起在河上划。这么多年过去了，他们还没有在濠河里划过船。张晓军失信了。

她听到军军在叫。军军早就过了桥，站在一棵构树底下，它已经标记完了领地，催促着她。军军似乎见张晓军的心情比她还要迫切。她只好喘了几口粗气，再接着往前走，军军这才心满意足，欢快地继续往前跑。

后来回顾起这天下午的事，婆婆说，命中注定，都是命中注定的。军军这么做是有它的理由的，你们也不要怪军军了。丛静想，如果那天没带军军出来……

但是人生没有如果。或许是跑累了，或许是到了陌生的地方，军军不再拼命地往前跑，它老老实实地跟在丛静的后面，直到到了码头边。码头又让军军兴奋起来，它突然从丛静的后面窜出来，往前面奔去。但就在这个时候，一辆摩托车从旁边飞驰过来。丛静几乎是下意识地冲过去……

醒来的时候已是晚上。还是那间病房，还是白色的被子、白色的墙、白色的护士服、白色的灯光。屋里还是那些人，她恍恍惚惚的，感觉又回到了那一天。只是这一次，屋里不是愉快的交谈声，屋里人的脸上不是笑容，而是焦急、失望和难过。她静静地躺着，回想着下午发生的事。脑袋却疼得厉害，她什么也想不起来。周昌率先发现她醒了，过来一把抓住她的手，激动地说，谢天谢地，你总算醒了，吓死我了。婆婆也过来，摸了摸她的额头，说道，总算醒了。小静啊，你吓死我们了。你没事就好，没事就好。

她流泪了，疼的。

周昌以为她是难过，赶紧安慰她，不要紧的，你不要难过。孩子没了，我们可以再不。只要你没事就好。

丛静这才知道，孩子已经没了。

她的眼泪刹那间奔涌而出。这回不是因为疼痛。她突然明白，这事是张晓军干的。张晓军一直没有告诉她，如何处理这孩子。但是他用行动告诉她了。没想到他这么狠心，比自己还狠心，甚至连军军都不放过。

她闭上了眼睛。

14

该有个了断了。

所有的书信都在一个专用邮箱里。那是他们当初商定的邮箱。她写的信，收到的信，都在这里。她一封一封地翻看着。

小镜子：

现在是午夜时分，你应该正在睡梦之中吧。此时此刻，我一个人坐在机舱里，周围都是机器的声音。我却觉得，这里实在太安静了。当你听到全世界只有一种持续不断的声音时，这就是一种安静。此时，我比任何时候都想你。你的笑容，你皱眉头的样子，你流泪的样子，就在眼前晃动。我觉得，你就在我身边。我想和你说话，有很多很多话想说。

我们的船刚刚经过了漫长的航行，穿过了东海，穿过了台湾海峡。那几天里我们正好遇上一场风，九级风 不算大，但还是有人晕船了。我们的船你上去过，你觉得很大 可是在大海的怀抱里，它实在太微不足道了。如果那个时候，你踏着一朵白云往下看，你一定看到，一片落叶在浪尖上飘来飘去。那片落叶，就是我们的楚海轮。好多人晕船，连跑得快都说他有些不舒服。说来很奇怪，我就不晕船，我生来就不晕船。他们说我天生就是个跑船的，也许上辈子就是个海员。风小一点之后，我还去给他们煮稀饭吃。稀饭里要放盐，呕吐之后要加点盐，胃才舒服。

第二天，风终于停了，我问谭笑，风停了，应该没事了吧。谭笑说，你等着吧，还有更厉害的呢。后来，我们发现船不停地上下抖动。那种感觉像什么？楚海轮就像一口炒锅，而我们就像炒锅里的豆子，被上下颠来颠去。我终于有些不舒服了。但是我还是控制住了，没有呕吐。谭笑说，这叫涌。浪是水上的力量，涌是水下的力量。

遇到事的时候，我们才知道自己是多么渺小。这个时候，我们更需要的是相互照顾。所有的那些恩恩怨怨，这个时候都一笔勾销了。大家相互帮助，相互安慰，直到风平浪静。但是，人最可悲的地方就在此。人类太容易忘恩太容易记仇了。等风停浪消了，斗争又来了。那天龚军和厨师小吴打起来了。龚军说他忍受他很久了，每次故意在他的饭盒里少放米，他总是吃不饱。我记得，当时大风浪的时候，还是小吴给他人丹吃的。

好吧，不说这些了，还是想你吧。此刻你应该正在做梦吧。希望你在梦里不要梦到我。你有大把的更快乐的事可以梦到。

想你。

你的晓军

小镜子：

我犹豫再三，还是想跟你说这句话，请你千万不要怪我：我们分手吧。记得之前在好镇的时候，我就跟你说过这句话，当时你以为我是跟你开玩笑的。其实，这个想法由来已久了。你一定以为，我又在哪个港口碰到喜欢的女孩儿了。我可以向你发誓：不是的，真的不是的。长这么大，你是我碰到的，我最喜欢的女孩儿。你所有的一切都让我着迷。就算是在睡梦里，也都是你的影子。

那我为什么还是要和你分手呢？因为，我实在太爱你了。我不愿意让我心爱的人，跟我在一起受苦受难。你没有在海上航行过，你完全不知道那种感受。没有岸，看不到边，没有一点可以依靠的地方。我想起有一次在江上的事情。那天凌晨时分，我正在机舱里值班，突然铃声响了，上面发来指令，后退三。当时船正以前进四的速度航行。按照常规，是不能够突然从前进四打到后退三的，这样会损害机器的。一定发生了什么重要的事！我按照规定，从前进四打到前进三、前进二、前进一，再到后退一、后退二、后退三。每次中间只间隔了几秒。但是还是晚了，我听到轮船"嘭"的一声闷响，紧接着，又是一阵铃声传来，轮船不停地前进、后退，上面隐隐约约地还有人吆喝的声音。过了一会儿，二副带着两个水手抬着一个人进来了，他们都穿着救生衣。接着又是一个，他们一连抬了三个人进来了。这时，老轨也跟着他们进来了。他要我上去休息一会儿。

当时已经是黎明时刻了。天蒙蒙亮，借着微光，我看见我们的船队已经解队了，几艘驳船抛锚在不远处的江面上，在我们拖轮的前方，一艘小机驳屁股朝天，翻掉了。

后来大副跟我说，幸亏救得早，人才没事。我看到那几个人被抬进机舱时,全身都在发抖。要知道,那是 12 月份,江水刺骨啊。

到了海上的时候,我就在想,如果在海上也发生这样的事故,那我们就只有等死了。我可不想有一天,当你眼巴巴地等着我归来的时候,你发现,你已经成为一个寡妇了。

亲爱的,忘掉我吧,自己幸福地活着。

流泪的晓军

小镜子:

我宣布,我正式宣布,我郑重地宣布,收回前天写的那封信。

那封信是我在发疯的情况下写的,不算数。精神病人的话是不算数的,这个你是知道的。精神病人杀了人都不算犯罪嘛,对吧?写上一封信的时候,我就是个精神病人。那个时候,我压抑,我难受。在船上,几乎隔几天就要发一回疯,请你理解。

我怎么能离得开你呢?我现在在船上的所有动力,就是等着到好镇,去见你。从海上到好镇,隔着千山万水,但是只要有你在,我就有了前进的动力。

我们的船经过了几天几夜的航行,到了广东的一个小镇。这个小镇比好镇还小。到处都是荔枝,村里人去镇上都是骑摩托车,在码头上就停着很多辆摩托车,等着搭载过路的客人。我们就是坐这种摩托车去镇上的。我们在马路上飞驰,两边都是整齐的稻田和一排排荔枝树。突然就有一辆摩托车从后面跟上来,车后面坐着一个年轻漂亮的女孩儿,司机问我们,先生,要人陪吗?我当然不要。有你在,我怎么会看得上别的女人呢?后来在吃饭的时候,还时不时地有女孩儿过来问我,先生,要陪吃吗?我就问她,怎么陪?她说,五十块钱。我说,你的意思就是,你跟我一起吃饭,我付钱，我还要另外给钱你？她说，是的。我说，那我不是有病吗？

哈哈哈，好玩吧。后来回船后我才知道，我们船上还真有几个人找了女人陪的。有的还不光是陪吃，听说还干了别的。真不知道他们是怎么想的。有的都有老婆孩子了。

老轨以前经常有一句口头禅：在家的时候，老婆是你的；出去了，老婆是谁的，你管得了吗？他们都相信，自己出去了，老婆在家肯定闲不住的。但是我不相信。我的小镜子不是这样的人。

唉，不知道为什么。想到这里，我突然又难受起来了。就说这么多吧。

对了，还有一件事忘了跟你说。我给你带礼物了。你知道是什么吗？是一大枝荔枝。什么叫一大枝荔枝知道吗？就是一整枝荔枝树枝，上面结满了荔枝。还没吃过新鲜的荔枝吧。不过，回船上之后，老轨跟我说，别往回带了，等船回去的时候早坏了。我们替你的丛静吃了吧。就这样，荔枝没了……

想你的晓军

小镜子：

今天我必须跟你说说老轨的事，再不说，我都要崩溃了。

还记得以前跟你说老轨的事吗？他老婆偷了人，他也经常在外面找女人。可是我万万没有想到，他竟然还是一个变态的人。

有一天，我听到秦朗跟我说，老轨心理变态。我还不相信。秦朗说，老轨总在自己身上划刀子，每次干了坏事就在自己身上划一刀。我以为他是开玩笑呢。谁知道有一天，我们在机舱里修机器，那天天很热，机器都停了，机舱里又没有空调，老轨就把上衣脱了，结果，我看到老轨的肚子上，一条一条的，都是伤疤。

就像爬了很多条蚯蚓一样，恶心死了。我赶紧跑到卫生间里，我怕自己会吐出来。海上那么大的风浪我都没吐，这回我差一点吐了。当天晚上我就做了一场噩梦，梦见老轨拿着刀，往我身上捅。我硬是被吓醒了。

要是别人也就算了。老轨可是我的顶头上司。

船上还有很多稀奇古怪的事。有一次龚军跟我说，他杀过人。我以为他开玩笑呢，谁知道他又说了一遍，还把细节都说了，说他拿着一把匕首，趁着别人睡着的时候，一刀就插进了别人的心脏，别人叫都没叫上一声。他说这些话的时候，我看到他眼里闪着凶光，一副很兴奋的样子。那样子不像是开玩笑，也不像是吹牛。你不知道，一个人，大半夜的时候单独面对你，说这些话时，你会是什么感觉。我感觉他会随时掏出一把刀来，给我一刀。

小镜子，我真有些受不了了。我真的不想天天面对这些穷极无聊的人了。抽烟、喝酒、打牌、谈女人、吵架，就这些事。我不喜欢，我都不喜欢。我想上岸来。可是上了岸，我又能干什么呢？好歹船上工资高一些，家里还等着我给他们寄钱买种子农药呢……

唉，真不该跟你说这些。可是，不跟你说，我又能跟谁说呢？

算了，过一天是一天，还是开心一点吧。

　　　　　　　　　　　　　　　　　　　　　你的不快乐的晓军

小镜子：

今天要跟你说一点要紧的事。

今天中午吃饭的时候，不知怎么的，我们突然谈到了沉船的事。当时，我们刚刚从电视上看到一个消息，国外的一艘船在大西洋沉没了，一艘十几万吨的巨轮啊。当时我们几个，我、谭笑、跑得快、老轨、龚军，对了，还有秦朗，就聊起了这件事。说十几万吨的船说沉就沉，那我们楚海轮，才四千五百吨，哪里禁得起事啊。

你还记得上次在好镇的时候吗？我们船停的时间比较长。当时你问我为什么，我没跟你说，怕你瞎担心。我们停的时间长的原因，是舵出了问题。我们停在好镇检修。后来一直也没有配到合适的零件，还是老轨亲手车的螺栓。以前我是从来不担心船会沉的，但是这次事后，我担心了。万一在海上的时候，哪个机舱突然出了问题呢？万一遇到风浪的时候，主机突然出了问题呢？那我们只能等死。

那天几个人谈到这件事，跑得快就问，我们的船要是真出事了怎么办？老轨说，沉就沉呗，埋在大海里，有什么不好啊，还不要火葬费，也不要墓地费。现在的墓地，贵着呢。秦朗就说，老轨你是活够了吧，我还没活够哦。老轨就说，我是活够了，这辈子该享受的都享受了，够了。他们都不知道老轨话里的意思，老轨说的是反话，他说的享受是指痛苦。谭笑就说，生死有命，也没什么好担心的。龚军这个时候说，我可不希望这样死，死得不明不白，我还有重要的事没做呢。跑得快就问我怕不怕，我说，我不知道。

其实我心里还是怕的。但是我更多的是担心。在船上这些日子里，我发现了很多问题。船上的这些人，每个人都有自己的小秘密。就二十几个人，现在都分成几派了。我很赞成龚军的话，我不怕死，就怕死得不明不白。

我今天把这些话都告诉你，是让你见证一下。如果有一天，我真的出事了，至少还有个明白的人。

不过，你也不用太担心。我们这些人在船上没事干，就喜欢七想八想的。你们家晓军我，福大命大，不会有事的。

好了，他们叫我吃饭了，就写这么多了。

好好爱自己。

你的晓军

丛静坐在书房里，一封封地翻看着这些书信，一会儿哭，一会儿笑。好多次，她都想按下删除键，但还是舍不得。她回想这几年发生的事，再看看这些信，突然明白了，张晓军就像一个快晕过去的人，不停地在用针扎自己，以免自己真的晕过去了。而她，就是他的那根针。那他呢？生活如此平淡无奇，所有人都一样，他在我庸常的生活中又扮演着什么角色呢？

后来周昌进来了，周昌看到她满面泪痕，问道，你怎么啦？还在伤心吗？不要紧，以后我们还会有孩子的。她赶紧擦掉眼泪，没什么，刚刚看到一则新闻，太可怜了。周昌说，好啦，早点睡觉，你的身体还没复原，你要好好休息。失去孩子之后，周昌似乎并没有怪罪她，反倒比以前对她更关心了。她突然想扑进他的怀里好好哭一场。

在关上了电脑之前，她再次看到了邮件里面的那张照片：张晓军站在轮船的甲板上，看着她，笑眯眯的，脸上的两只酒窝清晰可见。在他的身后，是蓝得让人心惊的天空，和蓝得让人心醉的大海。

15

一大早，公公婆婆就搬走了。他们昨天晚上就收拾好了行李。几个月前，两个老人像要上战场的士兵，大包小包地提着各种装备来了，他们满怀着信心准备收获一个孙子，结果却铩羽而归。

虽然他们心里满不悲痛，但还是再三安慰丛静，不要难过，要养好身体。

失去了军军的日子，丛静只有一个人上街闲逛。黄昏时分，她穿过浓密的灌木丛，从构树和刺槐树编织的树网里露出头来，看着阳光下的好镇。秋天的好镇特别宁静，那些海上来客们，像是突然消失了一样不见了踪影，似乎全镇只剩下了本地居民。张晓军该是和他们一起消失的吧。海员们喜欢的就是好镇的宁静，但是当他们来了，好镇就不宁静了。丛静不知道，他们是打扰了好镇的生活，还是装点了好镇的生活。

卖菜的大妈在有气无力地叫卖着堆放在地上的萝卜，好镇的萝卜很便宜，才六毛钱一斤。刚刚放学的小孩子们一路打闹着。自行车和摩托车相互谦让着过街。老大爷还在濠河边散步，脸上的皱纹比濠河还深，他让好镇变得更加沧桑了。

到了濠河边时，丛静停了下来，她愣住了。在河边，她看到了两个人：小梅和谭笑。小梅长胖了，头发也变成了齐耳短发，但还是那张喜欢笑的脸，仿佛一笑春天就来了。谭笑还是那个样子，他似乎永远都是那个样子：牛仔裤，平头，头上一顶黑色的棒球帽。他们正手牵着手，在河边漫步，一副恩爱的样子。丛静突然感觉心里酸酸的。还是谭笑先发现她的。接着小梅就看到了她。她扑了过来，一把抓住她的胳膊，叫道，哎呀，丛静啊，总算见到你啦。我正准备找你去呢。你怎么瘦了？还黑了？你过得怎么样吗？好半天，丛静才从口里挤出一个字：痛。

小梅这才松开了她，仔细地看她的脸，那张多年以前曾经青春的、明媚的脸，现在已经有了几个褐色的斑点，眼角也有了鱼尾纹，她黑了，瘦了。她的脸适合饱满一些，饱满才是她应有的容颜。现在，那张脸上，还流着泪。小梅帮她擦眼泪，她固执地推开了小梅的手，自己伸手擦掉了眼泪。这证明她已经不是六年前的丛静了。她说，六年了，这些年你们都到哪里去了啊？

小梅说，六年前，楚海轮沉掉后，谭笑就没有再上船了，我们去了他的老家，在那里开了个副食品店。我是掌柜的，他是店小二。真没想到，他做生意还真有两下子，我以前就没看出来⋯⋯

后面的话丛静都没有听进去，她只看到小梅的两片嘴唇在不停地蠕动。好半晌她才说，你说什么？楚海沉掉了？

是啊，你还不知道啊。小梅说，惨啊，全船二十四个人，就活下来两个。

丛静说，那张晓军呢？

谭笑走了过来，摇着头，仿佛一下子又回到了六年前，他走了。他是救生筏上最后一个走的。

顿了顿，他又说道，临走前，他要我带句话给你，他说，你是对的。

走了？六年前就走了？丛静机械地重复着他的话。她想起很久以前的那个黄昏，他们站在轮船的驾驶台上说过的话。

远处路过的轮船响起了长长的笛声。她问张晓军，轮船的笛声，都有什么含义吗？张晓军跟她说了很多，大部分她都不记得了，但是有几样她一直记得。一长一短又一长是我希望与你联系，一长一短又一长一短是同意对方要求，而七长一短是最不愿听到的，是要弃船逃生。张晓军说，以后你想我的时候，就拉一长一短又一长，我肯定会回一长一短又一长一短的。他说得像绕口令，但她却清楚地记住了。

于是她轻轻地拉响自己的船笛，是一长一短又一长。半晌，她的耳边回响的，却是七长一短。

她不知道，他的话，和谭笑的话，到底哪句是真，哪句是假。

也或许都是真的。

世事难料。多年前那个美丽的黄昏,当他们站在轮船的甲板上,畅想未来的时候,丛静不曾想到,多年以后的另一个黄昏,她要一个人,独自空洞地走向过去。

上帝的左手

1

傅诚从家里逃出来时，正是晚上。马路上灯火通明，他却感觉四周漆黑一片。

他不喜欢黑夜。以前做大副的时候，他就不喜欢夜班。两个人，他和一名舵工，坐在驾驶台上，正悠然自得地哼着歌呢，一不留神，就从哪里钻出一条小船来，灯光微弱，幽灵一样从右舷冒出来了，吓你一身冷汗。做了十几年的驾驶员，他面对过无数个那样的黑夜，每个黑夜都是梦魇。但这样一个晚上他还是逃进了夜里，像一头受惊的幼兽，慌不择路，任由自己被黑暗吞噬。

这个结果其实半年前就注定了。

半年前，船刚刚回码头，他就接到通知，去人事处。一旁的指导员说，又有好事来了。这些年来，每次去人事处，都是好事。高中毕业后没考上大学，他就来到了这家公司。对于一个严重缺乏驾驶员的公司来说，他的到来受到热烈欢迎。随后，他在这家公司留下了很多纪录：最年轻的三副、最年轻的二副、最年轻的大副、最年轻的老板——在船上，船长都叫老板，听起来十分霸气……他是被公司捧着送上船长的位置的。后来的年轻人没有他那么好的运气，所有的过程都得慢慢熬。所以他在船上乃至江上是神一样的存在，年轻人对他高山仰止、顶礼膜拜。他少年老成年少有为，平时沉默寡言不动声色。有人在旁边听到是人事处打来的电话，就问，有什么好事啊？老板。

他摇了摇头，能有什么好事？

说完"啪"的一声关上门，昂首而去，只给站在栏杆边的几个人留下一个高深莫测的背影。

这次跟他谈话的又是人事处长。他知道这是特殊待遇。别的船员安排工作都是人事干事直接交代，顶多也就是人事科长出面，而唯有他，每次学习、升迁、换船都是人事处长亲自找他谈，美其名曰"征求意见"。他知道这是奉公司领导的旨意。

回来啦？

人事处长的脸上挂满了笑容，就像圣诞老人身上挂满了雪、嫦娥身上挂满了月光。他知道，又要有什么变化。果然，寒暄了几句，问了问船上的情况，身体怎么样啊，家里情况怎么样啊，随后人事处长就收了笑，认真地说道：回去好好休息几天，准备去航运学院报到。

报到？报什么到啊？他假装一脸惊讶的样子，其实他对人事处长的这种说话方式早就了然于胸了。

你少给老子装啊。人事处长笑着骂了一句，全公司都知道"楚海"要出来了，很多人都在找关系开后门要上"楚海"呢，可是领导心里早就给你留了位置，你就是"楚海"的首任船长。再装老子就把机会让给别人了啊。

傅诚想了想说，给别人吧。

他的声音有些弱。人事处长就当他是开玩笑，起身把他赶走了。

才过了两天，他就来找人事处长了。

刘处，我不想上海船了。他开门见山，不想给他扭转局面的机会。

什么？人事处长从椅子上跳了起来，你脑子进水了吧？多少人做梦都想不到的事。最好的船，最好的待遇，公司的未来在海上，不在江上，你知不知道啊！

他没想到人事处长的反应会这么强烈，他以为既然有那么多人想上海船，那换一个人就是了嘛。

147

人事处长接着说，你以为，公司的第一艘海船，随便派个什么人就可以上的啊。告诉你，这是陈总亲自给你安排的任务，是政治任务！你要上升到政治的高度来思考这个问题！不想干的话，自己找陈总说去。走吧，走吧……

又把他赶出去了。

三天后，他又接到人事处的电话，一个小青年打的，电话里就一句：到公司来开会。

会议室里挂着一张大标语：楚海轮首批船员培训动员会。再看看屋子里，公司领导和各职能部门的负责人都到齐了，还有很多船上的熟人。半年多的日子，大家就在不停地猜测着，哪些人会上海船，大家从专业技术到人际关系到个人资历，把有头有脸的船员都分析了个遍。有些人则是暗中使劲，想方设法跟人事处、安监处、机务处套近乎。半年多的潜流暗涌，现在终于浮出水面了。所谓开会就是讲话，动员。大家听得很认真，都拿着个本子记录，仿佛领导的讲话里有什么海上航行秘籍一样。傅诚却有些心不在焉，直到结尾，陈总在讲话里不点名地批评了他。

……这是整个公司的大事，我们有些人却不当回事。公司培养了你多年，养兵千日，用兵一时。如果你在关键时刻抛弃了公司，不要怪公司也抛弃你……

傅诚知道这话明显就是对自己说的，就算是一直低着头，他也能感到大家都把目光投向了他。看来这事很多人都知道了。他知道，自己已经没有退路了。

晚上，回到家里，他就收拾好东西，奔火车站而去。这是他唯一的办法，也是他最熟悉的办法。那个时候，他并不知道，他会在一个叫好镇的地方停留那么久。

当时，整个好镇像是都睡着了。街上灯光也很暗，影影绰绰的，偶有光影闪过，以为是人影，定睛一看，才知道是树影。楼房里也没有灯光，不知道是人都睡了，还是原本就没有人住。也没有商店。傅诚想是不是要在街上睡一晚了。他在长江上下跑了十几年，到过无数个小镇，却没有见过一个像好镇这样让人感到陌生的小镇。他继续向北走，过了一条河，小镇渐渐明亮了起来，也渐渐有了些人气，居然有一两家商店还亮着灯。走近了，才看到上面写着的几个字：亚东配件店。再往前走，渐渐有了些不一样的气息，湿湿的，带着些咸味，弥漫在空气中。他知道，靠海了。他忽然想到海边去看看，于是决定赶紧找个地方住下来　把包裹放下来。

他最终找到了一家名叫望海潮的小宾馆，住了下来。但是宾馆老板告诉他，要看海得到码头边，离这里还有些距离，步行要一个小时左右，还是明天再看吧。一个小时的距离，都能感到海的气息。躺在床上的时候，他一直在想，海真的就那么可怕吗？

2

早上傅诚是被鸟吵醒的，当时天还没有大亮。鸟就在头顶上，叽叽喳喳的，像是在开会。鸟儿开会总是这么热闹，它们都抢着说话，不像人类，总是一个人讲，其他人听，无趣得很。匆匆洗了把脸，他就往海边赶，他想着能不能赶上日出。快走出小镇的时候，面前出现两条路，他有些犹豫了，不知道该往哪里走。太早了，路上还没有人。他朝两边张望，看到左边不远的地方似乎有声音。他走了过去，听到是音乐声。声音有些模糊，听不清唱的是什么，但是感觉有些哀怨。

音乐声是从一个屋子里飘出来的。一间小屋，里面亮着灯，音乐声就是从那里传出来的。走近了才发现，门口还坐着一个男人，正眯着眼睛，望着远方，似乎沉浸在音乐的世界里，傅诚快走到旁边了，男人看都不看他一眼。这倒让傅诚能够仔细地看他。男人一身老式美国军装，一脸的络腮胡，布满疙瘩的脸上显示出了沧桑，看起来应该有四十来岁。他看着男人，不知道该不该开口打扰他。后来，男人先开口了。

你是来看日出的吧？

没等他回答，他又自顾自地说道。

自己心里没有阳光，看再多的日出，又有什么用？太阳就在那边，看到了吧？现在才去看日出，晚啦。

傅诚顺着他的手指看过去，果然，一缕阳光已经从山边探过来了。山上都是树木，想来已经遮住了大半的阳光，否则，他看到的阳光应该是一片而不是一缕。现在去看日出，显然已经晚了。

正在犹豫的时候，那人又指了指旁边的一张凳子说，坐吧。

傅诚坐了下来，那人换了一盘碟子，不再理他，眯着眼睛，跟着歌曲哼了起来。

我在早晨醒来，迷迷糊糊
萎靡不振
我在早晨醒来，迷迷糊糊
萎靡不振
幻想着我失去已久的爱人
在陪我散步，和我聊天
和我说着一切

他唱得很投入，仿佛傅诚根本就不存在似的，只是偶尔用余光瞥一下傅诚，让傅诚稍感一丝安慰。虽是余光，傅诚仍觉有些锐利，仿佛烈焰，哪怕只是扫过，也会让人感到灼热。傅诚也算是阅人无数，这种情况却是第一次遇见。他感到，这人一定是个隐居在这里的世外高人。那人就像看透了他的心思似的，当歌声停下时，他对傅诚说道：

你在猜我是干什么的吧？我走过很多的路，看过很多的云，我的足迹遍布大江南北、黄河上下。后来我走累了，就到这个小镇来，休息休息。虽然多年以后，小镇或许不会记得，我曾经在这里停留过……

他的眼睛有些失神，仿佛又回到了久远的过去，隐隐间还有些失落。但他很快就收合了自己的失落，站起来，朝傅诚伸出手来：

人活一世，草木一秋。我叫曹秋。

他从浪漫转到现实，仿佛切换电视频道一样快捷自如。傅诚忙不迭地伸手，握住他的手，感觉他的手冷冰冰的，却很有力量。

我叫傅诚，跑船的，刚到好镇。

曹秋点了点头，好，欢迎来好镇！

两人算是正式认识了。

其实我没有资格代表好镇，我才来好镇几年。我只是觉得，现在的好镇会欢迎你。

曹秋终于露出了一丝笑容。虽然浓密的络腮胡子里钻出来的笑容有些让人生畏，但毕竟还是笑容，这表明他已经愿意接纳傅诚了。虽然昨天就关了手机，断了跟外界的所有联系，傅诚还是像一只惊弓之鸟。他知道那帮人一定又在满世界找他。曹秋显然看出这一点，他的笑容就是为了缓解他的紧张的。

几年前，我刚到好镇时，好镇不是现在这个样子。人没这么多，尤其没什么外人。好镇人似乎彼此都认识。大家在路上相遇都会打招呼，其实有些并不认识，但都会像隔壁邻居一样打招呼。

他似乎不知道，现在在城里，隔壁邻居也不打招呼的。

好镇人很纯朴。你可以说它落后，其实落不落后不是由外面人说了算。好镇人不觉得自己落后。他们每天日出而作日落而息，有时闲坐在海边，或者山脚下，能感到时间从身边溜走。这没什么不好。时间就是这样的。你跑的时候感觉不到它在跑，你停下的时候才能感觉到它在跑。可是后来，修了公路，建了码头，好镇就变了样儿。尤其是建了码头，对好镇影响最大。以前只有零星的小船路过，在海上抛个锚，船员们划着救生艇上个岸，对好镇没什么影响。码头建了之后，可以停船，越来越多的船停靠在码头。停靠的船越来越大，越来越多的外地人上岸来，这才彻底改变了好镇。你看看，整个北边，都是这几年才有的。先是一两家配件店，接着又有了副食品店、超市、夜总会、海员俱乐部，几年的工夫，北边的地盘都快超过南边了。人类的扩张能力，实在是太恐怖了……

曹秋说得很投入，傅诚听得也很投入，尤其是当他说到"人类"的时候，傅诚顿时就有了一丝羞愧感，虽然他知道，自己并没有资格代表人类。但是他知道，如果自己上了"楚海"，按照公司规划的航线，他也会指挥着"楚海"停靠在好镇的。

3

一直想去看看海，没想到海是这个样子的。

海滩上尘土飞扬，几乎掩住了远处的海。几只塑料袋在空中飘舞，红的、白的、蓝的。蓝的那只飞得最高，迎着太阳扶摇直上，似乎想遮住太阳。红的那只则直奔傅诚而来，眼看就要迎面撞上了，他赶忙低下头来才躲过这突如其来的袭击。大大小小的石块横七竖八地搁在海滩上。杂草高高低低，三个一群五个一伙，散落在石头中间。幸亏不远处有芦苇，靠山的那边，芦苇在风中摇摆，这才让海有了一丝浪漫。

这样的海滩并没有影响傅诚看海的情绪。他觉得这样的海更有生活气息，让人感觉没有离这个世界太远。然而傅诚并不知道，海平面给他的只是假象。脚下的海水是白色的，浑浊的，一个个海浪打过来，和江上似乎并没有区别。再往远处海水就有些颜色了。浅浅的蓝色，比天空要浅，像是一盆水里滴了一滴蓝黑墨水。

一旁的曹秋说，怎么样，失望了吧？

傅诚笑了笑。

那天一起听了音乐之后，两人又谈了会儿话。曹秋谈了自己对音乐的看法，傅诚则讲了船上的几个小故事。其中有一个故事的主人公是他自己。

一个大雾天，船在镇江附近抛锚夜泊，他看到附近停了一艘小船，那种很小的机驳船，看起来只有两三百吨。船上有三个船员，开船的是个三十来岁的男人，又黑又瘦。另一个是他老婆，又矮又胖，主要工作是做饭洗衣服，靠岸的时候系个缆绳什么的。第三个是他们的儿子，正上小学三年级，在家跟着爷爷奶奶读书，平时很难见到父母，现在趁寒假跟着船，算是个临时船员了。傅诚看到他的时候，他正在舱里做作业。这是典型的水上人家，他们一直在江上飘，运少量的货，米、油、水果、沙子、废铁，什么都运。飘到哪里算哪里，船就是家。路过的时候，男人叫住了傅诚，请他上船做客。他们聊了会儿天，又矮又胖的老婆炸了一盘咸鱼干，又黑又瘦的男人请他喝了杯酒。傅诚对他表示感谢，心里有些感慨。

因为要赶着去卸货，一大早雾稍淡了些，傅诚就下令开船。他觉得这样的雾天应该没有船敢出行才对。为了安全起见，他亲自在驾驶舱坐镇。结果船开出去没多久，他突然看到前方有一丝光亮，非常微弱的光，不仔细看根本发现不了。他急令舵工停车，倒车。但是指令下去了，船却半天停不下来。随后就听到"嘭"的一声，他赶紧要二副下去查看情况。不一会儿，对讲机里传来二副的声音，船沉了，正在救人。他下令打开探照灯，强烈的灯光下，他看到前方不远处一艘小船船底朝天，三个人影正在水里挣扎。他赶紧指挥船靠过去，一边呼叫下面的二副指挥救人。后来他还是等不及了，要二副上来换他，他亲自下去指挥救人。刚到一楼，他就看到两个水手抬着一个人进了机舱。那是十二月份的天气，江水冷得刺骨，而机舱里是全船最暖和的地方。他急忙跟了过去，发现正是那个又黑又瘦的男人。机舱里，那个又矮又胖的女人正在那里放身大哭，哭声撕心裂肺，隆隆的机器都盖不住她的声音。他听到女人边哭边喊：儿子啊，我的儿子啊……那个又黑又瘦的男人瑟瑟发抖，挣扎着要往外跑，结果被两个水手摁住了。又过了一会儿，傅诚看到水手长抱着一个穿救生衣的男孩进来了。男孩脸色乌青，似乎没有呼吸了。男人和女人一起哭起来，一边哭一边朝孩子扑过来，被两个水手拦住了。水手长赶紧把男孩放在地上，解开救生衣，给他做胸部按压，好半天，男孩终于吐出一大口水来，随后又睁开了眼睛。傅诚这才松了一口气。又黑又瘦的男人也缓过劲来了，他缓缓站了起来，突然对着傅诚的脸就是一拳。傅诚没防备，一个跟头栽倒在地，砸得铁地板哐啷一声。男人还要过来，被两个水手架住了，他放声大哭：我的船啊……

对于这个故事，曹秋是这样评论的：生命原本就是偶然的，来的偶然，去的也偶然。你只是向他证明了生命多么宝贵而已。所以你无需自责。

傅诚知道他是在安慰自己，可是他是头一次听到有人这样来安慰自己。有些野蛮，有些粗暴，但直扑他的内心，让他很感动，也很舒服。

他问曹秋，你去过海上吗？

曹秋摸了摸络腮胡，说道，去过。

那是好多年前的事了。当时，我在报社工作，拿着不低的报酬，工作也还算被人瞧得起。可是我突然就厌倦了这种生活。生活天天都很热闹，但是还是感觉很平庸。我不想过平庸的生活。我天生就不是个愿意平庸的人。我就打算去少数民族地区支教。那是我曾经采访过的一个地方，非常贫穷，大部分孩子都读不了书，有的人家几个人穿一条裤子。最让我痛心的是他们的眼神，麻木、无助。我就打算去帮帮他们，去唤醒他们的灵魂。但是在去支教之前，我要完成一个一直没有完成的心愿：去海上看看。我找了一个在航运公司工作的朋友，我以前采访过他，他答应帮我安排。当时，那艘船正在广东的新会港，离我不远。我就赶了过去。我们从新会出发，经台湾海峡，再经东海，最后到上海。

那是一次真正的航行。我在海中央，而不是海边看海。我吐得死去活来，是船员们救了我。他们给我熬粥，里面加腊肉和青菜，那是我吃得最香也最难受的东西。如果没有船员们，我可能都死在了船上。可是，我对他们一点好印象都没有。他们除了开船，就是抽烟、喝酒、打麻将、谈女人。我亲眼看到有个船员拿着女人的内裤自慰！到了港口之后，他们更是胡作非为，几乎每个船员上岸后就去找女人。说得不好听一点，整艘船上，我就没有看到一个正常的人！他们都是有病的人。啊，抱歉，我这么说不是指你。你是我见过的，唯一一个正常的船员。跟他们比起来，你过得……太正经了。

这一点傅诚也认同。他一向认为，自己是船上唯一正常的船员，虽然自己不一定是最聪明的船员。

后来我就去支教了。整整一年，我生活在一个没有电话、没有网络，甚至都不能通信的地方。那里是茫茫大山。你不知道，大山里的感觉和大海上的感觉完全不同。虽然都与世隔绝，甚至在通信方面还比不上大海，但是，山里有孩子们，还有那些纯朴的村民，他们没有受到这个世界的污染，纯洁无瑕，他们才是天使，是他们拯救了我，而不是我拯救了他们。他们让我长时间以来无所皈依的灵魂找到了归宿……

对于傅诚来说，与人交换故事就意味着他把这个人当朋友了。他感觉得到，他们两个人都不是那种容易相信别人的人；也就意味着他们不是那种容易交朋友的人。

4

天上飘着蒙蒙细雨，但是江上视线非常好，细雨仿佛嫌江上太安静太纯净了，存心要给江面增添一些底色，好让接下来的故事有一个完美的背景。船在武汉休息两天后，粮草充足，船员们也个个显得精神十足，所以船开得很快，一路顺江而下，下午两点多就已经到了黄石港。船员们并不知道，这天下午对于其中一个船员来说，是多么重要的一个日子——他将以驾驶员的身份开始自己的首航。这件事，对于船员们来说，再普通不过了。他们只需要在时间到来的时候，把他叫到驾驶台，让他过来指挥着船走完四个小时的航程就行了。

然而，快到三点半的时候，大副按照惯例吩咐舵工，去叫三副。舵工问，哪个三副啊？大副不耐烦地说，还有哪个三副？船上有几个三副啊？肯定是傅诚啊。舵工这才跑到二楼去叫人。好半天，二楼才有应答声，大副以为是傅诚上来了，拿着航行记录本正准备和他交接，谁知回头一看，却是舵工。他说，人呢？舵工摇了摇头，没找到。大副说，没在房间里？舵工点了点头，没有。机舱、水手舱、大管轮二管轮房间，连老板和老轨的房间都找过了，就是没见到他。大副说，真是见了鬼了，马上要值班了，怎么人不见了呢？去找指导员，快去！

惊动了指导员，说明这是大事了。指导员马上发动全体不值班的船员去找，仍然没找到。指导员感到事情有些麻烦了。他马上跟船长商量，召集全体船员开会。会上决定，全员出动，再找一次，再找不到的话，就向公司汇报。结果，还是没找到。指导员说，船就这么点大，不会是出事了吧。这句话马上让大家紧张起来。以前船上就发生过船员失踪的情况，后来发现是喝多了酒掉到江里淹死了。如果是这样，那就是出了大事了，指导员是要负主要责任的。更何况，他知道，傅诚是公司重点培养的驾驶员，是公司的未来。电话很快就打到了公司。那天下午，公司炸开了锅。派出所、船队、调度室、党办、总经理办，全部动了起来。打电话联系家属，说没回家。又找其他在家的船员，说没见到。最后调动公安手段追踪电话，发现他的手机已经一天没开机了，最后的通话是在昨天，在武汉。随后公司开了总经理办公会，紧急商讨此事，要做好他失踪落水的准备了。就在这时，船队队长的电话响了，说人找到了，就在船上。

原来到了七点钟，刚刚吃过饭的时间，大管轮从会议室里出来，突然看到一个人，满脸泪腻地从船尾的轮机储藏室里出来了。那是个非常小的储藏室，只能容纳两三个人，平时放些船上备用机械，里面又脏又乱，平常根本就没人光顾的。大管轮当时就大叫了起来，闹得全船人都出来了。谁能想到傅诚一个驾驶员会跑到这个地方来呢？而且在里面待过了整个值班的时间。指导员赶紧问他怎么回事，怎么不值班，跑到那里面去干什么了。他说发现房间的门关不严，门闩松了，他去找螺丝，没找到合适的，就到轮机储藏室里去锉螺丝去了，一不小心就把值班时间给忘了。这个解释明显有些牵强，储藏室太小，在里面转不开身，钳工台也小，不好操作，机舱里有更好的钳工台。但是指导员已经没有力气生他的气了，他想着赶紧给公司打电话，汇报此事。据说，总经理得知这个消息后只说了一句话，人没事就好，然后就什么都没说了。总经理的这个态度就是一个信号，其他人也就不再追究此事了。

傅诚醒来的时候有些犯迷糊，他不知道为什么这件事又在梦里被重新演了一遍。而且在梦里，他似乎是一个旁观者，一直在看着一个叫傅诚的人，主演了整个事件。他像是看电影，看得见所有人的行动，甚至连公司里的那些人的举动，他都看得一清二楚。这让他感到有些不寒而栗，似乎冥冥之中，真的有什么神仙，窥探着他的一举一动，甚至窥探着他的内心。他不知道，除了他自己，有没有别的人知道，他是在逃避，就像他人生的第一次考试，只不过当时他是以生病的方式躲过去的。后来，人生的每个第一次他都成功地逃掉了，而且都没有受到惩罚。他认为是自己的逃避手段越来越高明了。奇怪的是，只要逃过了第一次，第二次他就不紧张了，就能轻松自如地应付了。

醒来之后，他还在回味这个梦。他发现自己居然大汗淋漓，满身都湿透了，赶紧起来，开窗户透气，似乎自己还在那个狭窄的轮机储藏室里。好镇显然是个更大的储藏室，但是好镇的空气太湿润了，他感觉自己身体里都是水，似乎一个梦的时间，自己就可以从空气中吸进一杯水。他伸了一个懒腰，突然有人敲门，他打开门一看，居然是曹秋。

曹秋站在门口的姿态很久以后还让傅诚记忆犹新。他站在离门一米开外的台阶上，一只手背在身后，一只手轻抚着腮边的胡须，眼睛看着远处的山脚，一动不动，就算是傅诚打开了门，这个姿势仍然保持了几秒钟。想来这个姿势就是专为傅诚准备的。傅诚说，怎么是你啊？

曹秋说，怎么大白天的睡觉啊？真是朽木不可雕也。

他说得很认真，一点也不像开玩笑的样子，所以傅诚刚刚咧开的嘴巴不得不重新关了起来，换上了惭愧的面容。傅诚说，你怎么来了？

曹秋说，我带你去一家饭馆。那个饭馆应该是好镇最有特色的饭馆。

饭馆名叫燕归来，居然建在悬崖上，酒馆靠海的那一边看起来只有燕子才能飞得上来。事实上，傅诚并没有看到燕子，倒是成群的海鸥像一架架轰炸机一样在海上飞翔，还常有海鸥掠过头顶，往小镇飞去。另一边靠着街，热闹非凡，前面一大块空地上停满了各种各样的车：保时捷、奥迪、路虎、宝马、马自达、摩托车、电动车，自行车……说明这地方适合富人也适合穷人。饭馆是一栋旧式建筑，大瓦房，白墙边，两边爬满了爬山虎，门前种着一排木芙蓉。走进去才发现，里面被分割成好几块，用木柱子隔开，上面挂着木牌子，写着字：华山派、嵩山派、青城派、天山派……里面的摆设也各不相同，想来各个武林门派的文化也不相同。一个一身黑衣的小伙子看到了曹秋，径直朝他走过来，把他们领进了青城派。里面是张矮小的方桌，原木的，四周四张长木凳，同样也是原木。曹秋先在一方坐下，示意傅诚坐。

曹秋开始点菜，点的都是普通的家常菜，点到三个的时候，傅诚说够了，就我们两个人，别浪费。他没有理傅诚，又点了两个菜。酒馆里陆陆续续有人进来，不一会儿就热闹起来。傅诚想幸亏来得早，否则恐怕连个地方都没有。来得早的另一个好处就是上菜快。一个扎着马尾的年轻女孩，身上穿着跆拳道服，显得精神抖擞，她双手托着菜盘，左右开弓，不一会儿，菜就上满了，排了一桌。女孩正准备离开的时候，曹秋叫住了她。傅诚以为他要酒，正准备阻止他的时候，他却郑重其事地说了一句，姑娘，辛苦你了，谢谢你啊。傅诚顿时自惭形秽，赶紧拿起筷子打算夹菜，来掩盖自己的窘态。曹秋却并没有理他，他双手抱拳，放在胸前，闭上眼睛，嘴里叽里咕噜地说了几句话。声音很轻，说得又很快，傅诚只听到了最后一句：阿门。

从点菜到祈祷，将近二十分钟的时间，曹秋没有说一句话。他完全沉浸在自己的世界里，仿佛身边没有别的人存在。傅诚则是目瞪口呆地看着他，不知道说什么好，拿在手上的筷子不知道是该放下，还是伸出去。幸好这时有人来解围了。一个身材高挑的女孩子走了进来。她一身少数民族服装，脸有些黑，傅诚看着有些眼熟，在她走到桌子边坐下的时候，才想起从电视上看到过，这是彝族的服装。曹秋终于开口说话了，这是日果。这是傅诚，叫傅大哥。日果给了傅诚一个笑容，笑得很甜，也很清纯，她叫了一声，傅大哥。声音也很甜。傅诚说，你是彝族的吧？日果说，是啊，傅大哥。女孩儿显然是饿了，拿起筷子夹了一块鸡肉就打算往嘴里送。曹秋鼻子里"哼"了一声，女孩儿赶紧放下筷子，也像刚刚曹秋一样，双手抱拳，放在胸前，闭着眼睛，嘴里叽里咕噜地嘟哝了几句。

曹秋摇了摇头，说道，日果是我从支教的地方带出来的，她读过高中，在那里教小学，当时连条好裤子都没有。她一直喊我大哥。我离开的时候，她非要跟着我出来闯闯世界。我不干，我自己没有留下，倒还带一个走，我于心不忍。可是后来，她到底偷偷跑出来了……她那么纯净，我真怕这花花世界把她污染了。

这真是一个喜欢笑的女孩儿。面对她的时候，你会感到她一直在笑，而且所有和她在一起的人，都会感到她的笑容是给你的。她的笑容很自然，不是那种经过千锤百炼的笑容。她的笑容很舒展，像绽放的花，这种笑容是从骨子里出来的，是出生的时候就从娘胎里带出来的。傅诚不知道一个又穷又苦的地方怎么会有那么多的笑容。但是她的笑容确实很实在。这是很久以来他的生活里最缺少的东西。日果很少说话，问一句才说一句。

日果，你来这里多久了？

两年多了。

日果你经常穿彝族服装吗？

不是，很少穿。

日果，你的名字是什么意思？

我也不知道。

日果，你多大了？

二十三。

基本上是有话必答，就连现在的女孩子比较忌讳的年龄，她也是痛痛快快地就回答了。直到傅诚没话找话地问了一个问题：日果，你喜欢这地方吗？

她这才看了一眼曹秋，回答道，喜欢。

此时曹秋手上拿着一杯茶，正眯着眼睛养神。他吃饭很快，大刀阔斧，大快朵颐，仿佛完成任务一样。他不去照顾别人，也不管周围的动静，只管一心一意完成填饱自己的任务。看来日果已经适应了他的风格，也是专心吃饭，只在别人问话的时候才回答一声。不过她的眼睛一直是睁大着的，脸上也都是笑容，不像曹秋那么严肃。于是这三个人构成了一道独特的风景：仿佛他们三个都是陌生人，凑巧碰到了一个桌上而已。傅诚显然还没适应这种吃饭的方式。曹秋这么郑重地去邀请他吃饭，却在饭桌上什么话都不说，请人吃饭不就是为了说话的吗？

这种状态最终被邻桌的吵闹声打断了。

邻桌是一桌小青年，八九个，男男女女，年轻而又有活力，让傅诚想起了十几年前的自己。划拳，拼酒量，谈女孩，讲追女孩的故事，相互嘲笑，把气氛搞得异常热烈，声音也越来越大，最后撑满整个屋子，像要把大瓦做的屋顶掀掉。慢慢地，傅诚就听不到日果说话的声音了。此时日果已经吃完饭，在给他们讲自己小时候的故事，说自己小学时上学要跨过两座山，还要路过一个摇摇晃晃的吊桥，虽然桥的两头合欢树花开得正艳，但每次她还是胆战心惊。尤其是有一天晚上，天上没有月亮，她过桥的时候，看到桥旁边有一个黑影……

讲到这里时，傅诚就听不到她的声音了。他皱皱眉头，回头看了看那一桌小青年们，他们没有一点放低音量的迹象，就在他无奈地把脑袋转回来时，他看到桌子边冲过一个人影，一直冲到那一桌跟前，大声吼道：你们能不能小点声，一点社会公德都没有！

傅诚这才看清，是曹秋。他瞪着双眼的样子很可怕，满脸的络腮胡似乎都立了起来。小青年们也愣住了，像是被按了暂停键，声音突然之间就停了下来。过了几秒钟，一个长得像周华健的小伙子才站了起来，他显然已经判断出了现场的局势，对比了双方的力量。他盯着曹秋说，你他妈是谁啊，我们声音大声音小关你什么事！

傅诚赶紧站起来去拉曹秋，曹秋挣扎了一会儿，还是没他力气大，被他按回到凳子上。可是没等他自己坐下，脸上突然挨了一拳。他这才发现，身后站着两个小青年。没等他做出反应，曹秋已经一脚踢了过去。场面随后就乱了。几个人围着曹秋拳打脚踢，曹秋则毫不客气地还着手，傅诚也莫名其妙地挨了几下，直到服务员叫来了店老板。这场架两边都没讨到好，傅诚的鼻子挨了一拳，虽然用几张纸巾堵住了鼻孔，还在不停地流血。那边也有两个小青年受了伤，一个头上鼓了个大包，一个胳膊上掉了一块皮，不知道曹秋用什么方法弄的。这餐饭的最后结果是，傅诚付了账，还给饭店赔了些钱，来赔那些砸坏的东西。

三个人一起往外走的时候，曹秋还是气呼呼的，口里嚷道，要是十几年前，哼！

走到外面时，天已经黑了。他们沿着两排种满香樟和槐树的小路往海边走去。傅诚这才问道，曹秋，你也是少数民族的啊。

曹秋说，不，我是汉族的。

傅诚感觉自己的逻辑有些混乱。又走了一会儿，曹秋停下了脚步，对傅诚说，你知道人类是怎么诞生的吗？

傅诚摇了摇头。

曹秋说，第七天，上帝造了人。上帝原本用两只手造的人，右手把人捏成形，左手给人注入灵魂。可如今……

他停了下来，摇了摇头，说道，上帝的左手休息了。

5

这些年来，傅诚一直做着一个梦。把一个梦，反反复复地做上无数遍，他自己都觉得太无聊了。可是，现在还是没有停下来的意思。

他在一个高高的山冈上奔跑，后面跟着一群人，手上拿着长砍刀，追他。他跑得很快，每次后面的人眼看就要追上了，他甚至都能感觉到刀的寒气了，他总能加速冲几步，从刀下逃掉。但问题是，他前面是一个悬崖峭壁，下面是万丈深渊。他无路可走，只能往前跑。奇怪的是，明明悬崖就在前面，他却总是跑不到悬崖边。于是，他就这样一直跑着……

奔跑是个体力活。即便是在梦中奔跑，也是很累人的。每次从梦中醒来的时候，他都是大汗淋漓。半夜的时候，他就坐在床上，坐在黑暗中，思考着这个梦。外面是浪拍打船舷的声音。窗外是更深的黑暗，夜无休无止，光明遥遥无期。

有一次他和船龄最长的水手老张讲了这个梦。老张外号章鱼，五十多岁，当了一辈子的水手。他似乎总是一个人，从未见过有什么家人到船上来看他，也从未听他说过自己家里的事。休息的时候，他就坐在船尾，抽着旱烟，额上的皱纹拢成一团，皱纹里似乎藏着万千故事。老张平常是个被忽视的人，大家几乎都意识不到他的存在，只是在编队作业或者值班的时候，才会见到他的身影。但是傅诚总觉得这个老张不简单。正好这次借着这个梦，他想和老张好好聊聊。

老张听着他讲完这个梦，看了他一眼，目光就转到了江上，说道，累吧。

傅诚点了点头。

老张说，你是太累了。

傅诚以为他还会说出一番什么见解来，可是老张又没话了。于是他就递给老张一支烟，没话找话，我听到大家都喊你章鱼，为什么啊？

老张说，船上哪个没个外号啊。

傅诚继续追问，那总有个来头吧？

老张磕了磕烟斗，把里面的烟灰倒进了江里，几点火星掉进了风里，被江风吹灭了。

说起来有些年头了。当时我才十六七岁。我家老头儿也是跑船的，总在外头跑。我小时候就没见过他几次。他和我一样瘦，不爱说话，一天到晚都捧着个酒瓶子，醉的时候多，醒的时候少。看我的时候眼睛都是直的，像看陌生人。我们俩很少说话。有时坐在一起，一坐就是半天，一句话都没有，都在想自己的事，或者什么都不想。有一回他喝多了，多说了几句话，我记得最清楚的就是，以后就是要饭也不要跑船，世上三大苦，行船打铁磨豆腐。我问他，那为什么你还要跑船。他眼睛一瞪，我不跑船，你们娘俩吃什么喝什么啊。我读完初中就休学了，天天没事干，到处晃。老头儿要我去学门手艺，我不干。我成天就想着怎样少费力多挣钱。我每天都晃到很晚的时候才回家。也没人管我。老娘那个时候在菜市场上班，做管理员，每天天还没亮就出门，天黑的时候才回来。所以我总是晃到老娘回来做好饭后才回家。

有一天我半下午就回来了，结果听到屋里有一大屋子人，还有哭声。我跑回去一看，老头直挺挺地躺在一个睡凳上，老娘趴在他身上哭。别的人就在旁边劝。我在一旁傻傻地看着，就像看陌生人一样。后来才知道，老头儿在船上喝多了酒，掉到江里去了。船开了几里地，才发现他不在。回头去找他，结果半路上就找到了，他顺着江漂下来了，瞪着大眼睛，肚子鼓鼓的，像条死鱼。从那以后，公司就有了一个新制度：航行期间不许醉酒。

没多久我也上了船，也爱上了酒。你看看，这就是命。我没文化，也没别的本事，就只能认命了。

傅诚说，那我呢？

老张眼睛往上一翻，站了起来，要我说，一个字：逃！

傅诚知道，其实船上的人，都嫌自己干这一行，可是，一上了船，就认了命，逃也逃不了了，就像自己刚刚当上船长的时候一样。他追着老张的背影喊了一句，那章鱼呢？章鱼是怎么回事啊？老张没理他。

那天傅诚刚刚拿到船长证书，船上的一帮哥们早就吵着要他请客。他却什么表示都没有。别人都说他小气，却不知道他的心思。上午，他一个人来到船上，绕着船头船尾来回兜圈子。脑子里出现一个个场景。一会儿是两个船队会船，对面的拖轮比自己的更高大，像山一样压过来，惊得浑身是汗；一会儿是要编队作业，大副过来请示他，这次多了一艘驳船，应该怎样编队作业才更合理，他想对大副说，"你自己做主"，可是又说不出口；一会儿指导员又来找他，说发现水手长有些问题，想换一个，来征求他的意见，他瞪着指导员，不知道该说什么……所有这些，都是一个船长应该做的事。明天下午，自己就要以一个船长的身份来履行这些职责了。可是，他又习惯性地晕头转向，仿佛一个晕船的人，第一次到海上一样。下午的时候，他终于下定了决心。当时，他饥肠辘辘，肚子里咕咕直叫，可他却轻松了很多，三步两步下船，然后打车直奔公司而去。

人事处长看到了他，依旧是笑眯眯的。从三管轮到船长的这几年里，人事处长已经换了几个，但对他的态度依然没有改变。人事处长说，准备好了吧，要不要换些人？大副二副三副，都给你配了最好的，满意了吧？

他摇了摇头说，不行，我不行，你把我调到机关里来吧，我就做一个办事员，什么职务都不要！

人事处长瞪大了眼睛，像是没听见他的话。

那天下午，他在人事处长办公室里纠缠了一下午，人事处长很忙，办公室里人来人往进进出出，他像是没看到一样。人事处长抽空压低了声音跟他说，你缺心眼儿吧。我跟你说实话吧，你不知道公司对你的定位是什么吗？你看看现在的总船长就知道了，外聘的！过几年，这个位置就是你的了！你就是公司领导了，级别比我还高！你要去做办事员，你疯了吧！

人事处长说的这些他都明白，他也不是听不进去，可是这些，跟自己又有什么关系。眼前只有一件紧急的事：要做船长了，怎么办！

后来，他从人事处长的办公室逃出去了。他关掉手机，逃到了一个小学同学家里，在他家里待了整整三天，和他一起回忆小学时的各种事情，虽然能记得的事情不多了，他们两个回忆得很艰难。第三天晚上他才打开手机，他以为公司又在满世界找他，他的手机里又堆满了各种各样的短信。可这次，一条短信都没有。他给人事处长打了个电话，人事处长什么也没问，只是说了一句话，有一艘船刚刚回来，去跑一趟水吧，做大副。

一个人，还没到中年，就喜欢回忆，连他自己都感觉，未免有些未老先衰。所以下午，当日果来了的时候，他就问日果，你离开了那个大山，也是在逃吗？

日果一脸的懵懂，逃？逃什么啊？

日果是跟着阳光来的。阳光裹在她色彩华丽的长裙上，像是从天上飘下来的。日果的脸上总是带着笑，或许那些笑容就是她肌肤的一部分，是本来就有的，不需要她去调动指挥。所以他喜欢看到日果，哪怕只是静静地看着她，什么也不说，他的心情也会好很多。这种感觉，在他们第一次见面的时候就有了。

曹秋呢？

不知道。我没有从他那里过来。

你们不在一起吗？

她摇了摇头。他想问她，她和曹秋到底是什么关系？但他没有问出来，他想日果不会喜欢这个问题的。可是日果却似乎明白他的心思，日果又说了一句，他是我哥哥。

说得很明白了。气氛变得有些尴尬起来。日果坐在椅子上，两条长腿在空中晃来晃去。过了一会儿，她又开口了。

你喜欢船吗？

船……不算是吧。船就是个工作的地方。

做海员可以满世界跑啊。

怎么跑也离不开船啊。

日果一脸的迷惑，她的那个样子非常令傅诚着迷，就像一个天天吃着山珍海味的人，突然看到一碗白米粥。

我是来向你请教问题的。日果抛开了她的疑惑，回到正题。

什么问题？

有关船的问题，哥哥要我问你。

嗯哼？

日果放下一直摇动着的腿，站了起来。

我们走吧。

6

那是一个大院子。因为靠着山，远看起来就没有那么大，但走进院子，发现这里居然又是一个世界。院子很老，和正在蓬勃发展着的好镇似乎不太相称。现在，好镇到处都是新起的楼房。房子越建越高，好镇也越来越新，走出去和走进来的人也越来越多。但这个大院子似乎一直没有变过，墙壁依旧是青绿色，其中一面爬满了青藤，青藤中间还有星星点点的花在绽放。院子的回廊显示着当年的风采：这里当年是好镇最好的私宅。院子是好镇最有钱的地主盖的，只是后来土改了，院子就被没收了，成了公社办公的地方。改革开放后，乡改镇，镇里有了钱，就新盖了楼房作为镇政府的办公地点，这里又被一个新发财的有钱人买走了，成了新的地主。但有钱人后来又破产了。院子的中央种着的枇杷、海棠、杏树，显示了前主人的情趣，而遍布院子中央的狗尾巴草证明这座院子经历过怎样的衰败。

傅诚进去的时候，曹秋正靠在一个回廊的立柱上，那片院子正好在夕阳的照耀下，黄灿灿的阳光就裹在曹秋的身上、脸上，而他的目光一直落在院脚的那棵枇杷上，阳光一点也没有刺花他的眼睛。傅诚的皮鞋在院子里的石板路上踏出了清脆的响声，但曹秋充耳不闻，似乎没有感觉到他的到来。直到傅诚走到跟前，才瞟了一眼傅诚，说了一句：来啦。你是来问我船的问题吧？

傅诚愣住了，他果不是说他要问自己问题的吗？

他跟着曹秋进了屋子，立即被眼前的东西惊呆了。船，满屋子的船，上上下下，里里外外，全是。只是，都是小船。再走近了仔细看，都是船模。古代的，现代的，外国的，中国的，放在一个个玻璃罩里，玻璃罩旁边，还有一个小纸板，上面写着船的名字。

你是海员，你应该知道，每一艘船，在建造之前，都有一个船模，和真船一模一样的船模，只是缩小了很多倍。这些船模都是唯一的。现在，历史上的那些著名的船的船模，都在你的眼前。

傅诚还在惊讶之中，没有醒过神来。

这艘，是当年姜子牙攻打商纣时乘坐的船。怎么，看你的样子，不信是吧？这就是你的无知了。告诉你吧，当年大禹治水时，就在独木舟上指挥治水，那个独木舟是用两米五粗的大树制成的。

很可惜，那个时候还没有船模，否则，也会到我的手里。商代的时候，他们的木船就到达过海岛。所以姜子牙在当年就使用过木船指挥作战。告诉你，这可是我的镇馆之宝。

再来看看这艘，隋炀帝知道吧？你肯定知道隋炀帝荒淫无道几次下扬州的故事吧。他开凿运河干什么？就是为了下江南。这艘就是隋炀帝当年下江南所乘的龙舟。

傅诚凑近了仔细看了看，这艘小船果然与众不同，共有四层，上层有正殿、内殿、东西朝堂。中间两层有很多房间，粗略地算了一下，应该有上百间。这艘船喷上了红漆，细看之下，还有很多的雕镂，非常精细，简直就是一个精美的工艺品。

知道这艘船的原船有多大吗？曹秋凑了上来，告诉你吧，高有十三米多，长有六十米左右。好了，说多了估计你也不知道。像你们这种不读书的人，也不知道这些历史。再来看看这艘船吧。比起隋炀帝的龙船，这艘还要大得多。什么船能比皇帝的船还要气派？很奇怪吧。因为这是明朝的船。明朝有个赫赫有名的大人物，就是再无知的人都应该听说过吧。那个人就是三宝太监郑和。

你是说下西洋的郑和吧？傅诚赶紧答了一句话，免得他又笑自己的无知。

对。曹秋看了他一眼，满意地点点头，当年的这艘船长达一百四十八米，宽六十米，载重量达到一千五百吨，跟你们江上的驳船有得一比了吧。这样的吨位在现在算不得什么，可是在当年，可以算得上奇迹了。但是你再想一想，如果没有这样的吨位，郑和如何能乘坐它下西洋呢？那可不是你们的长江，也不是近海，而是茫茫的大洋！

他一边走一边说，那样子像是一个历史学者，在给学生讲述历史知识。

日果,你也过来,这三艘船你一定要认真看一看。他招呼日果。日果当时正在一个角落里,一脸好奇地盯着一艘船看,听到曹秋叫他,赶紧走了过来。

先来看第一艘。这艘船是国姓爷郑成功的战船。1661 年,郑成功就率领这样的舰船三百五十艘,军队共两万五千人,打败了荷兰人,收复了被荷兰占领了三十八年之久的台湾。我们都知道近现代英国、西班牙和美国的海军非常强大,靠的都是他们的海船。但是你们并不知道,其实,从公元前 8 世纪春秋战国时出现战船起,直到明代,中国的战船都比西方好太多,战斗性能远远领先于西方的战船。比如说啊,中国战船从来都不强调撞击这种不要命的战法,而是依靠弓箭远距离杀敌,后来发明火药后又率先使用了热兵器,作战时还没等敌船靠近,就可以实施攻击。郑成功就是靠这种优势收复台湾的。可惜,这是中国战船在历史上最后的辉煌了。清代以后,这一海上优势逐渐丧失。所以,就有了后面的这段历史。

看看这艘船,看到上面的三个字了吧:致远号。你们想到了什么?甲午海战对不对?你们看清楚了,这就是当年大清的北洋水师向英国阿姆斯特朗船厂订购建造的穹甲防护巡洋舰。致远号的排水量达到了两千三百吨,航速达到十八点五节,是北洋水师主力战舰中速度最高的。其实这艘船在当时比日本的战船更先进。可惜清政府腐败,光靠武器是不能打赢对手的。据说当年清政府的几艘军舰造访日本时,曾经引起过日本的恐慌。但是日本军方在参观军舰后却认为,他们不是自己的对手。为什么?因为他们在军舰上看到衣服到处乱挂,那些士兵们上岸后到处去找妓女。后来这艘船的命运大家都知道了。在海战中,管带邓世昌下令冲向日本的主力舰吉野号,想和对方同归于尽,结果被击中鱼雷发射管引发管内鱼雷爆炸沉没，全舰官兵两百四十六人全部阵亡。但是，坦白地告诉你们，这艘船模并不是当时建船时的船模。后来，甲午海战一百二十周年的时候，有个中国企业为了纪念这次海战，重新复原建造了致远号，这个船模是复原舰的船模。

曹秋讲得眉飞色舞，傅诚发现，他已经完全调动了自己的情绪了。他没有想到，这样一个人，居然也如此地爱国。他和日果也已经被他的情绪带进去了。

现在中国人最恨的是日本人，但是在近代中国最早欺负中国人的却是英国人。你们想起了什么？鸦片战争是吧。对，算你们还懂些历史。这艘船，就是鸦片战争时期的英国的军舰。我们在历史书上学过，英法联军用坚船利炮轰开了清朝的大门，这就是英国当时用的军舰。其实英国人造军舰的历史也非常悠久，早在6世纪末，英国人就造了一种"盖伦"船，那种船船体圆润流畅，宽窄适度，呈"U"形，水线附近较宽，水线以上往内收缩。为了降低战舰重心，英国人一方面将炮弹、火药、饮料、淡水、食品、索具、器械、工具那些物资安放在水线以下，另一方面安装在水线以上的舷侧炮，重量又合理地分布在船的重心两侧，所以稳定性相当好，不怕海浪，适合在大海大洋中作战。你们看看这艘船上面，是不是还有"盖伦"船的样子？尤其要注意的是，英国战船所用的材料是橡木，这种木材质地紧密坚实，耐腐蚀耐磨损，韧性好，既防腐又耐用，抗打击能力还强，明显要比清军的战船好。所以，清军战败也是理所应当的了。

曹秋看了一眼身边的两个听众，他们都听得很认真，一副很虔诚的样子，于是说道，走吧，去那边，让你们见见从没见过的东西。

看过《荷马史诗》吧。哦对，你们应该没看过。但是你们应该看过电影吧，美国大片，叫什么名字来着？讲特洛伊战争的。

《伊利亚特》里说，这是嫉妒带来的一场战争，可见嫉妒的力量有多强大，就连神都逃说不掉。最后，获胜的女神阿芙洛狄忒遵守诺言，要让帕里斯得到世界上最美的女子海伦。于是帕里斯乘船来到了拉科尼亚的海岸，在宴会上见到了海伦。在阿芙洛狄忒的帮助下，海伦被迷惑，最终离开了丈夫，跟着帕里斯同赴特洛伊。好了，文学和历史知识就普及到这里，感兴趣的话自己去学习。现在我要跟你们讲最重要的东西，刚刚我说的，带走海伦的那艘船，就是这一艘。你们看清楚了，这就是当时那艘船的船模，虽然原来的船已经被战争毁掉，但是船模却保存了下来，现在，就在你们的眼前。当时，这艘船是怎么保存下来的，一直是个谜，我想，背后肯定有很多波澜壮阔的故事。但不管怎么样，现在，这个船模到了我的手里。你们好好看一看，这种机会并不是很多的，这可是古希腊时期的船，如假包换！

好了，让我们跳过这几艘，看看这艘吧。这艘船的历史意义可不亚于刚刚那艘古希腊的船。这艘船的名字都留了下来，这就是历史上著名的"圣玛利亚"号。1492年到1493年，哥伦布率领由三艘船组成的船队首航美洲，开始了发现新大陆之旅。这三艘船就是："圣玛利亚"号、"平塔"号和"尼尼亚"号，而"圣玛利亚"号就是三艘船中的旗舰。这艘船重130吨，长23.66米，宽7.84米，吃水1.98米，浪排水量120吨，甲板长18米，有3根桅杆，都备有角帆。看看，这里，就是角帆。事实上，这就是一艘普通的帆船，可就是因为哥伦布乘坐它发现了新大陆而名垂青史，没办法，这就是命运，像你我一样。

再来看看这艘吧。你们应该看出来了，这是一艘战列舰，这就是二战时期著名的"俾斯麦"号。这艘战舰当时非常有名，号称海上的巨无霸，永不沉没。但是它更有名的，却是它的命运。

1941 年，"俾斯麦"号在遭到第一次打击后，再次遭到英国"皇家方舟"号航空母舰的"剑鱼"式鱼雷轰炸机空袭，最终被三枚鱼雷击中，其中一枚击中舰尾，沉重的结构受到损坏后向下压迫到舵机，导致"俾斯麦"号的舵角卡死在十五度。这使俾斯麦号已无法回避英国舰队的攻击，加上它的速度再度降低，又难控制航向，它的命运就已经注定了。第二天，英军的主力追击舰队赶到，几艘战列舰、巡洋舰和驱逐舰，就像一群狼围着一只垂死的大象一样，用炮弹、鱼雷轮番攻击。最终，"俾斯麦"号中弹二十六枚。在"俾斯麦"号已经没有还手之力的情况下，英国人又补上了最后一刀，他们近距离发射了三枚鱼雷，全部命中。最后"俾斯麦"号终于沉没了。一艘战列舰对付这么多的战舰，包括航空母舰、战列舰、巡洋舰和驱逐舰，而且还是很多艘，就算是被打沉了，也算是死得其所了。

曹秋侃侃而谈，他丰富的船舶知识让傅诚五体投地。多年以后，傅诚还记得他当时的样子：一只手背在身后，一只手在空中指指点点，仿佛他面对的是大江大海，而不是这些小小的船模。

7

你们都生活在梦里。生活在梦里。

曹秋站在后山上，面朝夕阳，对傅诚和日果说。当时，他刚刚向傅诚和日果介绍完他的船模，兴致正高，不由分说就拉着他们一起去爬山。那是一座海拔不过三四百米的小山，傅诚其实并不陌生，刚刚进入好镇时，他就是贴着这座山来的。当时，山路弯来拐去，车子一直在跳舞，他在车上闭着眼睛昏昏欲睡，根本就没来得及欣赏这座山。更何况，当时他在山脚下，不像现在居高临下，身后是更高的山，身前是好镇。现在，整个好镇都在眼前。

在夕阳的清洗下，好镇似乎变得更加干净但也更加神秘了。三个人似乎都还没有从下午的参观中苏醒过来。傅诚一直眯着眼，日果是一脸的好奇，而曹秋则一直说着话。

以前的好镇可不是现在这个样子。我刚刚到这里来的时候，起码这座山还没被糟蹋掉。山上的树都是自己长出来的，有泉水，有长得像猪耳朵的石头。鸟随便做窝，狐狸和兔子到处乱跑，屎壳郎和蚂蚁各忙各的。到了黄昏，虫子像是在开演唱会。那才叫自然，才叫风景。可是现在呢，把树锯了挖了，把狐狸和兔子撵跑了，蛇也没地方藏身了，然后人们重新弄些对来。什么银杏、国槐、月桂、白杨，这明明就不是这里的树。好了，这个地方就算被人类霸占了。动物都没有了，就剩几只鸟天天在那里叽叽喳喳地叫。

还有那些从海上来的人，带来了一身海腥气，还说好镇的经济是码头带来的。配件店、夜总会、洗脚城、KTV，都开起来了。可是，好镇的人都被带坏了。有一次我看到一个水手调戏一个姑娘，把姑娘哄得七荤八素的，最后自己跑了，再也没影儿了。姑娘还傻乎乎地天天到码头去等……

我还是喜欢多年前的好镇。那个时候，一到好镇，我就被吸引住了，感觉自己的灵魂找到了一间合适的房子，想永久地住下去。当时，我经常去的地方就是两个，一个是这座山，就坐在现在这个地方，什么也不干，发呆，让自己的灵魂休息一会儿。另一个就是海边，看海，看来来往往的船只，你会觉得这个世界上还有别的地方。你不只是生活在自己的世界里。后来一个偶然的机会，一个开配件店的朋友带我参观了他收藏的宝贝，就是那艘仿制的"致远"舰。这个船模是他花重金从船厂里买来的。这个船模一下子就把我吸引住了。我决定在这里建一个船模博物馆。于是我卖掉房子，还找朋友借了一些钱，四处搜罗船模。那几年，我跑遍了中国各地，还去了国外一些地方。幸好，我有当年做过记者，见多识广，还攒下了不少朋友，终于把这个博物馆建起来了。

你们不知道，博物馆刚建起来的时候，我是多么兴奋。我待在博物馆里，天天看着这些船。我感到这些船都活了，在我的面前乘风破浪。所有的历史也活了，重新出现在我面前。有了这些船之后，我都不愿意见人了。这些船，一艘艘的，多么洁净，没有一丁点儿的肮脏！可是，这些船里，又藏着多少世事沧桑！那一个月里，我从来没有走出这个院子，连饭都是叫的外卖。

后来有一天下午，天上在下雨，小雨，初秋的雨，把好镇都洗了一遍。我走出院子，一头扎进雨里，去看看外面的世界。突然，我发现世界变了。好镇不是以前那个好镇了。河水不清澈了，马路不干净了，街上不安静了，人脸上也没那么纯净了。我在雨里淋了一个下午，想让自己清醒一点。我以为自己醉了。晚上的时候，我决定往海边走，发现海边的好镇变化更大。新开了好多店。不光是卖配件的，还有副食店、洗脚桑拿店、夜总会、OK厅、咖啡屋……我突然感到前所未有的陌生。我突然发现一个问题：好镇已经不是我心里的第二故乡了。我花了几年的心血，为自己建立的一块乐土，已经被腐蚀了，朽掉了。一股前所未有的失望涌上来，我放声大哭。

接下来的日子我就是行尸走肉。天天在好镇晃悠。我想努力找回当初好镇的影子。可是哪里还找得回来？可是，我总得生活啊。我所有的钱都投进了博物馆，还欠了一屁股债，我要吃饭啊，后来我关了博物馆，在海边弄了间小屋，靠卖碟子混口饭吃。再后来，你就来了。说实话，现在我就想离开好镇，越快越好。我已经想好了去哪里，去西藏。我已经在一个寺院里，供了一间房，我随时可以去住。我想在那里，我或许可以找回失去的灵魂。只可惜，我现在身无分文，还欠了一屁股债……

你们不懂得这些吧？你们这些昏睡的人。你们一直生活在梦里啊。

8

几天后的一个下午，好镇来了几个不速之客。

当时，傅诚正在望海潮门外的长椅上，看看脚下的两只虫子打架。一只虫子是有翅膀的，一只是没翅膀的。两只虫子狭路相逢，打了起来。长翅膀的虫子明显不是没翅膀的虫子的对手，被咬得满地打滚，可就是不愿意飞走，或许是那个时候它忘了自己还有翅膀吧。傅诚不知道这只虫子会不会成为另一只虫子的食物，正在担心的时候，突然听到有人呼唤。喊了两声"先生"，广东那边的口音。他以为不是喊自己，直到再喊的时候他才抬起头，发现跟前站着几个人。

站在中间的是个中年人，他穿着一件深蓝色唐装，黑色的休闲皮鞋，看起来像是个领头的，刚才的那两声"先生"就是从他嘴里喊出来的。中年人看了看他，问道，先生，你知道这里有一个船舶博物馆吗？

他的口音不太好懂，好像说的是"船舶"，听起来又有些像"船模"，但他还是听懂了。他问道，干什么啊？

中年人说，我是专门收集古董的，我是慕名而来的。

他从兜里掏出一沓照片，一张张翻给傅诚看，照片上，正是那天曹秋向他介绍的那些船模。傅诚有些漫不经心地说，这算什么古董啊？

中年人压低了声音说，先生，你是不懂吧？这些东西可值钱啦，都是独一无二的。你知道现在做什么最值钱吗？炒古董！

最后这三个字他说得很慢，很用力。然后，他指了指口袋说，这次我准备了两百万，希望能把所有的船模都买过来。实在不行，买几个也好。先生，你到底知不知道博物馆在哪里啊？

傅诚想了一下，说，知道是知道，只是，博物馆今天没人啊。你们先住下，明天我找到博物馆的老板，再通知你们，你看好不好？

中年人犹豫了一下，只见旁边一个年轻人说道，老板，我看这位先生说得有理，我们还是先住下来吧。

中年人这才掏出一张名片递给傅诚说，先生，麻烦你联系上了之后给我打个电话，我会感谢你的！

傅诚收下了名片，瞟了一眼，上面写的是：广东华宇文化公司周传喜。

两百万。傅诚嘀咕了一声，一个念头突然浮上心头。他决定马上去海边找曹秋。

曹秋果然在海边的碟子店里，当时他正闭着眼睛听音乐，店里一个顾客也没有。看来这个碟子店生意也不怎么样。

傅诚试探着说，你那个博物馆的船模，是不是想卖啊？

曹秋说，卖？哪里会有人买啊？好镇上的有钱人太少，就几个，还俗不可耐，他们怎么会对这种东西感兴趣？

傅诚说，要是有人买呢？

曹秋抬了一下眼皮，就算是看着傅诚了，因为坐得矮，看起来像是翻白眼。

不可能！

他吐出了三个字，就闭上了眼睛，嘴里咕哝了一句，除非天上掉馅饼。

傅诚笑了笑，从兜里掏出那张名片，递了过去，有时候，天上还真的会掉馅饼。

曹秋猛地坐了起来，拿过名片，仔细看了看，似乎没看清，又跑到门外看，随后一屁股坐到椅子上，闭上了眼睛。好半天，他才像下了很大的决心一样，睁开了眼睛。

不行，不卖。

他使劲地摇着头。

傅诚说，你不是说要卖的吗？人家找上门来了啊。

曹秋说，实话告诉你吧，这人早就给我打过电话了。我也托广州的朋友打听过他的情况了。他不是什么真正的收藏家，他是一个古董商。商人只知道赚钱，懂吧？他买这些船模过去是要倒卖的。如果人家把你女儿弄去卖，你会同意吗？

说完了，他挥了挥手，你走吧。不必再说了。

就这样莫名其妙地被他赶走了，他觉得有些不明不白。

晚上，躺在床上的时候，傅诚还在想他的话，船模跟女儿有什么关系？想了半天，他到底还是弄清楚了他话里的逻辑：船模像女儿一样重要，是不能卖只能娶的。那么，到底什么样的人才能买呢？爱它的人。这下逻辑应该理清了。但问题是，怎么确定人家是爱它的呢？

他突然被这个问题吓了一跳。

这个晚上好镇格外安静。有几声鸟叫传来，叫声并不大，想必是鸟儿在说梦话。楼下偶尔有行人路过，脚步声沙沙的。一阵风吹过，树叶哗哗响了几声。这些声音在平常完全可以忽略不计，可在这个晚上却显得格外清晰，清晰得可以阻止他进入梦乡。躺了一会儿，还是睡不着，他索性披衣下床，下楼。

街上已经看不到行人了，远处的树影在昏暗的灯光下摇摆着。好镇已经沉睡了。睡着了的好镇很安详，只是在北面偶尔还有几句人声。他沿着小街往山那边走去。夜显得愈发安静。他感觉自己像是一个梦游者，身子也轻飘飘的，似乎是被夜风吹着走的。没多久，他就走到那个院子前。院子大门紧闭，里面也是黑乎乎的，没有一点灯光。没有人知道，这样一个老得掉渣的院子，居然藏着那么多的宝贝。

傅诚想起了山顶上的曹秋，他身披夕阳，被一群绿树包围。

第二天一大早，傅诚赶到碟子店的时候，店门还没开。他记得第一次见曹秋的时候，店门可是一大早就开了的。于是他就站在店门口等。店门口其实并不寂寞，一条路直接通向海边，时有行人来来往往。傅诚想，如果自己答应了公司，到海船上去，那么这条路将是自己经常要走的路吧。好镇是一个补给港，楚海轮一定会经常在这里停泊。那么，如果自己就在好镇住下来呢，会不会经常看到自己过去的同事，从这条路走过，出现在自己的眼前？

这样的想象有些无聊，但足以打发更加无聊的时光。好在没多久曹秋就来了。曹秋看到了他，一声不响地打开门，看着他进来，脸一直是阴着的。

我说过了不卖就是不卖，你怎么又来了！你收了他们多少好处费啊！再这样下去，朋友都没得做了！

看得出来他很生气，这些话应该是在脑子里酝酿了很久的，说出来非常流利，语气也和他的脸色配合得恰到好处。

傅诚并不生气，他笑了笑，慢吞吞地说，如果是我买呢？

你买？曹秋一惊一乍地跳起来，伸手摸了摸他的额头，你没有发烧吧？

傅诚说，我是认真的。反正我也不想上海船了，我得找点别的事做。这个博物馆就让我来经营吧。

曹秋说，经营？现在的状况你又不是不知道。

傅诚说，我比你懂经营。你说吧，多少钱？

曹秋半天没出声，似乎是在犹豫。

你保证，你不会把它转卖给广东人？

傅诚说，放心好了。我是跑船的，我懂船，爱船。

曹秋长长地出了一口气，像是最终下定了决心。

好吧，你是我的朋友。我买这些船，一共花了八十六万多。六十万给你好了，我只想把那些债还了，再留点钱去西藏就可以了。

傅诚说，八十六万，我可没有那么多钱。昨天我看了一下，我能拿出六十八万来。就六十八万吧，怎么样？

曹秋一脸的不耐烦，你这人怎么这么啰唆！我说了，就六十万，多一分钱我也不要！

傅诚看到他眼里都是真诚，那好吧，就六十万！就这么定了！走，我们现在就去银行。

曹秋一把拽住他，你真的不会转卖给广东人吧？

9

傅诚发现自己被骗，已经是十天之后了。回想整个过程，他像是做了一场梦。或者说，他被人赶进了一个梦里，自己就在这个梦里把那些事都干了。

当时，一个中年人来敲门，他问干什么。中年人说，他是房东，来收房租的。房子已经欠了四个月的房租，总是说下个月交，现在不能再拖了。于是傅诚打电话给曹秋，电话停了机。再打给广东人，也打不通了。他往海边跑去，碟子店早就关了门。他赶紧拍了船模的照片发给懂行的朋友一问，全是工艺品店做出来的，所有这些船模，充其量，值八九万块钱。后来静下来想一想，这其实是个并不高明的骗局，他就笑了。

他一整天都坐在屋子里，看着这些船模，翻来覆去地看。这些船模越变越大，大得要冲破这间屋子，冲到海上去。尤其是那艘致远轮，所有的炮都一起对着自己。他喊道：开炮！于是那些炮里冲出很多炮弹来，冲到自己的眼里，绽放出烟花一样的火光。他发现，这些船模还是像当初那样可爱。在第二间屋子里，他居然发现有一个船模上面，赫然写着两个字：楚海。他的眼泪出来了，喃喃地说，楚海，楚海。那天我怎么就没看到呢？

后来日果来了。傅诚正坐在院子里的栏杆上，抓着两根狗尾巴草比长短。院子里的狗尾巴草已经长得到处都是，这种野草野蛮地入侵到院子里，只花了一年时间，便轻松地占领了整个院子，每个角落里都是它高傲的草穗在风中摆动。日果说，你见到我哥了吗？

傅诚说，你都不知道他在哪吗？

日果说，他要我回趟老家，拿了点东西。回来他人就不见了。

没费多少劲，日果就弄明白了事情的原委。日果听完了就捂着脸跑出去了。第二天下午，他才重新见到日果。当时，他还以为，自己再也见不到她了。

接下来，他们两个人的交流没有一点障碍，她相信傅诚所说的每一句话。那天下午，日果还说了很多令他刮目相看的话。

当一个人总是标榜自己高贵的时候，就是值得怀疑的。

把自己打扮得不食人间烟火的，不是骗子，就是神经病。

越是看起来与众不同、高于别人的人，内心可能越龌龊。

……

很显然，这件事给了日果太多的刺激和灵感。但对于傅诚来说，这些都只能作为他的人生经验和教训，来指引他以后的人生了。

日果问，哥，你报警了没有？

傅诚摇了摇头。

日果说，哥，你得报警啊。

日果说，那么多钱啊，我们村里人要挣二十年啊，你就那么算了吗？

日果说，你是不是傻了啊，你不能这样便宜了骗子啊。

傅诚拉扯着手上的狗尾巴草，似乎所有的注意力都在草上面。他说，该沉的总会沉，不该沉的自然不会沉。

日果说，你说什么啊？

有一年的一个春天，他刚当船长不久，船在南通港遇上台风，天整个儿都黑了，随后风就来了，浪也变成了黄色，像是谁把水搅混了。船在江上左右摇摆，感觉随时都会翻掉。傅诚站在驾驶台看着远方，浪一个接一个扑过来，无边无际，没完没了。他看到远处似乎有个黑点在摆动，拿望远镜一看，居然是艘小船，充其量不过五百吨，在浪尖上飞舞，像风筝一样。船上的两个字"知音"清晰可辨。人其实也就是艘小船吧，在大风浪的面前是没有抵御能力的，只能祈祷风尽快停下来。他没有过去施救，甚至都没有跟其他人说。大风刮了一天一夜。第二天上午，大风总算停下来了，他用望远镜再到江面上去搜索，什么也没有找到。他想兴许船已经沉掉了。后来的报道似乎证实了他的预感，报道说那场台风在南通江面沉掉了二十多艘船，那艘小船想来也在其中了。大约半年后，一个秋天，一个下午，船在镇江港停泊，船员们上去踏地气，他习惯性地拿起望远镜搜索附近的江面，突然发现就在离自己不远的地方停着一艘船，上面是两个大字"知音"。

傅诚说，你不懂的。

　　这一觉不知道睡了多久，傅诚感觉自己是晕过去的。这种感觉很特别。晕过去也是一种睡眠，没什么不好。毕竟自己这段时间都没睡好。如果不是有人敲门，自己估计还要继续晕下去。门敲得很响，事实上他在梦里就感到有人敲门，但是还不足以惊醒他的梦。后来敲门声变得更大了，直到他完全醒过来。他懵懵懂懂地起床，下床，一个趔趄，差点儿摔倒在地。他撑着床爬起来，慢吞吞地挪到门边去开门。

　　站在门外的是两个警察，他们身后站着日果，再往后是落日黄昏。他这才发现，自己已经睡了整整一天。日果说，你怎么啦？脸色很不好啊。生病了吗？

　　傅诚说，请进吧。

　　两个警察一高一矮，可是矮个子偏偏姓高，高个子姓陈。矮个子警察说，我们是来了解你被诈骗一事的，请你说说情况。

　　傅诚说，我没有被骗啊。

　　两个警察相互看了一眼，又看了看日果。日果说，哥，你就别撑着了，说吧。

　　傅诚说，我是自愿的，没人骗我。

　　矮个子警察嘟哝了一句，莫名其妙。然后对高个子警察说，走吧。

　　走到门边了，还回过头来，说了一句，下次，你们要商量好了再报警啊。

　　日果说，你这是何苦呢？

　　傅诚说，你不会懂的。

　　两个人到了楼底下，在石桌旁坐了下来，发呆。

　　傅诚说，我是逃出来的。我活该。

想了一会儿，又说，我这辈子都不相信人，好不容易相信了一回，我容易吗？

日果说，可是……

傅诚说，又不是你丢钱了，你着什么急啊？

我给你讲讲他吧。过了一会儿，日果说。

已经好多年了。那一天，我正在那间破教室里给学生上课，突然村长来了。他身后跟着一个高个子，一脸的络腮胡子，军绿色的衣服和裤子，身上全是口袋。我猜想是不是每个口袋里都藏着宝贝。他背着一个大背包，几乎有身子的一半高，装得鼓鼓囊囊的。鞋子上都是灰，像是走了很远的路。脸色看上去很疲惫，但是眼里发亮，一副很兴奋的样子。村长说，日果，这是从大城市来的大记者，曹秋老师，是来咱们这里支教的，以后他就是你的同事了。

曹秋就朝我走过来，走到离我很近了，他选了个地面高一点的地方停了下来，低下头来看我，像是审视着一件物品一样，然后，他笑了起来，一边跟我握手，一边说你就是日果啊，向你学习啊。一副很谦恭的样子。他走到教室里，打开包，开始从里面掏东西，笔、纸、橡皮、文具盒、词典、书……掏了老半天，似乎怎么掏也掏不完。他把这些东西一样样分给孩子们，还跟每个孩子兑两句话。在一个男孩跟前，他还掏出一包纸，帮他擦掉了脸上的泥巴，跟他说，我们要让自己的身体，像灵魂一样干净。

他的话语里总是充满着正义感，让人肃然起敬。有一次村长有事来找我。当时我正在上课，而他就坐在门外的草地上看书。村长站在门外叫我的名字。曹秋说，日果老师在上课。村长说，我有急事找她。曹秋说，上课是更重要的事啊。等下课了我再让她找你吧。村长还在那里不停地说，这时我就走到教室门口，对村长说，你找我有什么事啊？没等村长回答，曹秋就瞪着我说，你回教室去！他眼睛瞪得很大，再加上他的络腮胡，那个样子很吓人，不知为什么，我就乖乖地回到教室里去了。据说后来他还骂了村长一顿。村长看他是来支教的，也不好说什么。那一次，我总算见识了他的脾气。他并不是像第一次见面时的那样温和。

但是他真的是一个好老师，知识丰富，见多识广，肚子里似乎有讲不完的东西。而且，他只要一站到讲台上，马上就像打了鸡血一样兴奋。他经常抛开书本，给孩子们讲他经历的那些事情。我们那里的孩子们，从来没有见过外面的世界，很快就被这些故事迷住了。在他的叙述里，他是一个正义的人，他有着高贵的灵魂，但是在这个龌龊的世界上，他注定着只能是一个流浪者，他得一直在这个世界上流浪，因为他的灵魂还没有找到皈依的地方。很快我就被他迷住了，也想做一个流浪的人。说实话，他对我，怎么说呢，很客气，似乎很尊重我。但是，我感觉到，在他心里，我和他是不平等的。他不会跟我掏心窝子的。他只会做一个施舍者，当然，施舍的是他的思想和知识。后来我才明白，在他的心里，有一种东西一直在支撑着他。他的内心一直是躁动的、不安的，他需要不停地流浪，来支撑他的不安。那个时候我就有一种感觉，他在这里不会待太久的。

一年后他果然走了。他跟我说，他原以为这地方是一块净土，但是他再次失望了。后来我听村里的会计说，他把所有能接触到的人都得罪光了。他训斥过所有能接触到的人。他说他们是自私自利的人，胆小的人，无知的人，没有追求的人，灵魂肮脏的人，不懂他的价值的人。就算是一直对他很好的村长也不例外。你不知道，村长真的对他很好，就算那次他骂了村长，村长也不介意。你知道我们那里是很穷的，但是村长仍然想方设法，三天两头给他弄些好吃的东西。村长知道他爱干净，还特地到县里去给他买了洗发水，估计要花掉村长存了很久的私房钱。我们村子里的人，可是一辈子都没用过洗发水。村长跟我说过很多次，说曹老师是村里的宝贝，希望他能够多待些日子，多教孩子们一些文化知识，多长一些见识，我们这里太需要有文化的人了。但是临走的时候，曹秋跟我说，他跟村长闹翻了。他说村长其实是个很官僚的人，对他好只是想利用他来欺骗无知的村民，来给自己脸上贴金，幸好他及时识破了他的真面目。虽然我不觉得村长会欺骗村民，但是我仍然相信他的话，相信不是他出了问题，而是这个世界出了问题。我跟他说，我要跟他一起走。但是他拒绝了。他说，不是谁都能够流浪的。你还没有准备好。可是过了半年，他却给我写来一封信，告诉我他的新地址，就是好镇。他并没有要我过来，但是，我想都没想，就来到了这里……现在回头想想，我当时也并没有错。那个时候他肯定不是骗子。他去支教也是真的想帮助那些孩子。他所有的想法其实都是真诚的。只不过，他后来的行动总是在背叛他当初的想法。

可是，你知道我在好镇干什么吗，我在一个夜总会里打工，当服务员，就是在这里，我认识了形形色色的人，也才算是真正认识了这个世界。但在我的内心里，他还是我的依靠。我把每个月赚的钱都交给了他。他说他帮我把这些钱存起来，有一天会帮我找一个真正的好男人，这些钱就留着结婚时用。现在我才明白，这几年里，他就是靠我赚的钱吃饱肚子的。他的碟子店挣不到钱。后来你来了，他开始并没有打算让我见你的。过了很久他却又拉我来见你，见你之前他还交代了半天，要我少说话，还要我穿上彝族服装。为了让我听他的话，他还给我讲了一番他的理论，说每个人身上都有三性：神性、人性、兽性，就看你的行为能够激发哪一个了。

你不知道，当我知道你的这件事后，我哭了一晚上，想了一晚上。如果不是你的这件事，我现在可能仍然执迷不悟。你说当初那样的一个人，怎么会干出这样的事来呢？

傅诚听得很认真，听着听着就笑了起来。

你才是受骗者吧，其实是你想寻找答案吧。

他看了一眼日果又说，找到了又怎么样呢？

10

两天后，警察再次登门。这次只有那位姓高的矮个子警察，他说请傅诚到派出所去一趟。傅诚说，上次我就说过了啊，我没有被骗啊。高警察说，不是这个事，你去了就知道。他只好跟着高警察去了派出所。高警察直接把他带到了所长办公室，沙发上，还坐着一个秃了顶的中年男人。

就是他了。高警察指着傅诚对中年男人说。

中年男人审视了他一番，像是审视一件物品，然后说道，你就是那个曹秋的合伙人吧？

所长在旁边提醒道，真名曹春。

傅诚说，曹春？合伙人？什么合伙人？

中年男人说，三十多天前，那个曹春找我租借了那些船模，说好了每个月六千块钱租金，到月结账。现在都过了一个月了，找不到人了。他说，你是他的合伙人，你看看，这是你的身份证吧？

傅诚看了一眼他递过来的纸，上面正是自己身份证的复印件。他是怎么搞到的？他粗略地算了一下时间，三十多天前，应该是自己刚到好镇不久的时候。那个时候，自己正是和曹秋，或者曹春，交往的蜜月期啊。他在那个时候就动了自己的心思了？他应该是临时起意，而不是蓄谋已久。他觉得有些不可思议。不管怎么样，他能在那么短的时间内，把那么多的船舶知识背了下来，还是令人钦佩的。当初，正是这一点让自己相信：他已经在这些船模身上花了很多时间。

中年男人又递过来一张纸，你看看，这是当时我们签的合同，上面有你的签名。

傅诚看了看，上面的签名的确是自己的笔迹。

中年男人说，这可是白纸黑字写着的啊，什么时候把租金付给我？船模你们还要租吗？那可得另算租金了哦……

后面的话，傅诚一句都没听进去。他只看到男人的一张嘴，不停地一开一合。他清楚地看到，男人上面靠左的地方缺了一颗牙，下面中间则镶了一颗新牙，这颗牙虽然是烤瓷的，做得和真牙没有什么两样，但是由于这颗牙明显比其他牙干净玥亮，还是暴露了秘密。这颗牙不停地在傅诚眼前晃来晃去，晃得他有些头晕。

傅诚摇着头说，我厌了。

高警察走了过来，一手拍着他的肩膀，喂，你说什么？大点声啊。

傅诚站了起来，晃晃悠悠地往外走，中年男人从后面追了上来，却被高警察一把拉住了。傅诚只听到后面传来的声音，白纸黑字的，要兑现啊。否则我要上法院告你啊。

他摇摇晃晃地往船模博物馆走去，进了馆，关上门。他打开了所有的灯，一遍遍地查看着这些船模，他发现这些船模做得真的很精致。尤其是那艘楚海轮。他还没见过楚浩轮的真样子呢。以前在公司，他只在图片上看过。他记得当时跟曹秋讲这艘船的时候，他问得很仔细，真是有心人啊。眼前的这艘船模跟图片上的还真的很像。他想着自己站在这艘轮船的驾驶台上，指挥着这艘船在海上行驶的样子，笑了。

五年前的一个上午，他第一次作为船长，指挥着船队，装着满满几驳船的煤，向镇江港驶去。几分钟后，一个水手过来叫他，老板，船要过桥了。船长室就在驾驶台隔壁，也就几步的距离。他跟着水手进了驾驶台，朝远处望，远处的江面上有一条黑色的线，在波浪上跳舞。他拿起望远镜，再朝前面看，一座巨大的桥猛地朝自己扑过来，他吓得后退了一步，望远镜也差一点掉了下来。这并不是他第一次在望远镜里看大桥，以前做三副、二副和大副的时候，就多次用望远镜看过大桥了。可是作为船长，要指挥着全船过大桥，这毕竟还是第一次。他想起一位老水手给他讲过的一个故事。就在自己的这个公司，一位船长指挥船队过桥失误，撞在了桥墩上。幸好这位船长机灵，他赶紧用甚高频电话通知公司，公司立即派自己水上派出所的警察把他带走了。如果他被地方公安局的人带走，只怕要坐牢的。后来，牢是不用坐了，只怕他的船长也做不成了。

这样一想，他浑身都湿透了。眼看着桥越来越近，他拿望远镜的手抖得越来越厉害，最后他眼睛一闭，牙一咬，吼了一声，右满舵！等他睁开眼睛时，发现左边的驳船几乎是贴着桥墩过去的。如果不是这一嗓子，船就真的撞上大桥了。

如今想起这件事，他发现在他的人生中，他能把握方向的，其实只有船。

那天上午他一直都在博物馆里，看着这些船，午饭都没有出去吃。快到两点钟的时候，他看到日果提着一盒饭进来了。日果说，哥，饭还是要吃的啊。

他看着日果，这个彝族的姑娘还是那么黑那么高挑，但是脸上已经脱去了稚气，显出几分成熟来。他想，当她一个人，离开自己的乡村，穿过一座庞大山，来到外面的这个芜花世界时，她的脸上应该是带着憧憬的。仍然是那张黝黑的脸，仍然充满着微笑，但是她已经学会用自己的目光来审视这个世界了。真不知道是喜还是悲。他叹了一口气，打开塑料盒，准备吃饭。

就在这时，身后传来"吱呀"的一声，门被推开了，几个民工模样的人进来了，他们的后面跟着上午看到的那个中年男人。一伙人径直朝展览厅走去。日果一把拦住中年男人说，你们，你们这是干什么啊？

中年男人说，搬我的东西。

日果喊道，哥，他们要搬走了，怎么办啊？

傅诚说，让他搬吧。

声音小得几乎听不见。日果还是让开了路，两个人靠在栏杆边，看着民工们把装着船模的玻璃柜一个个抬出来，放到门外的车上。那是一辆带篷的大卡车，车厢很大，打开的后门像是张开的大嘴，转眼间就把一个个船模给吞没了。

日果已经泣不成声，哥啊，这可是你最后的念想啊，就这么让他们搬走了啊……

傅诚笑了。

最后一艘被抬走的，是楚海轮，他突然喊道，等一等！

随后扑了过去，趴在玻璃罩上，仔细地看着。楚海轮的驾驶台做得很精致，前方的玻璃窗很宽大，他想，视野一定很开阔。离驾驶台不远的地方就是船长室，他盯着船长室看了半天，想在里面看出自己的身影来。可什么也没看到。

中年男人走了过来，想要这艘船吗？

傅诚摇了摇头，抬走吧。

楚海轮终于也被抬走了。日果说，哥啊，你怎么不把这艘船留下来呢?

傅诚说,我有真船呢。我不稀罕这个。

他的声音里带着些自豪。

他从包里掏出手机,在空中晃了晃。好多天没有开机了,他不知道手机还有没有电。打开了试试,居然还有电。他拨通了一个号码,说道,给我打两万块钱过来,我明天就回去。

挂了电话,他突然开心起来,对日果说,今天晚上我请你吃饭,你说,想吃什么?

日果也笑了,我想吃西餐。我还没吃过西餐呢。

那天晚上,他们说了很多的话。开始的时候,都是日果在说。

哥,以后你的船会停在好镇吗?你会下来看我吗?

哥,我可以到你船上去玩吗?

哥,你开船的时候是不是很神气啊?

哥,你在海上可以给我打电话吗?

哥,你在船上要是想吃水果了,就打电话给我,我给你送过去。

哥,你真的又要上船了吗?什么,不想逃了,什么意思啊?

……

日果想说的还很多,她对这个世界依然充满着好奇。

最后还是傅诚打断了她,傅诚说,日果,你会回到自己的山里去吗?

日果摇了摇头,不回去了。出来了,就不回去了。

语气里有些决绝。傅诚有些失落,自己还是要回去了。

傅诚掏出了一个信封,递给了日果,这是一万块钱,你拿着,一个女孩子,手里没钱怎么在这里混啊。

日果头摇得像个摇头娃娃,我能干活,我能挣钱!我挣的钱都花不掉呢。

傅诚还是把信封塞了过去，这一万块钱，算是我赔你的。

日果说，你又不欠我的啊。

傅诚说，可是曹秋欠你的，我替他赔你的。你先拿着吧，有钱的时候再还给我。

日果说，你凭什么替他还啊，是他骗了你的钱啊。

傅诚说，我欠他的情，我要谢他。

日果收下了钱，使劲往口里扒着粉，一口气把大半盘子的意大利通心粉都扒到了嘴里，噎得喘不过气来。傅诚赶紧过来，帮她拍拍背，一边拍一边说，你这丫头，你这丫头啊……

他想起刚来好镇的那个晚上。也是这样一个夜晚，月亮刚刚睁开了眼，露出一丝光亮来。夜反倒显得更黑了。他开着窗户，海风从窗户里吹进来，咸咸的，涩涩的，带着些凉意。于是他披衣下床，去关窗户。他突然看见楼下的一棵槐树底下亮着路灯，灯光有些昏暗，一男一女两个年轻人正在那里说着话。夜深人静，他们的声音听得格外清晰。

你要是走了，我怎么办啊？

等我啊。

万一你变心了呢？

不会的。

可这个世界，天天都在变呢。

11

几个月后，傅诚上了楚海轮，只是，他的身份不是船长，而是管事。公司在最后时刻做出决定，新船首航，还是请一位经验丰富的船长。他们外请了一位船长。这一请就是半年多。

傅诚松了一口气，心想，早知如此，何必当初呢。

　　船第一次停靠在好镇的时候,他没有上岸,而是站在驾驶台上,用望远镜遥望着好镇。他发现,用望远镜看海,和用望远镜看陆地,感觉完全不同。在海上你只会关注某一处地方,而在陆地上,眼前那些复杂的景致会把你的目光吞没。在望远镜里,好镇显得更加葱郁。低矮的房屋都湮没在高大的树丛中,除了靠北边的几幢高一点的房子,基本上看不到人烟。但是他知道,这个小镇里,到处都是活生生的人间烟火。只是,不知哪一处烟火会辉煌灿烂,哪一处烟火会灰飞烟灭。他没有找到那个船模博物馆,甚至都没看到望海潮。他不知道,这两个地方,是否还藏着一个曹秋那样的高人。

　　第二次经过好镇的时候,他犹豫了一会儿,还是上了岸。这是他最后一次踏上好镇的土地。他去了那个船模博物馆,还有自己住过的望海潮。那里已经完全没有了自己的气息。所有人都是这样的吧。尽管你到过很多地方,有些还留下了深刻印象,但那个地方不一定记得你。这样一想,他也就心安了。

　　又过了几个月,楚海轮在一场大风中沉在了印度洋。傅诚和几个船员逃上了救生筏,从船上跳下来的时候,他腿上受了点轻伤。

　　大风过后就是烈日。那是印度洋上最热的时节,太阳在头顶暴晒,没有任何可以遮盖的东西。附近没有一艘船经过,他们在救生筏上随波逐流。

　　第二天,傅诚说,看来我们是撑不过去了。

　　谭笑说,乐观一点,我们上了救生筏,就有机会获救的。

　　为了鼓励大家,谭笑最后提议,每人讲一个最秘密的故事。必须是自己藏在内心的,从来没有跟人说过的故事。

　　谭笑讲的是小时候自己干的一件坏事,他差点儿把邻居家的房子烧掉了,幸好最后时刻被人发现了,叫人来灭了火。他讲得有些动情。张晓军笑了，你也会干坏事啊。

张晓军讲的是自己初恋的故事。谭笑说，这算什么秘密啊，我全都知道。不行，你重新讲一个。

张晓军说没有了。

傅诚对他们的故事表示不屑。他说，你们这些人，快死了，都不肯讲一讲自己的秘密，难道要带着自己的秘密给大海啊？

张晓军说，那你讲啊，你是管事，给我们带个头。

傅诚说，那好吧，我给你讲一个人的故事，这个人，改变了我的人生。

他喝了一口水，那是水壶里的最后一口水。他想把故事讲得生动一些。他讲得很慢，尽量不错过每个细节。讲故事的时候，他的耳边却不断回想着一个声音。

上帝睡着了。所以，人类又开始作恶了，把个地球糟蹋得千疮百孔，然后把没糟蹋的地方圈起来收钱。

他们建那么多高楼大厦，修了那么多铁路，到处打洞修地铁修隧道，狮子同意了吗？老虎同意了吗？猴子同意了吗？

还是想想上帝吧。上帝就算是睡了，也一直在那里。不像一些人，就算是醒着的，也像是死掉了。

临死前，他又想起曹秋的那些话，居然无言以对。他知道，其实，那段岁月是他一生中最好的岁月。那些话，他每每想起来，心里都会有一丝莫名的感动。

所有的生命

1

　　应该是夜里三点半左右。整个海都在沉睡。只有船上还亮着灯，灯光来自机舱，远看去若隐若现，非常微弱，走进去才会发现，机舱里非常明亮，就像地狱里，一直烧着火。驾驶台却是另一番景象，里面漆黑一片，两个人摸黑坐在里面，瞪圆了眼睛盯着前方。总之，轮船下面是光明的、吵闹的，上面是黑暗的、安静的，仿佛整个上半截都在沉睡着。"跑得快"从轮船的最高层——驾驶台走下来，一路打着呵欠。他刚刚值完夜班。这是最疲惫的时刻。他对外界不会有任何防范，只想着尽快到床上去。通往床的路是非常熟悉的，他已经走过了上千遍：打开驾驶台的门，先迈左脚，直走六步，再迈左脚，下楼梯，楼梯是十五级，走完楼梯向右拐，三步，再向右，九步，那里就是他的房间。他和龚军住在同一个房间，他需要往里走，最里面靠左的那张床就是他的。这整个路程当中，最危险的地方就是楼梯了。

　　当跑得快出了驾驶台，直走六步，下第一级楼梯的时候，脚下会突然一滑，他踩的是一块香蕉皮，或者西瓜皮，人会往前蹿过去。香蕉皮或西瓜皮需要放得非常有技巧，因为人从上面往下走的时候，楼梯上靠里面的这一边是被上一级楼梯挡住的，香蕉皮或西瓜皮大小要适中，放在这里看不到，而脚又要能踩得到。跑得快的脚比较大，他穿的是四十二码的鞋子，而且是皮鞋，踩到香蕉皮或西瓜皮的几率比较高。这个时候，跑得快其实还是有办法自救的：以他做水手的反应速度，完全可以一把抓住旁边的扶手。跑得快的反应速度大家都是见识过的。一次，编队作业的时候，对面一根缆绳抛过来，而跑得快正背对着缆绳，当缆绳飞到半空中的时候，他才转过身来，但这已经够了，他飞快地伸出右手，一把就抓住了缆绳。但是，跑得快反应再快也不会知道，他的前面还吊着一根钢丝绳。钢丝绳事前反复用柴油洗过了，上面的油垢都洗掉了，又细又结实，还是银灰色的，在夜幕中很难看得见。这下就是双保险了，跑得快的脖子刚好套进这根钢丝绳里，他的命运就只剩下一种了：被钢丝绳割断气管而死。为了保证一次成功，龚军用猪肉和活鸭做过几次实验，从实验的结果来看，幸免的可能性不大，因为跑得快太重了。他是个严谨的人，所以还专门问过跑得快，知道他有一百六十五斤，这个重量撞在这么细的钢丝绳上，气管肯定会被切断，甚至还有可能顺便切断动脉。结果基本上是无解的。尽管跑得快上海船之前受过专业培训，学过了一整套海上求生的本领，但是这个时候，他连自救的时间都没有了。

龚军觉得自己的设计万无一失。所以，当跑得快从楼梯上走下来，被眼前的人影吓了一跳时，龚军还在得意地笑。跑得快揉了揉眼睛，看清了这个人影，骂道，神经病啊，大半夜的不睡觉，跑出来吓人！龚军嘿嘿地笑着，笑得跑得快背脊有些发凉，赶紧加快了脚步。

杀跑得快的理由不难找，他们的恩怨甚至可以追溯到四年前。

当时他们还在江上，并且不在一条船上。但是那天下午，两个船队同时到了镇江，停靠在了一起。晚上没事干的时候，两个船队的人就凑在下面的大水手舱里打牌，玩麻将，斗地主，推牌九，玩法众多。跑得快在斗地主。龚军进水手舱的时候，一个家伙已经输光了，于是龚军就顺理成章地坐了过去，替下了他。跑得快的牌技差是出了名的，无论是麻将还是扑克牌，都很差。主要是因为心理素质太差。但是跑得快还是非常喜欢打牌，有叫必应，"跑得快"这个名字就是这样来的。但是这天晚上跑得快的屁股下面像是点了一堆火，怎么打怎么赢。龚军上来不一会儿，就把身上的钱输了个精光。按照船上约定俗成的规矩，你火再好，也要给别人留口气，起码要象征性地输两盘，给人家留点烟钱。但问题是，跑得快一向输牌，从来没有像今天这样扬眉吐气过，赢得有些得意忘形，居然忘了行规，似乎想在一夜之间把几年的本都扳回来。龚军最后输红了眼，说还要接着打，记个账，先欠着。可跑得快就是不同意，一边晃着手上的钱一边说，没钱打什么，拿了钱再来打。那个得意的样子，可以让龚军记上一辈子。

事后跑得快说，其实你也没输多少钱，一共就五百多块钱，我哪一次输得不比你多？龚军觉得他说得有些道理。因为五百多块钱就去杀人，确实太过分了。那就说说另外一次吧，他就不信找不到理由。

那个时候龚军刚刚上船，江上的一艘小破船。船是老船，人却是新人。那个时候龚军比现在更年轻，像早春里刚刚长出来的嫩叶芽，羞怯，却有生机。那个时候他还没经过江风的洗礼，皮肤是白白嫩嫩的，像个女孩子，掐一把都能出水，因此他经常被老船员你摸一把我掐一把，一边掐还一边说船上来了个女孩子就是好。他话不多，基本上是问一句才说一句，眼睛也不看人，和人对视的时间也不超过三秒，目光稍一触碰，就急促地移开，像是怕被别人的目光灼伤。船员们对龚军的评价也不一致。有人说，这孩子生来胆小，没见过世面。也有人说，这孩子其实很有心机，看眼睛就知道，有一次他看到他独自一人坐在船尾，目光盯着一个锚链，盯得死死的，像是要把锚链烧断，让他有些不寒而栗。还有人说，这孩子其实很善良，谁要他帮忙都不会拒绝。跑得快就是那个时候上了这艘船的。

那天晚上，龚军值完班后，去浴室洗澡。小船上只有一个公共浴室，就在一楼的伙房旁边。龚军小心翼翼地关上门，插上门栓，开始洗澡。在哗哗的水声中，他突然听到嘭嘭的敲门声。他知道有人在催，加快了洗浴的速度。敲门声变得更加猛烈，最后变成了踹门声，龚军只好跑到门边，拉开门栓。门"啪"的一声被推开了，一股浓烈的酒气被江风推了进来。龚军还没有这样裸身面对过陌生人，赶紧转过身去，到水龙头下冲洗。他哪里知道这个时候，后面会飞来一脚，踹在他的屁股上，踹得他摔倒在地，膝盖都撞破了。他从地上爬起来，看到进来的一个男人正恶狠狠地盯着他。来人足足比他高一头，也壮实很多。他一声不吭地穿起衣服，转身出了门。

第二天，龚军才知道，昨天晚上踹他的那个人就是跑得快。事后，跑得快专门找到了他，跟他说自己昨天喝多了，要他不要计较。龚军没有理睬他，只是看着他，目光和平时大不相同。他盯着跑得快的眼睛，一动不动地看，目光里没有怨恨，没有恐惧，几乎没有什么内容。后来跑得快跟人说，那个目光实在太恐怖了，他平生还没见到比这更可怕的目光，他身上的汗毛都竖了起来。

后来龚军在船上待得久了，也开始和人交流了。但他的话还是不多，句子都很短，就几句。别人问他家里的情况，他也不说，只是说都一样，没什么好说的。他也没什么别的爱好，唯一的爱好就是做木工活。别人问他那么喜欢木工活，为什么不做机工，要做水手，他也不回答。上岸的时候，他总能捡到一些木头，就用船上的那些工具来做木工活。先用斧子劈，后用刀削，再用刨子刨。有人问他做什么，他也不说。后来做好了，才发现是一把短刀，木制短刀，看起来却像真的一样。他就拿着这把短刀在空中挥来挥去。后来还喜欢对着人比画，说要是这样砍一下会怎样。别人都当他是开玩笑，也没当回事。有一次二管轮正坐在甲板上吸烟，他突然拿着短刀出现在二管轮的后面，用刀在二管轮的脖子上比画着。没想到二管轮突然站起来，刀一下子扎在了二管轮的肩膀上，流了好多血，事情才闹大了。指导员把龚军叫到了房间里，开始批评他。指导员摆事实讲道理，从船舶航行安全讲到船员之间的关系，再讲到思想政治工作对船舶运行的重要性，讲了一个多小时。他一直低着头，手上仍然拿着那把刀，把玩着，似乎听得很认真。后来指导员总算讲完了，他双手捧着刀，恭恭敬敬地递给指导员。指导员愣了一下，接过刀放到了书架上。

等到上了海船的时候，龚军已经在船上干了四年多。这四年多的时间里，他的最大变化，就是由一个没话说的人，变成了一个话痨。据说上船的最终结果都是这两种，要么是闷罐子，要么是话痨。但龚军是跨界的，由闷界跨入了痨界。没人知道龚军是怎样变过来的。有人的时候他跟人说话，没人的时候就自己跟自己说话。各种稀奇古怪的话题，比如江豚会不会是外来生物，江鸥要是会说话会不会比人更聪明，死亡其实是一种学问等等。跑得快在海船上再次碰到他的时候，他已经是一个彻底的话痨了。故人相见，往日的仇恨也没有了，还有几分亲热。两人聊了起来。跑得快问他这几年怎么样，结婚了没有？他说结个什么婚啊。结婚有什么好啊。跑船的结婚是最划不来的事。花那么多钱娶个老婆，自己用不了几次，都给别人用了。只有傻子才结婚。还不如留着钱自己潇洒……关于结婚的理论，他一口气说了十几分钟。这个时候，跑得快才发现，龚军不光变成了话痨，他已经彻底变成了另外一个人。木工活也不做了，他现在最关注的问题，是死亡。有一次他跟跑得快说，考航海"四小证"的时候，他专门数过，在海上可以有两百多种死法。

后来他们两个人分到一个船舱，他看到龚军的床上居然还有几本书。《理想国》《死亡文化史》《杀人哲学》《科学的灾难》，这些书，跑得快连名字都没见过，拿起来翻了一下，看了两行就看不下去。但龚军似乎看得很认真，书上面还写着好多字，歪歪扭扭的，显然不是在桌上写的。他常常一个人看书看到半夜，还冷不丁地说几句莫名其妙的话。有时跑得快下夜班，很快就睡着了，正睡得迷迷糊糊的，就被他弄醒了，问他干什么，他瞪着大眼睛说要跟他聊天。那没时间他聊得最多的话题就是死亡。他说人类最有创意的事情就是死亡，没有哪一种动物的死法比人类多。事实上死亡不是什么可怕的事。

在船上，又在半夜时分探讨死亡问题，实在不是一件有趣的事。跑得快经常被他弄得神经紧张。他想这家伙是不是还惦记着几年前端他一脚的事，是来报复自己的。后来，话题由死亡变成了杀人。这家伙对杀人似乎充满了浓厚的兴趣，谈起杀人来眉飞色舞的，眼里闪着光，脸上的肌肉不停地抖动着，两只手还在空中比画着，模拟着各种杀人的动作。关于杀人，他还有着很多的理论。比如说：

生一个人是给别人生命，杀一个人是证明一个人有生命。

杀人的冲动是推动人类前进的主要力量。

人类的主要智慧都是在杀人中诞生的。

被杀的人比杀人的人其实更有成就感。

杀人和杀其他动物没什么不同，因为佛教说，众生平等。

……

后来落实到具体实践上，龚军说，跑得快，我设计了四种杀你的方法，如果我杀你，你希望用哪种方式比较好呢？

跑得快实在不愿意面对这种话题，他说这种话题太无聊了，完全是没话找话。不能实现的事有什么好说的嘛。

龚军就反问他，你怎么知道就不能实现呢？

见跑得快没有回应，他就自顾自地说了起来。

看你比较为难，还是我为你选一种吧。海上的夜最黑。这个你懂的。选一个月黑风不高的夜里，这样的夜里连星星都没有。对，就是这种时候，最适合你。你喜欢一个人站在甲板上发呆。那个时候，海上黑洞洞的，什么都没有，人就像在无底洞里。什么都摸不到，除了冰冷的栏杆。可是你就死死地抓着栏杆，生怕掉进无底洞里。这个时候，你可能在想一个女人，或者想过去的事情，或者什么都没想，但是不管怎么样，你在发呆。你这样的人，没有兴趣欣赏海上的夜景，何况这个时候什么景都没有。你就是在发呆。人在发呆的时候，脑子是空的，也是最放松警惕的时候，对外界基本上不会有什么反应。你最敏感的地方就是手。所以杀死你只需要一根针就够了。我用这根针对准你的手，突然扎下去。你会怎么样？你会吓一跳，两只手都会松开来，然后我只用一把抓住你的腰带往上一提，你就会掉到海里去。神不知鬼不觉的。谁都发现不了。如果要做得更好一点，最好在台湾海峡下手，这个地方鲨鱼多，人一下去，很快就被鲨鱼群撕成碎片，连喊叫的机会都没有……

半夜三更里，跑得快就这样听他设计着杀死自己的过程，而且他边说边比画着，脸上因为兴奋而闪烁着光彩。他坐在床上，看着他，一声不吭，让他说。跑得快知道，如果不让他说完，他是不会罢手的，就算是到了第二天，他也会准确地回到上次说到的地方，把话题继续下去。终于听他说完了。他冲着他吼了一句：神经病！就倒在了床上，蒙上了脑袋。

第二天上午，跑得快从驾驶台下来，在二楼的楼梯口，迎面就碰上了龚军。这家伙昨天晚上似乎睡得很好，脸上红扑扑的，眼里放着红光，看上去很兴奋。他的两只手不停地比画着，一边比画一边说，跑得快，哎呀，你总算下来了。我找到一个杀你的新办法了。这个办法你绝对想都想不到……

跑得快都快气傻了。后面的话，他一句都没听清，他的眼前就只剩下两片薄薄的嘴唇，在不停地蠕动着，就像两只粗壮的蚯蚓，他突然一阵恶心，差一点吐了起来。他一把推开面前的龚军，推得他差一点摔倒了。他指着龚军的鼻子，一字一句地说：你个神经病，你再跟老子说杀人的事，老子就先废了你 老子说到做到！

对于跑得快的举动，龚军显然没有心理准备，他被这突如其来的变故惊呆了，一脸委屈地看着跑得快，看着他在面前走过，嘴里咕嘟了一句：算了，懒得杀你了，没劲。

2

夜半时分，船上只有机器的声音，整个世界都在沉睡，船舱里只剩下呼噜声。迷迷糊糊之中，跑得快突然被一声惨叫声惊醒了。他打开灯，看到龚军正坐在床上，一双眼睛瞪得溜圆，两只手在空中挥舞着。

我要杀了你，一定要杀了你！

跑得快说，你怎么啦？发烧啦？烧糊涂啦？

凑近了一看，龚军满头大汗，牙齿咬得咔咔直响。伸手去摸龚军的额头，龚军一挥手，推得他一个趔趄，一屁股坐到床上。

半天龚军才安静下来。

跑得快说，没事吧你。

龚军瞪着他，眼里冒着凶光，恶狠狠地说，我一定要杀个人！

龚军声称自己要杀人的事其实早就不是什么新闻了。大家听了也就一笑了之。船上嘛，什么样的怪人没见过啊。有人在值班的时候突然喊着要老婆，有人在航行的时候从船上跳下去，有人收藏着整整一麻袋豌豆壳，还有人睡觉的时候要把女人的内裤塞在被子里，否则就睡不着……所以当龚军第一次跟人说，他要杀个人的时候，大家都说，你去杀啊，光嘴劲！后来说得多了，大家见到他就笑，你杀了人没？怎么还没杀啊。还有人给他推荐人选，建议他杀知音号上的夏春红，这家伙是江上一霸，比较有挑战性，而且还顺便为民除了害。龚军听得很认真，一边听还一边思考。有时候还冷不丁地说道，那杀你怎么样？一副很认真的表情，一点也不像在开玩笑，吓得别人落荒而逃。回到船舱里的时候，他就拿出一个小本子，在上面写写画画。有人发现他在写东西，就想看看他写的什么。他不给，还朝人瞪眼睛，一副凶巴巴的模样。

后来有一天晚上龚军值班去了，本子就放在枕头边，被跑得快看到了。他没想到龚军的字写得那么漂亮，和书上写的字大不一样，一笔工整的楷书，像是练过硬笔书法的。字写得很整齐，没有修改的痕迹，像是经过深思熟虑再写下来的，或者是先在别的纸上写了，再誊抄下来的。第一页只有四个大字：杀人计划。用的是宋体，还在字的四周描了边，看上去那么庄重典雅，一点杀气都没有。翻开第二页，没想到的是，排在第一位的竟是跑得快，他感到有些受宠若惊。他飞快地浏览了一下，杀自己的方案有四种，基本上都是他跟自己说过的。只是杀人理由让他有些没想到：嘴太刁，方便。就是嫌自己挑食呗。可他并不是一个挑食的人啊。跑得快记得还是几年前，在江船上的时候，有一趟轮到他和龚军上去买菜。船到镇江港的时候，两个人照例直奔最近的那个菜市场。按照往常的分工，一个人记账，一个人付账，至于买什么菜，两个人商量着办。通常买一次菜要管一周左右，到下一个港口时才能再买菜。龚军对买菜似乎没什么兴趣，老是朝四周张望。跑得快问他买些什么菜，他说，你看着办。于是跑得快就看着办。跑得快是个精细的人，他先绕菜场转了一圈，了解了一下菜的种类，再回到肉铺，从荤菜开始买。龚军机械地跟在他后面，有些心不在焉。结果回到船上的时候，两个人一对账，发现账对不上。把记在账上的钱一加，和花掉的钱对不上。跑得快就问龚军是怎么回事，是不是记漏了？龚军却反问跑得快，是不是他贪污了公款。那一架吵得有些激烈，两人差一点动了手，后来大副来了之后，要他们对着菜一样样地清，结果发现有好几样菜都没记上。是龚军的责任。这件事才算了了。跑得快没想到几年过去了，自己没提这件事，他居然还对这事耿耿于怀。可问题是，杀他的罪名居然是嘴太刁。至于方便……他突然感到背心有一丝凉意。

他翻掉了自己那两页，先大略地翻了一下，发现船上已经有十几个人被他列入名单之中了。这十几个人每人都被设计了至少三种死法。最不可思议的是，居然没有一个死法是重复的。跑得快赶紧翻过自己的那两页，直接来到第三页。

谭笑

杀人理由：喜欢帮人，假正经

方案一：毒药

毒药的最大麻烦是，容易误伤其他人。我可不想杀很多人，一个就够了。对于假正经的人，必须抓住他假正经的特点。一个跑船的，却天天捧着杯子在手上，装得像坐办公室的，太讨人嫌了。最讨厌的是，还用个玻璃杯，茶不见得好，可都是新茶，片片飘在杯子里，分明就是在炫耀。砒霜是一种选择，但是砒霜最大的问题是有味道。喜欢喝茶的人对茶是很敏感的，有一点味道都能喝出来。所以还是选择氰化钾比较合适。氰化钾毒性大，一次不能用很多，最好先用水稀释一下，浓度为百分之一比较合适，滴一滴在杯子里，基本看不出来。这样就将烈性药变成了慢性药。最好一周放一次，慢慢地让药进入身体。

缺点：比较麻烦，控制不好就会量太大，造成快速死亡，没有挑战性。

方案二：针刺法

将注射用的针折断，只剩下针尖那一部分，然后用针头蘸上氰化钾，放到他房间的凳子下面。他是大副，一个人一间屋子，凳子又是皮的，正好适合放针。操作的困难在于，针头里的液体接触到凳子里的海绵后容易被吸走。唯一的办法就是加大药性。这种方法的缺点在于，一下子就能致命，趣味性降低了很多，操作上也难得多。

又：也可以放在床上，或者装作无意间扎到了他。

方案三：电击

接根电线到床上，将电线从被子里穿过，将线头接到上面，只露出一点金属线。最好的方法是，电线是从我的房间里穿过去。他就住在我隔壁，难度应该不大。这个方案最关键的部分，是在墙上钻个洞，好穿电线过去。但船上都是甲板，墙壁也是铁做的，只能在所有人都上岸的时候用钻头钻个小洞。这个方案最好的地方是死得比较高贵，这正好适合谭笑，他骄傲、自信，最适合这种方法。

难点：船上电压不稳，有时电压太小，如果一下子电不死，就会被发现。要完成这个方案，还要提前问问老轨或者电工，了解一下船上的电压情况。

顺便说一下，谭笑比较容易杀，因为他太自信了。太自信的人总是容易疏忽大意，所以挑战性要小很多。

困难：谭笑不是太坏。有一次我和秦朗吵架的时候，他还帮过我。所以如果杀的是他，那是因为看得起他，而且，还要祝他永垂不朽。

傅诚

杀人理由：没有理由。这种人，实在不想杀。他是公司派来的卧底。之所以排在第三，是因为懒得看见他。

方案一：憋死

这种方法是从电视上学来的，工具也很简单，一个塑料袋就可以了。也就是，用塑料袋突然套到头上，系紧，里面的氧气很快就会吸完，人就会憋死。这个方案最难的地方在于……

跑得快正看得起劲，头顶上突然响起噔噔的脚步声，他知道是龚军从驾驶台出来了。他们的房间正好在驾驶台下面，脚步声通过铁板传下来，清晰可见。看了看表，果然是换班的时间到了。他赶紧把日记本放回原处，回到床上躺下。开门声响起的时候，他赶紧闭上眼睛，假装睡着了。推门声很温柔，轻轻巧巧的，一听就是龚军的风格。但是门的质量却不过关，"吱呀"一声非常响亮。跑得快装作被吵醒的样子，翻了个身，问道，下班啦？龚军并没理他，只是鼻子里哼了一声。跑得快瞥见他拿起笔记本，小心谨慎地翻了翻，又放到了枕头底下，自己也回到床上躺了下来。

屋子里只剩下两个人的呼吸声，有些紧迫，像是空气被压缩了一样。后来呼吸声越来越大，跑得快才听出来那是龚军的声音。龚军的鼻子像风箱一样，呼呼直喘着粗气，就像是冲锋号，催促着他尽快做出某个行动。果然，当喘息声到达顶点时，他一骨碌从床上爬了起来，两只眼睛瞪得大大的，气鼓鼓地，盯着跑得快看。他的这种目光是非常有杀伤力的，船上几乎所有人都被这种目光杀伤过。有人说，他的这种目光比他的各种杀人宣言更恐怖。跑得快有些心虚，但是他装着没事一样，问道，发生什么事啦？被二副骂啦？

龚军没理他，只是直愣愣地盯着他，目光里有些怨恚，仿佛要把他刺穿。跑得快已经不是第一次在这种目光的照耀下了，所以他视而不见，眼睛只盯着对面的墙上，看他下一步会有什么样的行动。

过了好大一会儿，龚军终于收回了他的目光武器，叹了一口气，似乎有些失落。

我都说过了不杀你了，你怎么还偷看我的笔记本呢？

3

和秦朗的冲突发生在三天之后。

那三天里，船上弥漫着一股独特的气氛，仿佛粮仓里发了霉厕所里停了水，这种气氛不知从哪个地方开始发酵，慢慢地蔓延到全船。每个人都不爱说话。就连平时话最多的人也不说话。大家彼此见面也就看一眼，关系好的点一下头，不好的眼皮一垂就直接过去了。这种气氛就像屋子里漏了煤气，如果不打开窗户，总有一个时间会爆炸。于是这天中午爆炸了。

午餐时间，厨师照例把菜端上桌。饭是自取的，每人一个铝制的饭盒，里面蒸着饭。饭盒是有编号的，用钢戳戳在盒子上。

每个船员新上船的时候，厨师都会告诉他一个编号，那是他的饭盒。龚军先到，他像往常一样低着头，闷声不吭地吃饭。正吃着，饭盒却被人一把拖走了。他顺着被拖走的饭盒往上看，拖走他饭盒的是秦朗。秦朗正斜着眼睛，居高临下地看他。龚军说，你干什么？

秦朗用筷子敲着饭盒，说道，你看看，你吃的是几号？

龚军说，19 号啊。

就知道你长个斜眼睛，字都不会认。秦朗把饭盒掉了个头，说，你再看。

龚军说，咦，61？我拿错了，你拿我的啊。

秦朗说，诓稀罕你吃过的饭盒啊。

龚军站了起来，那你想怎么样？

秦朗冷冷地看着他，冷冷地说，不想怎么样。我听说你想杀我，还有几个方案。我今天想试试你有多大本事，能不能杀得了我。

说话的工夫，会议室里已经站满了人。除了值班的和管事，基本上都到了，小小的会议室里挤得满满的。所有人都在冷眼旁观，这会儿，见两个人要动手了，大家还自觉地让出了一块地方，有人还要来收桌上的菜，这是准备战场的意思。秦朗摆了摆手，意思是用不着。收菜的手收了回去。秦朗左手去揪龚军的领子，龚军赶紧伸手去挡。秦朗右手伸了出来，抓住了他的手腕。龚军挣扎了一下，没挣脱，只好让另一只手来帮忙。另一只手也被抓住了。龚军使劲地挣扎着，两只手都动弹不得。他看了看秦朗，秦朗正盯着他的眼睛。龚军今天的目光有些胆怯，他想要回应秦朗的目光，试了几下，却又无力地移开了。两个人就这样僵持着。屋子里谁也不说话，所有人都成了雕像，直到管事傅诚从人群里挤了过来。傅诚看了看两个人，龚军正用目光向他求助。傅诚咳了一声，秦朗，算了吧。秦朗这才松开手，坐了下去。大家又开始吃饭，像什么事都没有发生过一样。

每个人都吃得很专注，屋子里都是筷子敲击碗的声音和嘴巴嚼菜的声音。突然，众多声音中传来一声沉闷的哼哼声，像是有人被捂住了嘴，正在挣扎。很快，就挣扎开了，声音就像决了堤的洪水一样冲了出来。碗筷都停了下来，所有的目光都集中到了龚军身上。一个大男人当着众人的面这样失声痛哭，还哭得那么抑扬顿挫，让人有些猝不及防。大家都不知怎么办才好，只能看着他。龚军哭得很投入很努力也很认真，似乎在享受自己的哭声，他声情并茂，旁若无人，仿佛哭是一项很重要的工作，他必须用尽全身力气来完成。没有人去劝他。连管事都在一旁冷眼旁观。终于，龚军完成了自己的工作，独自出门回房间去了。

跑得快回到房间的时候，发现龚军正躺在床上发呆。房间很小，靠墙的中间是一张小桌子、一把小椅子，龚军的杀人计划大概就在这张小桌上写成的。两旁都是床铺，如果两个人面对面地坐在床铺上，膝盖都会碰到一起。加上房间封闭，屋子里一个人的一举一动一点声响都在另一个人的掌握之中。跑得快听得到龚军的呼吸声。他的呼吸很均匀，不像以前那样时快时慢，说明他内心已经平静了下来。他像是睡着了，但眼睛又分明是睁着的。睁着的眼里是空洞的，看不到目光，眼里所有的光华似乎都被眼洞吸了进去。跑得快摇了摇头，不知道说什么，只好自己躺了下来，闭上眼睛睡觉。刚要睡着，他听到对面的床响了一声，睁开眼睛一看，龚军手上正拿着一个本子，往上面写东西。

当然，跑得快并未看到，他在秦朗的名字上打了一个大大的"×"，旁边写了几个字：不值得杀。

4

那一年的秋天冷得特别早。海上的秋天和陆地上原本也并无两样，只是少了些秋叶，少了些黄花，因此也就少了些愁绪。如果有诗人，这个时候一定会失望，他找不到寄托自己情感的东西。好在船上的人原本就没有那些悲秋的心思。船长、管事和大副他们关注的是如何安全地把货物运到目的地，而水手们机工们这些普通的船员关注的是如何挨过那些漫长而又孤寂的日子。所以下班之后，他们就喝酒、打麻将、谈女人、扯些小皮，尽量想把日子弄得高调一点、轰轰烈烈一点。自从龚军和秦朗捅破了那层窗户纸后，仿佛充满煤气的屋子里透了气，不再那么憋闷了。人们又恢复了往常的生活。尤其是驾驶台上，即使是上班的时候，上面也可以聊聊天，扯些家长里短，还有些下了班没事干的轮机员机工们，有时也会跑上驾驶台，去扯些闲篇。他们在闹哄哄的机舱里待腻了，不能说话，只能打手势，这会儿到驾驶台，可以放开嗓子说个痛快了。

这天下午上来的是三管轮张晓军。值班的驾驶员是大副谭笑，掌舵的是跑得快。张晓军是来打听事的。平时在房间里，隔音功能差，说点儿小话都能听到，隔堵墙真的就有耳朵，而且听得还很清晰。但驾驶台就不一样了，驾驶台封闭性好，隔音效果好，而且视野开阔，有个人进来，远远就能看到。所以张晓军瞅准了今天值班的是谭笑和跑得快，就赶紧跑上来了。

张晓军说，跑得快，我问你个事哦。

跑得快说，你说嘛。

张晓军说，听说那个神经病的本子里，没有写我？

跑得快说，好像是的。

张晓军说，为什么啊？

谭笑笑了起来，你这就奇怪了，人家不愿意杀你，还要问为什么。

张晓军摇了摇头，你们说怪不怪，船上大部分人都被他写到了，居然就没有我！居然就没有我！

跑得快看了看谭笑，你问他吧，他有文化。

谭笑的鼻子哼了一声，并不回答。

海风从打开的窗户里吹进来，吹到了谭笑的鼻子里，他连连打了几个喷嚏。船开得很快，下一个港口就是好镇了。大家都有些激动。有些人早早就在准备上岸的东西，洗澡梳头换衣服，擦皮鞋，照镜子，准备钱，总要把自己收拾得光鲜一些，才三个一群五个一伙地上岸去。

谭笑打完了喷嚏，说道，你怎么还在这里闲扯，还不去梳妆打扮啊，不想见你的"小镜子"了啊。

张晓军说，我不是闲扯。你就不感到奇怪吗？全船所有人，就是没有我，你就不感到奇怪吗？对了，你们哪个知道龚军的来路嘛。我听人说，他是有后台的，好像跟哪个老总有什么亲戚关系。跑得快，你跟他一个房间，你应该最了解他。到底是不是啊？

跑得快摇了摇头，我不了解他。

谭笑说，你从哪里听来的小道消息嘛。管他那些。

张晓军说，你想想嘛，要不一个神经病，怎么上得了船嘛。

他一脸期待地看着谭笑，谭笑是他眼里的智多星，他一向是有问题找谭笑的。谭笑摇了摇头，说道，左五舵。

跑得快一边打着舵，一边说道，船上有几个不是神经病啊？

好镇的秋天也到了。实际上，好镇的日子和外面的日子过得一样快，只是来来往往的海员们像大雁一样飞来飞去，让人感觉好镇的日子有什么不一样。枇杷熟了的时候，好镇也热了；银杏黄了的时候，好镇也凉了。现在正是银杏黄的时候。其实十几年前的时候好镇是没有银杏的，听说这种树更适合在北方生长。后来一个在北方做生意的人带回了一些银杏树种，好镇慢慢就有了银杏树。

对于龚军来说，银杏树却有着不一样的记忆。几年以前，当他还是个街头少年时，就在银杏树下吵着架，最后他们用黄得发亮的银杏叶抓阄。这小小的银杏叶就决定了他的一生。所以当他跟着谭笑、老轨、张晓军他们一起上街的时候，他总有些走神。

跑得快照例是最兴奋的一个，一路上不停地说这说那，老轨则东看看西看看，目光主要在各种配件店里。大家都知道，这是老轨的工作，他必须熟悉各类配件店。据说老轨对沿江各港口的配件店无一不熟，一些不常见的船舶配件，老轨都能准确地知道哪个港口的哪家店里有。到海船上之后，老轨还是保持了这个习惯，他要掌控所有的配件店的信息，如同皇帝掌控天下一样。到了亚东配件店门口，老轨停了下来，朝里面张望。大家知道，老轨要深入研究这家店了。谭笑他们几个都是搞驾驶的，对机器没兴趣，于是就到旁边的超市去逛了。张晓军要跟着老轨进亚东配件店，被跑得快一把拉了过来。逛超市主要是准备生活用品。其实他们并没有明确的目标。在船上待久了，仿佛从生活中掉了出去，没法再回到生活中去，所以他们只有在逛超市的时候才能发现自己需要些什么。几个人拎着大包小包走出超市门口时，他们发现，龚军不见了。谭笑问跑得快，龚军去哪里了？跑得快又问张晓军，张晓军也说不知道。三个人都摇着头。他们就是想不起来龚军是什么时候消失的，或许他压根儿就没进超市，也或许在超市里自己先走了。最后谭笑说，算了，不找他了，好镇又不大，他又不是小孩儿，不会走丢的。于是三个人一起出了超市。谭笑说，张晓军你要去约会吧，我回船，跑得快，你也要约会吗？跑得快说，我又没有女人，哪来的约会嘛。

三个人刚刚分开，突然从另外一个路口传来一阵脚步声，还有呐喊声。三个人一齐往那个路口看，只见几个人从旁边那条路上跑过来。跑在最前面的居然是龚军。他的后面跟着几个人，有两个手上还拿着棒子，而龚军就像是一只被追赶的野狗，仓皇地无助地逃窜着。他神色张皇，脸上是以前从未见过的恐惧。刚开始的时候，跑得快还有些幸灾乐祸，心想你也有这样的日子，但很快，同情心就代替了幸灾乐祸。他不由自主地喊了一声，龚军，到这边来！龚军一听到跑得快的声音，就像见到了救世主一样，赶紧朝跑得快这边跑过来。与此同时，谭笑和张晓军也跑了过来，三个人排成一排，把龚军挡在了身后，而龚军就像被一群野狗追咬的兔子，躲在他们的身后瑟瑟发抖。几个人跑到了他们跟前，看着他们，双方对峙着。对方看起来并不想罢手。看到对方人多，谭笑说了一声，好汉不吃眼前亏，赶紧走！几个人扔掉了大包小包，转身就往港口跑。龚军跑在最前头。跑得快发现他跑得比自己还快，"跑得快"这个外号真应该转让给他。那群人就像饿极了的野狼一样，一直跟着猎物到了码头。跑得快赶紧上船招呼人。这个时候，船员们显示了前所未有的团结，所有在船上的人都出来了，大家一起站到了码头上，把龚军围在了中间。这下子，力量对比发生了逆转，最后，领头的一个黄头发说了一句：小子，你听好了，跑得了和尚跑不了庙，迟早有一天你会落到我们手里的！

两个小时后，船开了。

5

晚饭的时候跑得快没看到龚军。吃过晚饭，他回到了房间时，看到龚军正一个人坐在房间里扯头发。他看上去很沮丧，脸上没有一点血色，原本梳得很光滑的头发已经被他扯得像一堆乱草，他似乎还没有放手的意思，继续扯着，似乎想把所有的头发都扯光。跑得快坐在了床上，看了看他，龚军似乎并没有发现他的存在，仍旧低着头。

过了一会儿，跑得快还是问道，怎么没见你吃饭啊？

仍旧不理他。

这时，有人推门，是管事傅诚。傅诚说，龚军，你到我房间来一下。

龚军这才抬起头，跟着他走了。

在管事的房间里，龚军依旧低着头。傅诚也没说话，只顾整理自己桌上和书架上的文件，仿佛找龚军来就是来看他怎么收拾屋子。屋子里只有纸张哗啦啦的声音。龚军的凳子很矮，他的脑袋低得厉害，都快低到裤裆里去了。这会儿他没有扯自己的头发，但也没别的什么动作，仿佛整个人都成了一尊雕像。终于傅诚整理完自己的东西，这才拖过一把椅子，在他面前坐下。龚军微微动了一下，慢慢地抬起头，眼里没有了昔日的锐气，仿佛一只受伤的狐狸，有些无助，也有些茫然。

傅诚说，他们是些什么人啊？

龚军犹豫着，仿佛在想着措辞，两只手拧来拧去，拧成了麻花。

以前认识的人。

你们有仇？

龚军摇了摇头。

得罪过他们？

龚军点了点头，又摇了摇头。

傅诚站了起来，围着龚军，在屋里转着圈。龚军的脑袋又低了下去。傅诚一边走，一边看着他，他仿佛又被施了定身法，一动不动，连扭在一起的手指也松开了。傅诚只好停了下来。

你说这事，我怎么跟公司交代？你说说？嗯？你们在船上，我是有责任的。我不光要管这全船的财产，还有这全船的人。万一你们有点什么事，我怎么跟公司交代？怎么跟你们的家里人交代？

傅诚又在他面前坐了下来，他仍然低着头，似乎并没有抬头的意思。傅诚叹了一口气。

这事肯定瞒不住，肯定会传到公司里。船上有的是多嘴的人。没准儿现在公司已经知道了。你告诉我，我怎么跟公司说？我该怎么跟那些天天没事就等着找我们茬的干部们解释？

龚军终于抬起了头，傅诚看到他眼里都是泪水，仿佛一个受了委屈的孩子，满眼的无奈和无助。傅诚叹了一口气，扯出一张纸巾，递给了他。

算了，你走吧。

龚军没有接纸，他站了起来，到了门口时，他又停了下来，回头看了看傅诚，还是调头走了。

那天晚上，他说了一晚上梦话。

快跑……给我刀……没找到人……干掉他……好了……风太大了……有好几个……猫在哪里……我不想……

声音很大，跑得快有几次都被他的声音吵醒了。最后一次被吵醒时天已经快亮。跑得快索性一屁股坐起来，把龚军也摇醒了。

跑得快看到龚军满头大汗，瞪着大眼睛看他，像要一口把他吃下去。跑得快说，我们聊聊天吧。

跑得快又说，有事总放在心里不好，说出来就舒服多了。

龚军在发呆。他的脑子里都是那个黄昏。他们五个人围成一圈坐在树底下，每人一片银杏树叶。都是刚刚落下的叶子，黄得发亮，还有几分淡淡的香气。他小心谨慎地拿着叶子，生怕一不小心就被风吹走，再也找不到了。事实上，在他们争吵的过程中，确实有好几片叶子被吹走来，在空中飞舞。有一片又大又黄的叶子甚至飞过他的头顶，越过两人高的石墙，消失在他的视线里。他看着这片像蝴蝶一样飘走的叶子，有些失神。他在想，这片叶子最终会落到哪里，它的结局会是什么样，是被扫地的阿姨扫走倒进垃圾堆，还是被一个有心的孩子捡起来，放到自己的书里当作书签。旁边的家伙推了推他的胳膊，他才回到现实中来。他知道，这是一个不好的习惯，每到紧张的时候，他总喜欢发呆。曾经有一个戴眼镜的老人跟他说，他这是逃避现实。他不知道是不是，戴眼镜的人说的话总会有几分道理的吧。但这一次，现实已经把他包围起来，让他无法逃避了。染黄头发的家伙喊了声"一二三"，五个人一起把树叶藏到身后，又喊了声"一二三"，一起把手伸到前面来。他看了一眼，只有他是背面，其他人都是正面。他愣住了，自己为什么那么喜欢背面呢？正面不是更好看一些吗？背面颜色要暗淡一些，而且露着黑色的茎。其他人一起看着他，他回过神来，嚷道，这次不算，我还没准备好。又吵了一会儿，最后黄头发说，那就再来一次吧。五个人再次把手放到身后，伸出来，他还是背面，其他人都是正面。

黄头发从包里掏出一把刀，递给了他。那是一把短刀，刀背很厚，中央还开了血槽。刀明显是磨过的，磨得不均匀，刀面不够光滑，阳光照到刀背上，有的地方暗，有的地方亮，亮的地方把阳光反射出来，亮闪闪的，煞是好看。他接过刀，傻了眼。这就是传说中的命运吗？他看见那片叶子从手中滑落，没等落到地上，就被一阵风给吹走了，叶子在空中翻滚了几下，就落到了草丛里。他有些后悔，为什么不捡一片大一点的叶子呢？

这一次发呆的时间比较长，跑得快已经起床了，洗漱了一番，准备值班去了。事实上，这屋子里有没有跑得快都没有关系，他该干什么还是干什么。他拿出了小本子，打开了新的一页，在上面工工整整地写下了几个字：杀死自己。这几个字写得比较慢，虽然比起第一页的"杀人计划"那几个字来，少了几分锐气，但是却显得从容不迫，沉稳大气。他在这几个字上倾注了更多的心血。

6

方案一：跳海

看起来跳海是最容易的，但其实不容易。自己跑到栏杆边，翻过去，跳下去，的确很容易。但这样的死法太没意思了。可能会有人发现你，然后船减速、停下来，有人穿救生衣下去救你，闹得全船沸沸扬扬，不像自杀，倒是像表演。那么就晚上吧，半夜三更，自己从床上爬起来，神不知鬼不觉地跳下去，多干净啊。可是，你的尸体还留在海上，可能还会漂流几天。人一旦死了，肉体就没有什么意义了，留下肉体只是供别人看一看，就算是没人也有海鸥或者鱼会看到。所以，最好的方法就是从船尾往下跳。往螺旋桨的地方跳，被螺旋桨卷进去，搅成一堆肉泥，被鱼虾吃掉，什么都不留下。这是最好的方法。就像一阵烟一样，在空气里消失，无声无息、无牵无挂，最好。所以一定要选择好姿势。往下扎的方向一定是靠近船底的方向，否则你会被水流推出去。如果要保险一点的话，最好还是系根绳子。顺着绳子滑下去，离得近一些，就会节省在空中的时间。你停在空中的时间越长，船就会离你越远，你被卷入船底的机会就越小。

难度系数：中等。

关键点：系绳子的时候不要被人发现。

龚军放下笔，吸了一口气，脸上露出几分得意之色。他对自己的第一个方案表示满意。

人生最大的悲剧，就是像自己的父亲那样死去。

他又在方案里加上了这样一句话，似乎是在提醒自己，不要再犯父亲当年的错误。父亲死的那年他八岁。其实在父亲死前的那一年里，他就有预感了。那一年父亲频繁地酗酒，每天都是半夜的时候才回来，他每天见到的那个男人，都是一个胡须拉碴满身酒气的男人，迷糊着双眼，看着他，问一些稀奇古怪的问题。你是谁的儿子？你怎么来我家了？我怎么到你们家来了？你的鼻子怎么是紫色的？你能把我卖掉吗……诸如此类。这些问题一直困扰了他多年，直到现在他都不确定能不能回答这些问题。他的身上充满着死亡的气息，他几乎都能看到死神一直跟随着他。因为他没有影子。他从未见过他的影子。他的影子已经先被死神拿走了。那个时候母亲已经不管他了。母亲每天都有忙不完的事，就像父亲总有喝不完的酒一样。父亲回到家的时候，母亲已经睡着了。他一直睁大眼睛躺在床上，耳朵却听着外面的动静。父亲在外面使劲敲着门，通常都是他去开门。一股酒气扑面而来，然而是一个又高又瘦的男人扑进来。男人似乎要扑进他的怀里，他下意识地往后一退，男人就跪倒在地上。他伸手去拉，却拉不动。男人自己就爬到破旧的沙发上睡着了。他时常长时间地坐在沙发的另一头，在黑暗中，看着这个男人。他已经鼾声如雷。他看到死神也在一旁，静静地看着他。终于有一天，他想到了一个重要的问题：死神到底什么时候会带走他呢？

他没有等太久。半年后的一个晚上，正是数九寒天，外面呼呼刮着狂风，水缸里的水都结成了一个大冰球。他蜷缩在床上，紧紧裹着被子，像往常一样睁大双眼竖着耳朵，听着外面的动静，却什么也没听到。到了窗外有一丝光亮穿过破碎的窗户纸跑进来的时候，他猜想这个晚上父亲是不会回来了。于是他迷迷糊糊地睡着了。他睡得很累，感觉身上像是压着几十斤重的东西，压得他喘不过气来。他不知道，像他这个年纪，是不应该睡得这么累的。他是被吵醒的。母亲拼命地摇着他，随后他就听到母亲的哭声。他一骨碌从床上爬起来，下意识地说了一句：他死啦？

他跟着母亲到了屋外，一个男人睡在门口。他靠着墙，口水从嘴里流到了胸前，结成了一个冰柱。他手里还抱着一个酒瓶，像是被冻住了一样。只是这次，他没有了鼾声。这个样子实在太难看了。最重要的是，这是父亲留给他的最后的形象。死都死得这么难看，他有些难过。所以他后来总结道：一个人留给这个世界最后的样子一定要好看，要不就什么都不留下，悄无声息地离开。

追悼会那天，他看到父亲被打扮得漂漂亮亮的，安静地躺在那里。他从没见过这么漂亮的父亲。因为这次，是别人帮他打扮的。他听着周围的人谈论着父亲的生前，说着他的各种好话。而母亲，一直在那里哭。他没有哭。他也不知道母亲为什么要哭。母亲早就对他没感情了。他突然对眼前的父亲感到厌恶。他想吐。他真的吐了，一边吐一边跑，跑到一个墙角下，吐得稀里哗啦，五脏六腑都快吐出来了。他感觉终于把刚刚那个样子的父亲从身上吐出去了。明明灵魂都已经没了，干吗还要留个空壳给别人看让别人议论呢？死亡是灵魂的自由，可肉体还要受人摆布。所以，要走就走得无声无息，身体和灵魂一块儿走，什么都不留下。免得母亲又一次面对一个没有灵魂的空壳哭一次。

方案二：自焚

这种方案非常有挑战性。看起来很容易，其实很难。首先是油的问题。船上不缺油，但是只有柴油和机油，没有汽油。柴油不容易点着，要花点时间，弄得不好就被别人看到了。另外弄柴油得到机舱里去，找谁搞柴油呢？肯定不能找老轨，老轨这人眼睛毒，问题想得多，被他猜到了就不好了。张晓军也不行。大学生都麻烦。要不找老冯。老冯是二管轮，粗心一些，找个借口找他弄点油应该没什么问题。

难点：不能伤及别人。在船上烧，弄得不好就把船烧着了。所以最好的办法就是把棉裤、棉袄用油浸一下，再穿到身上，跳到海里，这样就不会烧到船了。

这个方案最不好的地方就是太引人注目了。死亡本来就是一个秘密的事，最适合一个人安安静静地走。走得太热闹就不好了。但这个方案最有意思的地方就是，水与火的绝妙结合。虽然人在水里，但是火照样在烧。在海平面上烧起一堆火，看着火在水上燃烧，这是一件多么好玩的事啊……

龚军被自己弄得很兴奋。他眼里已经烧起了火。他已经看到了火光。很久没有见到那样的火光了。他好像又回到了二十年多前的那个晚上。那年他六岁。

那天晚上醒来的时候，他突然发现自己到了一个陌生的地方。他是被蚊子咬醒的。身上已经被咬了几个大包，奇痒无比。他睁开眼睛。和平常不一样，四周出奇的安静。世界似乎被人打晕了，只有偶尔几声鸟叫才能证明他还在这个世界里。鸟叫的声音很奇特，和平常的鸟叫声不一样。又尖又长，九曲回肠，仿佛有人在哭一样。他摸索着爬起来，像往常一样去开灯，却什么也没摸到。他摸到了一张桌子。桌子上都是灰尘。他下了床，慢慢的，他能够看到一些东西了，他看到桌子上有一个小盒子一样的东西，拿到手上一看，是一包火柴。他点亮一支火柴。火光在屋里跳跃着。他这才发现，自己所在的屋子不是平常睡觉的屋子。四周都是土墙，有几个地方石灰已经剥落了，留下一大片土色。头顶上是瓦，脚下是土，坑坑洼洼的，他差点儿摔了跤。

他没有喊人。他不习惯。从小他都是一个人。他又划亮一根火柴，走出门去，隔壁的房间里响着鼾声。他竖起耳朵听，没有一个鼾声是母亲的。他看到了一个大房间，他不知道那个房间叫堂屋。他只想走出这个房间。于是他就朝着门边走去。门上有个门闩，还有一根木棍抵在门闩上，他没费什么劲就拿掉了木棍，拨开了门闩。屋外像屋里一样黑。只是不远处，有几点微弱的光在闪烁，那时他并不知道，那是几只萤火虫在飞。隐隐约约的，他看了几棵高大的树，其中一棵大树旁边，有一堆黑乎乎的东西，看起来像头牛，或是一头大象，那点点光就在那里发出的。他朝黑乎乎的东西走过去，光却没有了。他摸了摸那堆黑乎乎的东西，原来是堆草。他划亮一根火柴，想找到那发光的东西。什么也没找到。他又凑近了些，火柴却烧到了手边，烧痛了他。他松开手，火柴落到草堆里。他见到了这辈子都没见过的美景：先是一片火焰跳出来，然后是一团火，紧接着，这团火越来越大，直到爬满了整个草堆。刹那间，夜空被点亮了。他终于看清了周围的世界。火堆的前方是一个大土堆，后来他才知道，那个土堆叫坟，里面就埋着死去的人。土堆的后面是一排低矮的瓦房，旁边是一棵棵叫不出名字的树，再往右边是一个小池塘，火光浸在水里，被水洗过了，变得干净、透明。长那么大，从来没有见过那么漂亮的火，他有些沉醉，直到被火烤痛了，他才往旁边跑去，一直跑到了土堆后面，在那里专注地看。可是，没过多久，火堆边就站满了人，所有人手里都拿着桶或者盆，往火上泼。他不知道他们为什么要这么干。他想去阻止他们，可是脚却挪不动。他觉得有些累了，就趴在了土堆上，慢慢地睡着了。醒来的时候身边围着很多人，说着他听不懂的话，朝他指指点点。其中一个头发花白的老奶奶他有些眼熟。老奶奶正在那里擦眼泪。再后来，母亲就过来，把他接走了。

方案三：沉船

注意，沉的不是楚海，是救生船。先要准备一瓶安眠药，还有一把刀。半夜的时候，一个人偷偷把救生船放下去。不对，救生船不行，一个人放不了，还是救生筏吧。要提前半个小时吃下安眠药。把救生筏放到海里，手上拿着刀。药快生效的时候，用刀把救生筏戳个洞。然后就睡在救生筏里，随着救生筏慢慢沉到海里。天哪，这太浪漫了。

难点：时间控制。吃药的时间和弄破救生筏的时间，一定要配合好。药吃得太早了，睡着了，或者没力气戳破救生筏了，不行；药吃得太晚了，救生筏沉到了水里，人还没有睡着，也不行。另外一个难点是安眠药的量，应该是两片吧，太多了就是另外一种死法了，太少了会把自己弄醒。最好还是提前研究一下吧，看看多少最合适。

　　安眠药这东西龚军知道得比较早。大概十几岁的时候他就知道什么是安眠药了。那个时候母亲已经很老了，几乎和现在一样老。她的头发几乎是白的，只剩下几缕黑发，在白发丛中很是扎眼。有时他很同情地想，要不干脆把那一点黑发也染成白的算了。后来这种欲望越来越强烈，以至于每次看到母亲的头发时他都有冲过去的冲动。那天晚上，他终于付出实施了。他用准备好的乳胶漆，加水稀释，然后用布浸在乳胶漆里。等母亲睡着了，他再用布去擦那几缕黑头发。很快，母亲头上就只剩下白头发了。他觉得自己终于为母亲做了一件大好事，感到无比快乐。

　　他之所以敢这么做，是因为他看到这天晚上睡觉前，母亲又吃了一片药。父亲去世后的几年里，他就时常看到母亲吃这种药，不吃这种药她就睡不着。有一次他趁母亲不在的时候，偷偷拿起药瓶，倒出一片，放在手心看。药片是长方形的，白白的，非常好看。他拿到鼻子边闻了闻，苦苦的，就像自己吃过的药一样。他把药塞进嘴里，想尝尝滋味，结果发现味道一点也不好，又苦又涩。就在这时，他听到背后的一声大叫，母亲从后面扑过来，一把打掉他手上的药，然后把他扑倒在床上，发疯一样，抠他的嘴巴，把他的嘴巴都抠破了，最后总算把药片抠了出来。从那以后，他就再也没有见过这种药了。

　　现在，终于又要用到这种药了，他突然兴奋起来，握笔的手都有些发抖。他深深地吸了一口气，收起笔和本子，走出了房间。舱外秋色正好。海上这个季节里，难得有这么好的天气。天是蓝的，海面是平静的，轮船前进时带起的海风凉凉的，非常舒服。

　　他突然感到心情大好。

7

死亡是人类最早的朋友。人类最熟悉它，又最不熟悉它，还不愿意提它。所以皇帝老儿死了叫"崩"，叫"龙御归天"，老百姓叫过世、去了、走了、老了，文雅一点的叫长眠、作古、归西、落叶归根，和尚叫圆寂，道士叫仙游。所有人都不知道人死后要到哪里去。我也不知道。但我愿意研究它。其实，死亡有两种，一种是肉体的死亡，一种是灵魂的死亡。肉体死亡的标志就是肉体不能动了，灵魂死亡就要复杂得多。有些人死后留下了名字，但名字只是一个符号，所有人都可以叫这个名字。所以有些人在肉体还能动的时候，就不断地给这个符号做注释，打赢了一场战争啊，当了一个大官啊，写了一本好书啦，都是在做注释，注释越多越引人注目，灵魂活着的时间就越长。一个人活着，其实就是在给自己做注释。

死亡是一件非常有意思的事，因为人的死法太多了。要是有人去写人类的死法，肯定是一本很厚的书。有人走在路上被楼上的花盆掉下来砸死了，有人吃颗葡萄噎死了，有人洗脸的时候被脸盆里的水淹死了……这就是最有意思的地方：所有人都知道自己会死，却不知道自己会怎么死。人最没意思的死法就是老死。老死好比是瓜熟透了，落了蒂，还不如被人摘去。人比瓜还是要强一些，瓜只能等着熟了落掉或者被人摘走，人可以自己决定自己什么时候去死……

写得有些乱，但是写下来了人就舒服了。船上现在没人有耐心听这些话了。还没开口呢，人家就会说，又是人有多少种死法是吧？不要你说，我知道。要不就是，你知不知道自己将来怎么死的啊？你迟早会被人揍死的。还有人直接激他，光说不练有个屁用，有本事杀个人试试啊……龚军觉得这帮人都是行尸走肉，太没意思了。好在自己不想杀他们了，杀他们太没成就感了。马上就到新安港了，他可以实施自己的计划了。

上岸后他直奔超市，买了两个热水袋。回来的路上他碰到了老轨、张晓军和谭笑一行，张晓军说，你买这么多热水袋干吗？

他说，一个暖手一个暖脚啊。转身就走了。

张晓军说，这家伙又搞什么鬼，天还没那么冷吧。再说，也用不着两个吧。

老轨说，就你爱管闲事，人家爱买几个买几个，又没用你的钱。

走了几步，他突然停了下来，哎呀，我忘了带钱包了，你们先去吧，我回去拿一下钱包。

张晓军摇了摇头，明明看到他拿了钱包的啊。今天这是怎么啦？一个个神神道道的。

船上的主柴油机和发电机都已经熄了火，船舱里漆黑一片。老轨轻手轻脚地来到了机舱门口，静静地等待着。机舱里响着脚步声，还有轻微的碰撞声。不一会儿，脚步声越来越大，是踩楼梯的声音，老轨从门缝里看到一个人影，还有手电筒的亮光。人影从机舱里一出来，他突然喊了一声：站住！

来人回过头来，果然是龚军。他一只手拿着手电筒，另一只手拿着两个热水袋，热水袋的一个角上还在滴油。龚军一看是老轨，神色有些慌张，但他马上就镇定下来了。

老轨说，你拿油干什么？

龚军说，拿回家洗电扇。

老轨冷笑了一声，拿油洗电扇干吗要用热水袋装？再说了，要柴油直接找我要就是了，干吗偷偷摸摸的？

龚军嗫嚅着，谁偷偷摸摸的啊……

老轨冷冷地看了他一眼，转身就走，一边走一边说，到我房间里来。

两个人都不说话。老轨拿着一个螺丝把玩，仿佛那是他的玩具。龚军就干坐着，手里还捏着两个热水袋，眼睛朝向窗外的大海，但他明显不是在看海。他的目光有些干涩，有些茫然，里面空洞洞的，什么也没有装下。过了半晌，老轨才开口了。

你说吧。

说什么啊？

你的计划？

什么计划？

你就别装了吧。你已经准备了很久了吧，别以为我不知道啊。上周一晚上，你到机舱里来找张晓军，说是要用一下砂轮、磨刀。上周三下午，你又到机舱里来了，问彭晓柴油管在哪里。上周五凌晨，天刚亮的时候，你到船尾，抓着船沿往下看，那个姿势，当时我都替你担心，怕你掉下去。前天，你又找张晓军要走了两颗螺丝，就是我手上这种，对吧。

老轨把手摊开，把螺丝递过去，龚军接了过来，朝螺丝吹了一口气。

这次，你又来偷油，我看不是洗电扇吧？说吧，这次又是针对谁？

龚军把螺丝装进了兜里，吸了一口气，这才开口说话。

你盯着我？

老轨笑了笑，对，我已经盯了你很久了。别人都说你是神经病，说你脑子有问题，天天都在胡思乱想，只会嘴上说说。我看你不只是想。你还在行动。说吧，你为什么要杀人？

龚军说，因为我没杀过人。

老轨说，没杀过人就要杀人？那所有人都要杀人？

龚军摇了摇头，他又望向了窗外，仿佛目光要穿过茫茫大海，落到那个千里之外的小镇上。那里的银杏树叶应该落光了，地面上也看不到树叶了。山上是松树，还是绿色的，但是风却是凉的。风从遥远的地方穿过来，穿过林子，依旧是凉的。现在那里也是下午，但需要穿毛衣了。多年以前也是这样一个下午，当时他就没穿毛衣。所以出发的时候，风吹在身上，他打了个寒战，被黄毛他们耻笑了一顿，说他胆子太小了。这影响了他的心情。

要穿毛衣了。龚军说。

老轨说，你说什么？

龚军的目光收了回来，目光落在旁边的书桌上，口里像是在喃喃自语，我手软了，我没用……

老轨说，什么手软了？

龚军低着头，接着说，我是杀人犯，我不是胆小鬼，要不他们就不会进去了……

老轨拍了拍他的胳膊，你说清楚啊。

龚军看了看他，没什么。

老轨站了起来，走到了门外，在门口站了一小会儿，这才回到房间。他把门关上了。

老轨把椅子挪到了他对面，对他说，你看着我。

龚军迎着他的目光，发现他的目光突然变得无比柔软，这让他心安了一些。

老轨说，你不就是想杀个人吗？你杀我吧？

龚军愣住了，你说什么？

我是说真的，你杀我吧。老轨的声音突然高起来，听起来有些愤怒，你之前不是有三个方案吗？什么棒击呀，割喉啊，都他妈的太次了，还比不上谭笑的，你这是在污辱我。只有第三个方案还像点样子，可是，你到哪里去弄眼镜蛇啊？再说了，眼镜蛇又不是一口就咬死人的，还有时间救。你这是瞧不起我啊。

他一脸伤心的样子。

龚军说，你是拿我寻开心吧？

老轨突然站了起来，骂道，操你妈的，你看老子像是寻开心的样子吗？老子看你是他妈的没胆子！有人说你卵子还没长全，我看你他妈的是没什么卵胆！

平时说话都很文雅的老轨突然像是变了一个人，让龚军有些不知所措。他仿佛觉得站在自己跟前的是另外一个人。他有些胆怯。老轨似乎看出了他的胆怯，语气又缓了下来。

我活够了。早就不想活了。我是说真的。你就算是帮我的忙，好吧。你又杀了人，又帮了我，一举两得，多好啊。你说是不是呢？

这会儿龚军一直盯着他看，他一脸的真诚，不像是说假话的样子。于是他点了点头。好吧，让我想想吧。

8

一连几天，他都在观察老轨。来楚海轮这么久，他还从来没有像现在这样审视过老轨。他看不出老轨有什么反常。他还是像以前一样，早上六点半准时起床，洗脸，去机舱里转一圈，问问有什么问题，然后回来吃早饭。早饭是稀饭馒头就咸菜。吃完早饭又到机舱里转一圈，再回房间，关上门。十点左右的时候，他又准时出门，去机舱，这次待的时间会长一些。出来时会带一个水泵零件，或者活塞里的瓦片之类的东西。午饭过后他会看看书，都是机电方面的书，看书的时候门是开的，这个时候偶尔会有人推门进去，和他说说话，但是时间都不长，顶多十分钟就出来了。他中午不午睡。到三点左右的时候会出门，先去机舱里转一圈，再出来，到驾驶台转一下，和驾驶员交流一下，问问有没有什么问题，然后全船上上下下反反复复地转，差不多要转十来圈。接着就到会议室去看电视。晚饭过后他会在机舱里待比较长的时间，有时会修修小机器，拿个螺栓车一车。作为轮机部的最高领导，其实这些活儿原本不需要他来干的，但他还是习惯性地干了，似乎是完成一种既定的程序。七点之前，他会从机舱里出来，到会议室去看《新闻联播》。如果有好看的电视剧，像《三国演义》之类的，他会多看一会儿。晚上十点钟的时候准时关门，还把门反锁上，这个时间一直到早上，是他最隐秘的时间，也是别人最不了解他的时间。

龚军发现老轨可以算得上是全船最古板的人了。比船长还古板。他生活得太有规律了，每天的作息时间都差不多，误差都在半个小时之内。他不喝酒，不打牌，也不谈女人，跟人聊天的时间也很短。除了有一次大管轮过来跟他谈工作，时间超过了半个小时，他还没有跟谁说话这么久。看电视的时候，别人都是边看边聊天，只有他一个人，躲在一个角落里，腿盘在长凳子上，整个人蜷缩成一团，像只小猫。

他以前听人说过一些老轨的故事，知道他高中毕业就上了船，在机械方面非常厉害，一学就会，从加油到老轨，是公司里花的时间最短的人。他听说老轨对女人没什么兴趣，这让他的方案一下子就少了好多种。他还知道老轨考虑问题心思缜密，逻辑性非常强，说话的时候滴水不漏。但是这些……有什么用呢？

龚军研究老轨是要想新方案。要有好的新方案，必须要找到他的生活上的漏洞才行。昨天上午，龚军一个人站在船尾发呆时，老轨又过来了。老轨又跟他提出了两点要求：方案必须要有挑战性，有价值，要对得起他的身份；方案还必须要经过他本人同意。这无疑是给他出难题。且他喜欢这个难题。

其实他还有另一个目的，那就是想看看老轨到底是什么意思。昨天下午在船尾的时候，他还问过老轨这个问题，说他都做到老轨了，活得好好的，为什么不想活了。老轨冷冷地说，这个你不用管。他想去问问别人。可是老轨有言在先，这是他们两个人之间的秘密，不能告诉别人。

这真是一个巨大的挑战，比当年上中学的时候，老师出的物理题还难。老师说，一个八十公斤重的物体从一百米高的高空落下来，需要多长时间，能给地面带来多大的冲击力。他反过来问了老师几个问题，如果这地方空气稀薄呢？如果这天正好有雾，空气比较潮湿呢？如果这个物体体积比较大呢？如果这个物体的底部是柔软的呢……没等他问完，物理老师就打断他说，我看只有你自己跳下去试试才能知道了。那个时候他还真想试试。

一个星期的时间里，他满脑子里都是老轨，睡觉的时候脑子里都是老轨的影子，连做梦的时候都梦到老轨。梦里的老轨和现实中的不太一样。梦里的老轨风流倜傥，像一个黑道大哥，后面跟着一群小弟。梦里的老轨还拿着一把刀，要他和自己比试一下。结果不到三秒钟，老轨就把刀子放到了他的脖子边，惊了他一身冷汗。醒来之后他还在想，老轨到底是个什么样的人，没准他真是梦里的那个样子呢？船上的人，个个都有两张脸，谁知道哪张是真哪张是假呢？

其实刚上船的时候，老轨给他的印象还是很好的。那个时候的老轨是一个长者，话不多，对人彬彬有礼，笑起来都是淡淡的，

233

看起来胸有成竹，能够掌握一切。他喜欢这样的人。他不喜欢嚣张的、粗鲁的人。谭笑也是这样的人，但是谭笑不自然，像是装出来的。不像老轨，是修炼出来的，是发自骨子里的。可是，他为什么不想活了呢？

这些东西反复在脑子里纠缠着，已经搅成了一团乱麻，他想把这团麻理清楚，可是找不到线头。这些东西让他寝食不安，人也明显消瘦了下来。那天他照了一下镜子，被镜子里的自己吓了一跳：胡须一周没剃，就长得像刚割的韭菜，又粗又密；脸又瘦又苍白，像是刚刚从牢里放出来，很久都没有见阳光一样；眼珠子深深地陷了进去，眼窝里都放得下一个鸡蛋了。这哪里像一直很注重形象的自己啊。他之所以一直注意自己的形象，是怕自己有一天会突遇横祸死去的时候，样子不好看。可是现在……他叹着气，拿出了剃须刀刮胡须。刮完了胡须又用香皂洗了几遍脸，还修剪了指甲。然后，他从柜子里找出自己最喜欢的那套西服。这是他唯一的一套西服，还是以前给人做伴郎的时候人家送的。他穿上了西服，刚刚站到镜子跟前，就有人推门。是老轨。老轨说，到我房间里来吧。

他一路跟着老轨，他发现老轨似乎也瘦了。他原本就不胖，身材一直保持得很好，就连一般人到中年时都会有的小肚腩也没到他身上。进了房间后老轨盯着他的眼睛看，仿佛要从他眼里发现什么秘密一样。看了半天。他才开口，打扮得像个新郎一样，打算干什么啊？

龚军说，没什么。

老轨冷笑着，该不会想杀自己吧。我交给你的事呢？

龚军说，我还没想好。

老轨加重了语气，这是件严肃的事，我希望你认真对待！

老轨本来就是个严肃的人，从老轨的嘴里出来的"严肃的事"，那一定就是严肃的。

回到房间里，龚军把所有的被子都堆到了跑得快的床上。他掀开床板，下面是一个大纸箱。那里都是他的宝贝。他把纸箱搬出来，打开，里面是一箱子书。他把床重新收拾好，把所有的书都摆在床上。那些都是他精心收藏的书，也是他看了多遍的书：

《最后的舞蹈》

《死亡大辞典》

《面对死亡的人》

《活着有多久》

《哲学家死亡录》

《死亡入门》

《死亡如此多情》

《自杀者日记》

《格林兄弟的诅咒》

《杀人者》

……

如今面对这些书，他心里有些悲哀：他还需要重新从这些书里来寻找灵感。他一遍遍地翻阅这些书，此刻，他感觉自己就是一个学者，在研究一个复杂的学术问题。翻阅书籍还是有成效的。他发现，对于杀人来说，最佳的创意都要借助于工具。但是在船上，杀人工具是有限的，这是他最头疼的地方。所以他必须绞尽脑汁，在工具上想办法。跑得快回到房间里的时候，他正面对着这些书发呆。跑得快捅了他一下，该你值班啦。

他把书小心地码起来，码在床头，那些关于死亡的书堆成了一座小山，占据了他枕头的位置。这是一座死亡之山，像城市的那座公墓山一样高耸。他这才出门去驾驶台。坐在舵手的位置上，他的面前是望不到头的海。这个下午是个阴天，海面上有些小风，几尺高的浪一排排朝着船滚过来，船因此有些摇晃。但这种摇晃很舒服，就像小时候躺在摇篮里一样。天边是阴冷的，空气有些潮湿，有些咸也有些腥。远处的海看上去黑森森的，就像无边的夜色。他看了看旁边的大副谭笑，谭笑正拿着望远镜站在门边，朝远处看。看了一会儿，他又拿起驾驶记录本翻了翻，然后对龚军说，风在加大，天气预报说晚上有七八级的风，现在风在变大，舵要稳一点。

仿佛是在回应谭笑的话，说话间，一阵风从玻璃窗里涌进来，把挂在墙上的记录夹吹得哐哐直响。谭笑赶紧过来，拉上了玻璃窗。一会儿，船长也进来了。谭笑和船长商量着怎么办，要不要避风。龚军下意识地问了一句，为什么要避风啊？

谭笑说，风可能有些大。看起来有可能比预报的大。

商量的结果是，避风。是船长决定的。他突然对船长有些不满。船长这个人就是太谨慎了，胆子太小，这有可能毁了他一个刚刚想到的好创意。他才为这个创意激动了几分钟。绝对不会有其他人想到这个创意的。因为不会有人想到这么好的杀人工具：风。但是这下泡汤了。他听到了谭笑的命令：左满舵。打舵的时候，他的手有些颤抖。

换班的时候，船已经快到港口了。天已经黑了下来，远处只有一两片亮光，海上都是黑色的浪，在亮光下翻滚。虽然靠近港口的地方浪小得多，但是船仍然摇晃得厉害。很快就要抛锚了。他走下驾驶台，一个浪打过来，船朝左一摇，他差点儿摔倒在地。他想了想，朝老轨房间里走去。老轨开门的时候看见是他，笑了一下。

老轨说，想到好方案了？

他有些沮丧，是的，可是泡汤了。

老轨说，说说看。

他说，要月风。如果船不避风就好了，可是现在到了港口边，办不到了。

老轨说，海上还怕没风吗？今天没有明天还有啊，明天没有后天也有啊。说说看，是什么方案吧？

龚军想想，觉得他说得有道理，不管怎么样，还是把方案说出来，也算是交个差吧。

这个方案需要一个小小的机关。先要找一块布，长条子布，比如说，把床单纵向剪出三分之一就可以了。把布条放在下楼梯的地方，一头就绑在楼梯下的铁条上，另一头系在墙上的钉子上。布条用两根皮筋捆起来，保证不被风吹开。机关就在皮筋上。我需要两个刀片，剃须刀的刀片，用细小的绳子系起来，一头系在刀片上，刀片就放在皮筋附近，另一头系在栏杆上，就是你回房间时要经过的那个栏杆——那前面有一些栏杆是可以打开的，事前要把栏杆打开。你经过的时候，腿绊到了线，会把线绊断。线一绊断，另一头的两个刀片就会割断皮筋。皮筋被割断后布条就会展开。这个时候，风就要起作用了，风会吹起布条，裹在你身上，带着你往没有栏杆的地方冲过去，你就掉到了海里……

龚军一边说着一边看着老轨，老轨听得很认真，一边听还一边点着头。看来老轨是认可他的方案的，所以说着说着，他忍不住就有些得意起来。

这个方案怎么样？谁都想不到吧。

不怎么样。老轨摇着头，这个方案的漏洞比较多。你看啊，两根皮筋能捆住布条，让布条不展开吗？再比如说，风那么大，布条肯定会摆动的，我又不是瞎子，一眼就能看得到。就算是看不到，风也有可能吹动布条，撞在刀片上，提前把皮筋割开，布就打开了。不行不行，漏洞太多了。看来你的逻辑能力还不行，还有待提高。

老轨一边说着，一边皱着眉头，这让他感到有些羞愧。好在老轨后来还是鼓励他了。

不过你能想到这么多，也不简单了。接着想，接着想。要不这样吧，过几天船就要回航了，等到了好镇，我带你一块上去吧。上去找找灵感。

看到老轨这么认真，他突然有些感动。他觉得，如果不想出一个更好的方案来，实在是对不住老轨的这条聪明的生命。

9

再次去敲老轨的门时，是回航的第五天。明天一早，船就要到好镇了。龚军之所以选择这一天去找老轨，是想独自完成那个方案，以报答老轨的知遇之恩。

这一天和平常有些不同。老轨没有去机舱，也没有到会议室去看电视，甚至也没有上上下下地巡视。他一直把自己关在房间里，只有吃饭的时候，才露了一下头。龚军感到有些奇怪。这几天，他的全部注意力都在老轨身上。他凭直觉，已经隐隐约约地感到老轨有些反常。比如说，他虽然话不多，但是时常皱眉头；又比如说，大家都在谈女人的时候，他不参与，但是明显听得很认真，听到兴奋的地方，他会习惯性地揪一下鼻子。还有，他看人的眼光是温和的，但是目光在移开的时候，又习惯地变得犀利起来，就像黑夜里的手电筒，突然地闪一下。龚军觉得老轨不像是别人口里所说的那种人。

他去推门，推不开，门反锁了。老轨很少这么早就锁门的。他又敲了几下门。好半天，门才打开了。老轨皱着眉头，看到是他，眉头才舒展开，说道，进来吧。

他看到了龚军脸上的笑容，这是少见的笑容。

有主意了？他仍是面无表情，你坐吧。

龚军坐了下来，他注意到老轨的屋子有些乱，不像平常，总是收拾得干干净净的。桌子上零乱地摆着几本书，有两本书还打开了，他看到了书上的机械图。被子没有叠，摊在床上，靠墙壁的那一侧露出一个粉红色的带子来，他认出来了，那是女人胸衣的带子。老轨的脸上却收拾得很好，他面无表情，神情自若。他一直佩服的就是老轨这个本领。

老轨，你注意到了没有？这次我们运的是煤。

是啊。煤怎么啦？

煤总会有人盯着。我是说沿海的那些小混混，他们就靠这个吃饭。

那又怎么样？

你看啊，老轨。我们明天上午就要到好镇了。这次船开快了，到好镇的时候应该是夜里两三点钟。所以船要提前抛个锚，在海上过夜。正好是我的班，我是零到四的班。我已经听谭笑说了，估计两点半钟要在离好镇不远的地方抛锚。四王点钟，天还没亮的时候，就会有几艘小船靠过来，找我们要煤。他们手上都拿着家伙，刀啊铁棒啊之类的，说是买煤，实际上就是抢。一般船上都不会跟他们拼命的，让他们弄些煤去，反正对于我们这么大的船来说，也是九牛一毛。他们还会孝敬我们几条烟……

然后呢？

但这次我们不这样做。老轨你的机会到了。我给你准备了一根木棍，你看看，就是这根。

龚军从身后拿出一根木棍来，这是一根三尺长的木棍，是他精心制作的木棍，用桐油浸过了，十分光滑，握起来也很舒服。他做这根木棍花了不少心思，用上了他的看家本领，还根据老轨手的大小精心设计了棍子的粗细。这根棍子事实上只是道具，这他知道，但这并不重要，重要的是，老轨在离开这个世界时，身边所有的道具都要是完美的。那应该是一场盛大的结束，就像是舞台上的谢幕，结束的时候需要所有的道具、场景，包括配角，都是一流的。现在老轨接过这根木棍，在手里掂量了一下。屋子里太小，棍子转不开，他只能拿在手上试试轻重，随后他抬起头来看龚军，龚军正一脸的得意之色，看着他。龚军也只有这个时候才是最快乐的。他的脸上充满着光彩，生命之光都在这一刻显现出来了。

接着说。

等到他们都上了船，你拿着棍子就冲上去，你要真打，第一棍子就要打痛他们，否则他们不会恼羞成怒，不会拼命。另外，你还要快，你要抢在其他人到来之前就解决问题……

够了！老轨突然发起火来，就这么个破方案，让你高兴半天？

龚军没想到老轨突然会有这样的反应，他有些不知所措。

那是自杀，不是被杀！老轨吼道，老子想死，你却让老子去当什么英雄！

老轨把棍子放在床边，立好，又在屋子里转了两圈，这才总结道：你还是跟我一起上岸吧。记着，明天上午九点。看来，只能是我来帮你想办法了。

说着，他就打开门，出去了。龚军跟在他后头，看到他直奔驾驶台去了。

　　事情没有按照龚军设想的那样去发展。两点半的时候，龚军在驾驶台上，谭笑并没有下令抛锚，船直接向好镇开去。最后，船在码头停下。龚军站在驾驶台上，有些恍惚。半夜的好镇就在眼前，远看上去，就像一只伏在海滩上的海龟。十几年前，他经常在夜半时分观察好镇。只不过那时，他不在好镇的外面，而是在好镇的里面。那个时候，他像一只流浪狗，从很远的地方流浪到这里，孤独，恐惧，白天弄得伤痕累累，半夜时分就是他独自舔伤口的时间。十几年了，他又一次在夜半时分观察好镇。这次他是居高临下，遥望着好镇，却依然孤独、恐慌。后来船停稳了，熄灭了主柴油机谭笑说道，还不抓紧时间睡觉去啊，发什么呆啊。

　　他这才下楼，去房间睡觉。跑得快睡得很熟，正在打呼噜。他没有睡着，一直睁着双眼，等着天亮。九点钟的时候，他站到二楼楼梯口边，朝老轨的房间张望。他突然听到有人在下面喊他，他看到几个人站在码头上，喊他的是张晓军，和张晓军站在一起的，还有老轨、谭笑、跑得快、二副，让他惊讶的是，管事傅诚也和他们在一起。他赶紧下楼，上岸，跟上了队伍。他突然明白了，这都是管事的安排，他担心上次好镇的事情重演，所以要他们结伴上岸。他知道，好镇本来是大家心中的花园，现在却成了不安全的地方了。这都是因为自己。他突然感到有些羞愧。

　　队伍拉得有些长。开始的时候，还是大队伍，后来就变成了三三两两的，聊着天，抽着烟，往镇上进发。他找了机会和老轨走在了一起。他等着老轨给他发指示。老轨却什么都没说，只是闷声不吭地往前走。他有些难受，想说点什么，可是不知道从哪里开口。憋了半天，他还是开口了，与其说是与老轨说话，不如说是自言自语。

好镇最漂亮的时候还是晚上，半夜的时候。你们没见过那个样子。和大城市不一样，和农村也不一样。濠河给南北两面划了界。好镇有灯。北面的灯亮，南面的灯暗。北面晚上热闹，白天安静；南面晚上安静，白天热闹。你最好从北面往南面走，再从南面往北面走，特别有意思，你一会儿在天堂，一会儿在地狱。对于有些人来说，好镇是天堂，对于有些人来说，好镇是地狱。地狱其实也没什么不好。对吧。天堂里都是神，地狱里都是鬼。神啊鬼啊，都是人变的。你在南面的时候是神，在北面的时候是鬼。可是我们还是喜欢往北面跑。看来还是做鬼好啊，做鬼快活啊……

龚军一个人，低着头，唠唠叨叨地，也不看老轨。老轨也不看他，但他知道老轨在听。那么大的队伍里只有老轨在听他说话，其他人都在各说各的。老轨也算是他的知音了吧。他们就这样进了镇。老轨说，舵有些问题，我去配件店看看。你们去逛吧。

队伍就分开了。龚军紧跟着老轨，跟着他进了亚东配件店。到了店门口时，老轨回头看了一眼龚军，就进去了。龚军不知道他这是什么意思，犹豫了一下，也跟着进去了。他看到老轨面前摆着一个大铁盒子，盒子里都是小零件，螺栓、螺母、螺丝、小铁块，大大小小，混在一起。老轨用手在里面扒拉着，他扒出了几个螺栓，放在手心，仔细地端详着。龚军不知道干些什么，也只好蹲在他旁边。老轨的目光似乎定住了，半晌，他才若有所思地对龚军说，你说，一颗螺栓可以弄沉一条船吗？

龚军愣了一下，你说什么？

老轨说，我是说，一颗小小的螺栓，可以弄沉楚海那样的船吗？

龚军摇了摇头，他是想说不知道。但他很快发现，老轨误解了他的意思了。

老轨拿了几个螺栓，付了钱，开始往回走。他看着龚军，叹着气，一副恨铁不成钢的样子。

看看，你白在船上蹲了几年。我还要先给你普及知识。先来看看舵的工作原理啊。船用舵是小展弦比的平板或者机翼结构。像楚海轮，就是平板结构。当舵转动时，作用在舵叶上的力可以分解为舵阻力与舵升力。其中舵阻力是沿着船舶航行的方向，舵升力垂直于船舶航行的方向。舵升力相对于船舯会产生转舵力矩，使得船舶转向。明白了吗？你在驾驶台掌舵的时候，舵就是听你的指挥的。你往左转，船就往左转，你往右转，船就往右转。这些都是大东西，我们先不谈。我们来谈谈螺栓，你看着啊，这就是一颗螺栓，这颗螺栓是连接舵杆或者舵叶的，起固定作用。但是，如果这颗螺栓有些问题，导致固定不稳的时候，会发生什么事？舵就不灵了，对吧。

龚军点了点头，他似乎明白了点什么。老轨接着说道：舵不灵的时候会发生什么呢？如果在靠码头，船就有可能撞到码头；如果在避船，就有可能避不开，撞到别的船上。懂了吗？

龚军说，你的意思是说，通过一个螺栓，让船舵失灵，再撞到别的船或者码头，就制造了一场事故，对吗？

老轨这才满意地点了点头，你还不算傻嘛。可是还不够，撞别的船或者码头都不保险，撞沉的可能性不到百分之五十。所以，你还要想别的主意。明白吗？

龚军刹那间就明白了老轨的意思。一个小小的螺栓，弄沉一艘大船，这才是天才的方案啊。自己的那些方案跟老轨的比起来，简直是太小儿科了，老轨这才是大手笔！他的大脑立即变得兴奋起来，他说，这有什么难的啊。只要一场风，一场风就够了。你想想啊，如果在海上，我是说海中央，像台湾海峡或者印度洋之类的地方，刮起一场风。这场风不能太大，太大了就要靠港避风了,也不能太小,太小了起不到作用。十级左右最好了。这个时候,船必须要迎着浪开。可是,如果舵失灵了,转不过来,浪对着船的侧面冲过来,会是什么结果!

他大声地嚷着,引得路人都朝他看过来。老轨拍了拍他的肩膀,厉害,我果然没有看错人。这才是最好的方案。这样的方案才配得上我!

龚军看到,老轨脸上又有表情了。和自己的表情不一样,那不是兴奋的表情,不知怎么的,那个表情让他有些害怕。

他说,让我想想,让我再想想。

老轨说,嗯,是该想想,再想细一些,想周全一些。

他埋头看着脚下。他看中了一块石头,于是用足了力气,一脚踢过去,石头在空中划了一个优美的弧线,落到了前面的稻田里。他弯下腰去看鞋,那是一双运动鞋,鞋的左边开了一个四五寸长的口子,露出了他黑色的袜子。

他猛地站了起来,对老轨说:你是想让全船人给你陪葬!不行。不能这么干!我不干了!不干了!

他大声嚷着,大步朝田野深处跑去。他跑得很快,风在耳边呼呼地刮着,他看到一排排樟树朝身后倒去。

那是好镇的樟树,虽然到了秋天,碧绿依然。

10

一个月后,楚海轮沉在了印度洋。五天后,龚军死在了救生筏上。又过了一天,老轨死了。没有人知道,沉船前的那个晚上,龚军在做什么。

他站在一座山上,很高的山,身边都是云,有几只鸟站在云上,跟他打招呼。时光静止,停下来等他。他的目光穿过一层层云雾,看到了远方的那座小镇。那不是好镇。他似乎来过这里，但却想不出小镇的名字。小镇一层层地在他面前铺开，就像一幅画。他的目光最终落在了镇西头的一栋小楼上。小楼并不高，只有五层，还是那种老式砖混的房子。小楼侧面的墙上爬满了爬山虎。金色的阳光跟随着他的目光，穿过云雾，照在了三楼的阳台上。那里，一盆玫瑰红的三角梅开得正艳，铁栏杆上爬满了藤。旁边还有一张小凳子，上面放着一个黑色的笔记本，一片红色的花瓣落在了笔记本上。他对这个笔记本感到好奇，想看看里面写的是什么，谁知笔记本的封面上却是空空的，什么都没有。他需要打开笔记本才能知道里面是什么。于是，他张开双臂，奋力地，从山上飞了下来。